삼두매

3
보은단

삼두매 3_보은단

초판 1쇄 인쇄 2014년 5월 21일
초판 1쇄 발행 2014년 5월 21일

지은이   **최영찬**
펴낸이   **최영찬**
펴낸곳   **도서출판 활빈당**
삽 화   **정병권**
디자인   **프로그**

주 소   **경기도 김포시 김포한강2로 362 중흥 S클래스 609-1502**
전 화   **031-985-3394**
팩 스   **031-985-3397**
카 페   **http://cafe.naver.com/hbindang**
이메일   **spido33@naver.com**

ⓒ **최영찬**

ISBN 978-89-964459-7-5 04810
      978-89-964459-4-4 (세트)

삼두매

③ 보은단

최영찬 지음

활빈당

중국은 일본과 마찬가지로 한국의 이웃 나라다. 일본은 바다가 가로막고 있지만, 중국은 압록강 하나를 두고 서로 붙어 있다. 예부터 한국인이 중국인과 같이 서 있으면 중국인으로 보이고 일본인과 같이 서 있으면 일본인으로 보인다고 했다. 그러나 중국인과 일본인이 나란히 서면 금세 다른 나라 사람이라는 표시가 난다고 한다. 이렇게 한국은 대륙과 해양의 가운데 있다.

오래전부터 중국은 강대국이다. 풍부한 물산과 뛰어난 문화는 이웃 나라에 영향을 미쳤다. 물품교역이나 용병에 대한 대가로 문명과 문화를 전해 준 것이다. 우리 한민족도 일찍이 홍익인간 정신이라는 선(善)의 가치를 지닌 천손임을 자랑했으며 중국과 맞먹는 홍산문화, 고구

려의 화려한 역사가 있었으나 척박한 환경과 기후변화 등으로 상당수 남하해서 둥지를 튼 다음 한족의 발전된 문화를 열심히 배워 우리의 것으로 소화했다. 이주하지 않고 수렵생활을 하던 만주족은 고조선부터 같은 생활공동체를 꾸렸던, 혈연 상으로 일본과 마찬가지로 떼려야 뗄 수 없는 사이다. 그러나 오랜 세월이 지나 한민족은 문화의 교류가 많았던 한족이 세운 명(明)을 사대하고 만주족을 오랑캐라고 멸시했다.

17세기 조선이 신하로 여겼던 만주족이 세운 후금(후에 청국)이 흥왕해서 병자호란을 일으켰다. 강국이 된 후금의 선택 강요에 척화파와 주화파가 대립하다가 결국 엄청난 피해를 입는 과오를 범한 것이다. 조선의 항복을 받은 다음 명을 멸망시키고 청을 세운 후금은 중국 역사상 가장 넓은 영토를 가진 강국으로 발전했다. 이에 대해 조선은 굴욕감과 수치심에 북벌정책과 소중화(小中華)라는 허세를 통해 소심한 복수를 하는 한편, 임진왜란 때 구원병을 보내 침략자 일본을 물리치는데 도움을 준 명나라에 대한 은혜를 갚기 위해 도망쳐 온 유민들을 적극 보호했다. 여기서 청국은 뿌리가 같은 조선에 대해 섭섭한 마음과 괘씸한 마음이 있었을 것이다. 삼두매 3권 보은단(報恩緞) 편은 이런 역사적 배경 아래 꾸며진 이야기다.

병자호란이 일어난 지 이백여 년 후에 역사적 교훈을 잊은 조선을 먹잇감으로 삼은 주변 열강들이 각축을 벌이고 있었다. 나라의 미래를 생각하지 않고 자기 가문의 부귀영화만 누리려는 세도가들은 친러, 친일, 친청파로 나뉘어 다툼질하다 끝내 일본의 식민지가 되었다. 그로부터 또 백 년이 지난 지금 이웃한 중국, 일본, 같은 핏줄인 북한 그리고 바다 멀리 미국이 서로 자기편이 되어 달라고 한다. 지금 한국 사회는 보수다 진보다 하면서 인식의 차이가 있는 이데올로기를 우상처럼 떠받들며 서로 증오하며 배척하는 형편인데 말이다.

우리에게 어느 한 편에 서라는 것은 어려운 선택이다. 오늘의 친구를 위해 어제의 친구를 버릴 수는 없다. 그렇다고 어제의 친구 편을 들었다가는 힘센 오늘의 친구가 적이 되어 공격할지 모른다. 이것이 대륙과 해양 사이에 낀 반도국가의 딜레마이다. 그러나 다른 각도에서 보면 서로 자기의 친구가 되어달라고 하니 여러 나라의 이해관계를 절충해 평화공존케 하는 고마운 나라가 될 것이다.

그런 나라가 되기 위해 우리를 되돌아보자. 한민족은 외곬의 오기도 있지만, 화해와 공존을 통해 평화 세상을 구현하려는 홍익인간 정신도 유전되어 내려오고 있다. 이제 보수와 진보가 '다름'보다 '같음'을 보자. 꼭 주장할 것만 지키고 나머지는 서로 양보해서 보다 가치 있는 하나로 뭉치자. 이렇게 해서 같은 민족 남북이 먼저 통일하고 그 힘으로 같은 뿌리 한중일이 정의롭고 평화로운 동북아 공동체를 만드는 다리 역할을 하자.

* 는 가공인물. 나머지는 모두 실존인물

연잉군 | 숙종의 차남으로 궁에서 막일하는 무수리에게서 태어났다. 조선을 염탐하는 청국 첩자들과 겨루는 한편 김포 일대로 피신한 명의 유민들을 보호한다. 자신을 세자로 옹립하려는 노론 공자들에게 삼두매 도둑이라는 의심을 받고 있다.

박문수 | 훗날 암행어사로 이름을 떨친다. 과거에서 낙방한 뒤에 한때 연잉군과 오해가 생기고 가짜 삼두매를 추적하다가 행방불명된다.

석중립 | 병부상서 석성의 후손. 동묘를 본거지로 하는 비밀결사 관우회를 이끄는데 명의 유민을 보호하고 조선에 정착시키는 역할을 하고 있다.

석정* | 석중립의 딸. 중국에서 태어나 비밀결사 일을 하다가 문수보살상을 훔쳐간 도둑을 잡기 위해 조선으로 건너왔다. 홍치택과 사랑에 빠진다.

홍치택 | 역관 홍순언의 후손으로 우저서원의 훈도인 수재. 죽을뻔한 석정을 구해 같이 기거하면서 첩자들의 음모와 청 수군의 침공을 막는 일을 돕는다.

강순보* | 모란 주점 주인으로 위장해서 첩보활동을 벌이는 청국의 첩자 두목. 강희제의 넷째 아들 윤진과 연잉군을 암살하려고 한다. 잔인한 성품이다.

윤진 | 청국의 넷째 황자. 칙사로 가장하고 조선에 왔다가 암살을 피해 연잉군이 사는 김포의 별장에 머물게 된다. 훗날 옹정제가 된다.

윤제 | 청국의 열넷째 황자. 윤진과 같은 형제이나 황제계승을 두고 치열하게 경쟁한다. 도망친 정성공의 잔당을 뒤쫓아 김포에 침공하나 신기전에 의해 처참하게 패배당한다.

최흥일∗ | 활빈당 간부와 좌포청 종사관 출신. 강순보와 한패가 되어 연잉군을 죽이려 한다.

심지영∗ | 여자 자객. 천성이 음탕한 여자로 주막을 만들어 정보를 수집해 강순보에게 전한다.

편두통∗ | 김포 일대에 사는 명 유민들의 우두머리. 본명은 편두동.

방석만∗ | 황실 수장고에서 국보인 문수보살상을 훔쳐 조선으로 들어와 김포에 은신한 도둑.

부엉이∗ | 암호명. 관우회 간부로 비밀리에 방석만을 보호하면서 강순보와 내통하고 있다.

이천기 | 사라진 호위무사 김광택 대신 연잉군을 보호하는 노론의 공자.

김용택 | 노론 공자의 좌장. 삼두매가 연잉군이라 확신하고 있다.

김덕재 | 김춘택의 아들로 김포현감. 어리석고 호색적이다.

서장미, 김수진, 독갑, 한신선, 김상명, 포도청 포교들, 후레자식들, 함경도 포수들 등

아름다운 인간애로 맺어진 韓中 이야기

서쪽에서 부는 바람

하하하

창의궁의 웃음소리가 풍악 소리와 어울려 담장을 넘어왔다. 흥겨운 이웃과 달리 희미한 등불 아래 빙 둘러앉은 남자들의 얼굴은 마치 시체처럼 굳어 있었다.

"설마 너일 줄 몰랐다!"

관우회 우두머리인 따거(大哥) 석중립의 목소리는 노여움으로 그득했다. 결박당한 사내는 청국에서 보내오는 기밀문서들을 취합해서 전달하는 소임을 맡은 자였다. 명대에 명망 있는 집안의 후손이라고 특별히 신임했는데 이제 배신자로 드러난 것이다.

"어찌 된 일이냐? 네가 청의 첩자였다니……"

거듭 추궁하는 석중립의 목소리가 가늘게 떨렸다. 사내는 고개를 떨구고 말이 없었다.

덩기 덩기 덩기

창의궁에서 울려나오는 장구 소리가 이 자리에 모인 관우회 회원들의 신경을 거슬렀다.

"그동안의 행적을 수상히 여겨 감시하고 있다가 마침내 꼬리를 잡았습니다."

침투한 간첩을 찾아낸 향주(香主) 이준구가 사내의 반역행위에 대해 소상하게 말했다. 그러자 여기저기서 탄식을 했다. 1644년 명(明)이 멸망한 이후 임진왜란에 참전했던 장수들의 자손을 비롯한 많은 유민이 조선으로 건너왔다. 임진왜란 때 조선에 원군을 보내는데 앞장선 병부상서 석성(石星)의 후손들이 만든 관우회(關羽會)는 청국에서 박해받는 한인을 조선으로 피신시키는 일을 해왔다. 요즘 들어 청국 첩자들의 움직임이 활발해진 것은 명 유민에 대한 탄압이 재개된다는 신호탄이다.

하하하

창의궁의 연회는 좀처럼 끝나지 않을 모양이다. 기생들의 흥겨운 노랫소리가 담장을 넘어왔다.

"빨리 끝냅시다."

누군가 축 처진 목소리로 말했다. 건장한 체구의 사내가 철삿줄을 들고 첩자의 뒤에 섰다.

"저 세상에서 조상님들의 질책을 받기 전에 여기 모인 분들에게 먼저 용서를 구해라."

이준구의 말에 첩자는 몹시 얻어맞아 퉁퉁 부은 얼굴을 번쩍 들고 노려보았다.

"흥! 용서라고? 너희도 머지않아 내 뒤를 따르게 될 거야."

그 말이 끝나자마자 가는 철삿줄이 첩자의 목을 조르기 시작했다. 몸부림을 치다가 이윽고 축 늘어졌다. 시체를 질질 끌고 나가는 것을 보고 이준구가 입을 열었다.

"무서운 놈들이오. 본토에서의 행적을 모두 거짓으로 꾸미고 아홉 달을 일에 전념하는 척하다가 한 달 전에서야 움직이다 걸려든 것이오."

"누구에게 기밀을 넘긴 것이오?"

누군가 묻자 이준구가 품 안에서 한 장의 종이를 꺼내 보였다. 숫자가 빽빽이 적힌 암호문 밑에 모란꽃 인장이 찍혀 있었다. 역시 예상한 대로 모란 주점과 연관되어 있다. 좌중의 간부들은 길게 한숨을 내쉬었다.

덩기 덩기 덩

장구 소리가 신경을 거스르자 좌중에서 한마디 한다.

"뭐 그리 좋은 일이 있다고 저리 그러나?"

빼앗긴 섬을 되찾은 연잉군의 축하연회에 기분이 상했다. 나라가 망해 조선땅으로 쫓겨온 자신들의 신세가 처량해진 것이다.

"자, 돌아가 각자 맡은 일을 합시다."

배신자에 대한 처형이 끝나자 석중립은 회의를 종료시켰고 관우회 간부들은 모두 집으로 돌아갔다. 이들이 어두운 밤길을 총총걸음으로 사라질 때도 창의궁의 연회는 계속되었다.

부엉 부엉

동대문 밖에 있는 동묘(東廟) 안이었다. 멀지 않은 곳에서 부엉이 우는 소리가 들렸다.

푸드덕

한 마리의 매가 공중으로 비상했다. 매의 시력은 6.0에서 8.0이나 밤이 되면 거의 장님이 되어, 활동하지 못한다. 그런데 공중을 날아가는 이 매는 마치 대낮에 활동하는 것처럼 두 눈에 불을 켜고 날아다녔다.

동묘의 객사는 불이 환히 켜져 있었다. 그림자 셋이 문 창호지에 어른거렸다.

"무사히 돌아왔군, 그곳 사정은 어떠하오? 박해가 심하다고 하던데……"

사내의 물음에 여자가 톤이 약간 높은 중국어로 대답했다.

"네. 정성공의 후예와 조선의 유민이 손을 잡았다는 소문에 눈에 불을 켜고 있습니다. 저도 하마터면 잡힐 뻔했습니다."

"불길한 소식이군. 석 낭자."

유창한 중국어로 이준구가 묻는 말에 석정(石晶)이 대답한다.

"문수보살상을 청 황실에 돌려준다면 오해를 풀 수 있습니다."

"어떻게 보내 준다는 말이오? 도둑을 잡아 청 황제 앞에서 진실을 규명하기 전에는 어려운 일이오."

그렇다. 지금 상황에서 청의 국보인 문수보살상을 돌려주면 조선의 소행이라고 의심받기 딱 좋다. 어딘가에 숨어있을 도둑을 잡아 같이 넘겨야 한다.

"청 황실은 그것 때문에 난리더군요. 후금의 시조 누루하치가 가장 아끼던 보물을 잃었으니 그렇지 않겠습니까? 그걸 누가 제자리에 돌려놓느냐에 따라 다음 황제가 정해질 것이라고 합니다. 그래서 이번 칙사 행렬에 중요한 인물이 끼어 올 것입니다."

침묵을 지키고 있던 석중립이 입을 뗀다.

"문수보살상을 되찾기 위해? 칙사를 보낸다는 것이냐?"

"네, 아버님. 사 아거가 보살상을 찾을 것입니다."

아거(阿哥)란 만주말로 황제의 아들을 뜻한다. 사 아거는 강희제의 넷째 아들인 아이신쩌로 인전(愛新覺羅 胤禛)을 말한다. 우리 말로는 윤진이라고 부르는데 열 살 아래의 동복형제인 열넷째 아들 윤제(胤禵)와 극한 대립을 하고 있었다.

"십사 아거가 정성공의 후예들을 토벌하기 위해 바다로 나간 틈을 타서 손을 쓰는 것입니다."

석정은 석중립과 이준구에게 청국의 사정을 자세하게 설명했다. 이렇게 밤이 익어갔다.

부엉 부엉

부엉이 우는 소리가 들렸을 때 문수보살상에 대한 의논은 끝이 났다. 쥐를 발견한 매와 부엉이는 공중에서 치열한 싸움을 벌였다. 매는 사나웠지만, 밤의 제왕 부엉이도 만만치 않았다. 둘의 싸움은 깃털이 떨어질 정도로 격렬했으나 결국 부엉이가 견디지 못하고 달아나는 것으로 끝났다. 적이 도망치자 매는 곧장 먹잇감인 쥐를 낚아채고는 사납게 쪼았다.

퓨퓨퓩 펑

하늘 높이 날아간 폭죽이 아름다운 그림을 그리며 터졌다. 조선은 설날이라고 하지만 중국인들은 춘절(春節)이라고 부르는 음력 초하루부터 며칠 동안 김포에 사는 명 유민들이 여기저기 모여서 폭죽놀이를 했다. 죽마를 탄 젊은 남자가 사람들 사이를 누비고 있었다.

활터에서 활을 쏘고 돌아오던 홍치택(洪致澤)이 멈춰서 폭죽놀이를 바라보았다.

"치택 형, 요즘 저 유민들을 사람들이 뭐라고 하는지 알아요?"

이웃집에 사는 후배가 활 통을 내려놓으며 말문을 열었다.

"뭐라 하는데?"

"조선으로 살러 왔으면 조선 사람이 되어야 하는데, 백 년 전 그대로 정지된 시간 속에서 사는 사람들이라고요."

주로 대명포구에 몰려 사는 명의 유민들은 김포현이나 통진부의 토박이에게 환영받지 못했다. 그들은 칠십 년 전에 명나라가 망한 뒤부터 청국의 박해를 피해서 수시로 조선으로 건너왔지만, 그들만의 마을을 만들어 모여 살면서 조선인들과 쉽게 어울리지 않았기 때문이다.

퓨웅

폭죽이 또 터졌다.

"저러다가 때가 되면 다시 중국으로 돌아갈 사람들 같아요."

"목숨을 걸고 도망쳐 나온 사람이 갈 곳이 어디 있겠어? 저러다가 조선 사람 되겠지."

치택은 이리 대꾸했지만, 그 역시 유민들이 이방인처럼 따로 노는 것이 못마땅했다. 예전에는 임진왜란 때 참전했던 장수의 후손들이 들어왔지만, 요즘은 학자나 솜씨 좋은 장인들이 많이 들어온다고 들었다.

"손재주는 좋은가 봐요. 농사지을 때 수차도 쓴다고 하던데요."

"수차?"

우리나라 사람들은 가뭄이 들었을 때 저수지와 제방을 쌓아 물을 끌어대는 것밖에 모르지만 중국 농민들은 수차(水車)를 양수기로 이용하여 가뭄을 이겨냈다. 치택도 그 원리를 알고 있고 관에서도 보급한다는 말은 들었지만, 유민들은 이것을 예전부터 쓰고 있다는 것이다.

"근처에 사는 정 초시님이 신기해서 제작법을 가르쳐 달라고 했더니 입을 꽉 다물었다네요. 그러니 토박이들이 미워하지 않겠어요?"

최근 본토에서 도망쳐 온 유민들은 조선말을 거의 못했는데 배우려는 의지가 없어 보였다. 그들끼리 김포의 기름진 땅에서 농사짓고 염하강에서 고기 잡아도 충분히 살 수 있었기 때문인지도 모른다.

"굴러 온 돌이 박힌 돌 뺀다고 사람들 불만이 많아요."

그럴지 모른다. 조선인들이 지금까지 살아온 방법을 지키는 것에 비해 지식수준이 높은 유민들은 새로운 방법을 많이 찾았다. 최근에는 재배한 인삼을 가공해 약품을 만들었는데 변비에 특효라고 했다. 명의 유민들은 그들에게 안정된 삶을 보장한 조선 조정에다 배로 바다를 건너 어업과 무역도 하게 해달라고 청원도 했으나 단번에 거부당했다. 청국의 오해를 살 수 있기 때문이다.

퓨유융 쾅

커다란 폭죽이 하늘을 아름답게 수놓았다. 활짝 핀 꽃 모양이다.

"조선에 살러 왔으면 조선의 법도를 따라야지……저게 뭐람."

후배는 계속 구시렁거렸다. 치택이 맞장구치지는 않았지만 자기 나라에서 쫓겨와 조선으로 왔으면 말도 익히고 토박이와 교류도 해야 하는 게 아닌가. 아무리 임진왜란 때 구원병을 보내 일본의 침략을 막아주었다고 해도 너무 교만해 보였다.

매 한 마리가 하늘을 비상하는 것이 눈에 들어왔다. 그것을 보자 연잉군이 재작년에 가현산에서 매사냥한 것을 떠올렸다. 들리는 말에 의하면 별장에 들어온 멧돼지를 화살 한 대로 잡았다고도 했다. 그런 왕자가 어제 서원에 돈을 보냈다고 한다.

"서원 증축에 연잉군이 오백 냥을 보냈다는 것이 무슨 말이냐?"

홍치택은 중봉 조헌 선생의 덕행을 기리고 지방의 유학교육을 담당하기 위하여 지은 우저서원(牛渚書院)의 훈도이다. 조헌(1544~1592)은 조선 선조 때의 학자로, 임진왜란 때 의병장으로 금산전투에서 일본군과 싸우다가 칠백명의 의병들과 함께 전사한 의로운 선비이다. 조헌의 생가터에 서원을 지어 우저서원이라 하고 유생들에게는 유학을, 평민들에게는 생활에 필요한 지식을 가르쳤다.

"아, 그거요. 아버님 말씀으로는 우리 서원의 든든한 후원자라고 하던데요."

"연잉군이 매사냥만 하는 줄 알았더니 인제 보니 학문에도 관심이 꽤 있나 보군."

퓨퓽

폭죽 소리에 매가 놀랐는지 얼른 길을 바꿔 날아갔다.

치택은 또 생각에 잠겼다. 이곳 김포에서 연잉군은 동해의 두 섬을 탈환하기 전까지 평이 안 좋았다. 이곳 김포, 통진의 대지주였기도 했고 가끔 노론의 공자들과 매사냥이나 낚시를 하는 것이 힘든 농사를 짓는 사람들에게는 부럽기도 하고 화도 나는 일이기 때문이다. 그러나 이곳 갑곶나루에서 의병을 훈련 시킨 다음에 동해로 나가 울릉도와 독도를 되찾아오는 것을 보고는 마음을 바꿨다. 지금은 활터를 이곳저곳에 만들어 활쏘기를 독려하고 있다.

"이번에는 또 어찌하려나? 연잉군이……"

치택이 혼잣말로 중얼거렸다. 요즘 청국의 사신이 뻔질나게 드나들며 명나라 유민들을 붙잡아 청국으로 돌려보내라고 호통을 치고 있다는 말을 들었기 때문이다. 이곳에서 전쟁이 벌어진다고 상상만 해도 몸이 떨렸다. 그에게는 매사냥하는 한량 왕자보다 일본 해적을 물리친 영웅 연잉군의 모습이 떠올랐다.

연잉군은 문갑에서 연판장을 꺼내 들고는 고민에 빠졌다. 과거 시험 준비에 몰두하고 있는 박문수가 서재에서 시경(詩經)을 들고 나가다 연잉군을 보고 말을 건넸다.

"나으리, 무얼 그리 만지작거리십니까?"

박문수는 연잉군의 속셈을 꿰뚫고 있지만, 짐짓 모른 체하고 묻는 것이다.

"이보시오, 박 어사. 마나베 아키후사에게 빼앗은 이걸로 어떻게 노론들을 떨게 할 것인가 궁리 중이라오. 좋은 생각이 없소?"

"글쎄요, 그건 삼두매에게 물어보는 것이 옳지 않을까요?"

박문수의 말에 연잉군은 마당 앞의 백송을 바라보다가 연판장을 내밀었다.

"그렇겠지? 하지만 이번에는 박 어사가 중매 좀 서시오. 내가 나설 일이 아닌 것 같소."

"성혼될지 모르겠습니다만 기꺼이 매파 노릇을 하지요."

다음날. 박문수가 김춘택을 찾아갔다. 그리고는 마나베 아키후사에게서 빼앗은 연판장을 돌려줄 테니 서종제 진사가 귀양살이에서 풀려나게 해달라고 했다. 춘택은 노론을 공포로 몰아넣은 문서를 되찾는 것은 반가운 일이나 희생양인 서종제를 구출하는 것에는 난처해했다. 그래도 거듭 연잉군의 뜻을 전하자 마지못해 상소를 올렸으나 즉각 반대 상소가 올라왔다.

'주상께서 단죄한 역적을 풀어주는 것은 궁궐에 호랑이를 들이는 것과 같습니다.'

김일경을 비롯한 소론의 강력한 반대 상소에 부딪혀서 서종제의 석방은 무산되고 말았다.

김춘택과 노론 사대신이 창의궁을 찾아와 고개를 숙였다.

"나으리, 저희가 온 힘을 다했지만, 소론에서 저리 반대하니……면목이 없습니다."

"할 수 없지요."

연잉군은 이들이 찾아온 목적을 다 알고 있었다. 어쨌든 상소를 올렸으니 연판장을 돌려 달라는 것이다. 연잉군이 문갑에서 연판장을 꺼내 대신들의 눈앞에서 휘 돌려보고는 얼른 부싯돌을 켜서 불에 태웠다. 후루룩하고 연판장이 타버렸다.

"고맙습니다. 나으리."

노론의 목줄을 쥐고 있는 연판장을 없애달라는 것이 힘들 것으로 생각했던 대신들은 너도나도 큰절을 올리고는 돌아갔다.

"나으리, 그걸 태우면 어떡합니까?"

박문수가 질책하자 연잉군이 문갑에서 연판장을 꺼내 보이며 씩 웃었다.

"괜찮소. 진본은 여기 있으니까."

"그럼, 아까 그것은……"

"김포의 농민들이 궁방전의 말이 자기네 밭을 함부로 침범하니 막아달라는 청원서였소. 마침 연판장과 비슷한 모양이더이다."

태연하게 말하는 그 말에 문수는 안도의 한숨을 푹 내쉬었다. 역시 삼두매답다. 심기가 불편했는지 연잉군은 김포로 가서 매를 잡아야겠다며 자리에서 일어났다. 박문수도 잡념을 떨치고 과거시험에 몰두하기 위해 김포의 별장에 따라가기로 했다.

자신들의 약점인 연판장이 사라지자 노론은 다시 옛날의 모습으로 돌아갔다. 다시 연잉군을 세자로 삼기 위해 나서자 김용택은 연잉군이 삼두매라고 주장했다. 이에 김춘택은 자기 집에 노론의 공자들을 모아놓고 지난 일 년간 삼두매가 나타나지 않은 이유를 설명했다. 그는 도성에서 의병이 떠나기 전날 집안 기둥에 박힌 화살을 보여주고 구겨진 한 장의 종이를 펼쳐 읽어내려갔다.

"너희 노론 당파가 동해의 섬을 빼앗으려는 일본에 대항해서 돈과 쌀을 내고 공자들이 연잉군과 함께 의병을 일으켰다 하니 왜란이 멈출 때까지 나도 지켜보겠노라. 삼두매."

그러자 노론 공자의 좌장인 김용택이 고개를 번쩍 들고 반박했다.

"형님! 그 협박장이 삼두매가 일 년 동안 조용했던 것에 대한 답이 될까요?"

"허어, 아직도 내 말귀를 못 알아듣겠느냐? 삼두매가 조용했던 것은 의로운 일에 앞장선 우리 노론 당파에 감동했기 때문이다. 도둑이 긴 하지만 일반 좀도둑과는 다르니라.”

“형님은 우리의 재물을 강탈하는 삼두매 편을 드시는 겁니까?”

나이 차가 많은 두 사람의 눈에 불꽃이 일었다.

“네가 연잉군을 그 도둑으로 의심하는 이유가 무엇이냐? 해적 두목을 화살로 맞춘 것은 덕재가 분명하고 꽂혔던 화살도 그 애 것이 아니더냐?”

춘택은 친척 동생인 용택이 아들 덕재의 공을 시샘하는 것으로 여기고 화를 냈다.

“네가 잘못 본 것이다. 천기도 분명 덕재가 쏜 것이라 말했다.”

용택이 김춘택의 사위인 이천기의 얼굴을 똑바로 바라보고 따진다.

“이 사정. 그때는 보지 못했다고 하더니 왜 말을 바꾸는 거요?”

그 말에 천기는 묵묵부답이다. 춘택이 다시 용택에게 퍼부었다.

“설사 연잉군의 화살에 맞았다고 해도 우연일 수 있다. 그렇다고 연잉군이 삼두매라는 것이 말이 되느냐? 그럼, 우리가 지금껏 도둑을 상전으로 떠받들었다는 말이냐?”

좌중이 싸늘해졌다. 용택의 말대로 연잉군이 도둑일 리 없다. 노론의 보호가 없었다면 벌써 연잉군은 소론 자객의 칼날에 죽은 목숨이 아니던가. 그래도 김용택은 목에 핏발을 세웠다.

“허나 지금까지 삼두매에게 당한 노론 벼슬아치를 볼 때, 빼앗긴 재물에 대한 내역을 볼 때, 앞뒤 사정을 모두 알고 있는 이가 연잉군이었습니다. 형님이 어음을 숨긴 곳이 항아리 속이라고 연잉군에게 말씀하지 않았습니까?"

그 말에 춘택은 대꾸할 말이 없다. 청국의 대신에게 보낼 뇌물에 대해 질문받았을 때 그리 말한 적이 있었기 때문이다. 묵묵히 듣고 있던 이천기가 입을 연다.

"그 말은 여기 모인 공자들이나 대신들도 다 들은 말이오. 그렇다면 연잉군을 의심할 것이 아니라 우리도 의심해야 하는 것이 아니겠소?"

"아니요. 덕재가 자기 방에 만들어놓은 금고는 우리는 아무도 몰랐소. 덕재 말로는 연잉군과 단둘이 술을 마실 때 흘린 말이라 하오."

김덕재가 얼굴이 벌게져서 고개를 푹 숙였다. 용택의 말에 좌중은 술렁거렸다.

"나는 소론이 연잉군을 삼두매라고 지목하는 것이 허무맹랑한 것이 아니라고 믿소. 여러분도 겪었듯이 울릉도와 독도를 해적에게 빼앗기고 되찾는 모든 과정에서 멍청이 연잉군을 보았소? 내 눈에는 감쪽같이 우리의 재물을 탈취해 간 삼두매의 그림자만 어른거렸소."

"허허허, 그러더냐? 그럼, 네가 연잉군이 삼두매라는 증거를 찾아보아라. 그리하면 믿겠으니."

연판장을 불태운 것을 상기하며 냉소하는 춘택에게 용택이 고개를 치켜들고 내뱉듯 말했다.

"염려 마오. 조만간 연잉군의 정체를 밝혀낼 테니."

문밖에서 쟁반에 술병을 놓고 서 있는 여종이 아까부터 이들의 말을 엿듣고 있었다. 그녀는 그들의 말 한마디도 놓치지 않고 머릿속에

담아 놓고 있었다.

　같은 시각. 비밀 문을 연 연잉군이 사다리를 타고 밑으로 내려갔다. 그 뒤를 박문수가 따랐다. 옆집으로 뚫린 땅굴은 그리 길지 않았다. 열쇠로 닫힌 문을 열고 안으로 들어가 사다리를 타고 위로 올라가니 말똥 냄새가 코를 찔렀다. 세 마리의 말이 묶여 있었는데 그 중 두 마리가 삼두매가 타고 다니는 말이다.

　"어서 오십시오. 왕자님."

　기다리고 있던 청지기가 연잉군을 맞이했다. 박문수는 마구간 한쪽에 놓인 커다란 함을 보고 그 안에 삼두매 복장과 활, 칼 등이 숨겨져 있으리라 짐작했다. 두 사람은 이 집의 주인 석중립(石仲立)의 사랑채로 안내되었다.

　"사부님, 이 사람이 저를 돕는 박문수입니다."

　"아, 그렇소? 옆집에 살면서도 이제야 겨우 얼굴을 보게 되는구려."

　"창의궁 서기 박문수입니다. 장군님."

　석중립이 고위급 무관출신이었기에 장군이라고 부르는 것이다. 그가 연잉군에게 말한다.

　"중원의 움직임이 심상치 않소."

　"네. 동쪽 바람이 잦아드니 서쪽 바람이 몰아칠 기세이군요."

　"그렇소. 정성공의 후예들이 조선으로 망명한 유민들과 손을 잡고 청을 침공한다는 소문에 강희제가 노발대발했다고 하오. 그래서 이를 추궁하기 위해 칙사를 보낸다고 하오."

석중립은 중국에서 태어나 현지에서 비밀결사 활동을 하던 딸 석정(石晶)이 보내온 정보를 연잉군에게 자세히 말했다. 곁에서 박문수가 들으니 청의 위협을 피부로 느낄 수 있었다.

중립이 문갑에서 여러 장의 종이를 꺼냈다. 한 장은 석중립의 딸이 전해준 편지인데 밀가루 도매상이 산동성의 다른 동업자에게 보낸 것이었다. 얼마 얼마의 분량의 밀가루를 어디로 보내라는 내용이었다. 그러나 이 평범해 보이는 편지의 내용과 숫자는 암호문으로써 석 장의 다른 종이에 풀이되어 있었다. 연잉군이 풀이된 것을 쭉 훑어보고 말한다.

"청국의 첩자들이 조선에서 정탐한 내용을 보내는군요."

"그렇소. 지금까지는 간간이 첩자를 보내 소극적으로 정보를 입수해 갔지만, 최정예 첩자들이 본토에서 직접 온 걸 보면 큰 것을 노리는 것이 분명하오."

큰 것이라는 것은 조선의 침략을 말하는 것이다.

"아직은 첩보수준이지만 이번에 사신으로 간 소론 사신을 십사 아거가 은밀히 만났다고 하오. 소론의 움직임을 알아볼 수 있겠소?"

즉 강희제의 열넷째 아들 윤제가 연잉군의 적인 소론과 접촉을 시도했다는 뜻이다.

"아하, 저도 형편이 어렵습니다. 노론의 아이들이 저를 의심합니다. 지금 옥에 갇힌 것이나 다름없습니다."

연잉군이 노론 공자들의 움직임에 대해 말하자 석중립이 걱정스런 표정을 지으며 활빈당을 동원하라고 충고했다. 그러나 그들은 지금 청군의 동향을 살피기 위해 압록강 변에 머물고 있다고 했다.

"그럼, 누군가 삼두매의 대역을 하면……"

이렇게 말하고 박문수를 흘끔 바라보았다. 연잉군은 그 의미를 눈치챘지만, 얼른 말을 끊는다.

"머지않아 몇 명이 돌아오니 그때 움직이면 됩니다."

창을 든 호위무사가 사랑채를 지키고 있을 때 석중립과 연잉군의 귓속말은 끊이지 않았다.

구중궁궐에서 자란 왕자 연잉군이 삼두매 의적이 될 수 있었던 것은 석중립 덕분이었다. 그가 오위도총부 종4품 경력(經歷)으로 창덕궁에서 근무할 때 명나라 유민의 비밀결사인 관우회(關羽會)를 이끌면서 중국에서 오랫동안 전해 내려오던 살수(殺手)의 기법을 연잉군에게 전수해 주었던 것이다. 여기에 김광택의 소개로 귀화한 일본 고가(甲賀) 닌자를 만나 인술을 익혔기에 신출귀몰한 도둑질이 가능했던 것이다. 두 사람의 밀담이 끝난 것은 한밤중이었다. 땅굴을 통해 창의궁으로 돌아온 연잉군이 박문수에게 묻는다.

"박 어사, 얼마 전 우리가 잔치를 벌이고 있을 때 그 집에서는 끔찍한 주검이 있었던 것 같소. 어찌 생각하시오?"

문수가 아무 대꾸가 없자 연잉군이 다시 묻는다.

"왜 대답이 없소?"

그제야 문수는 고개를 번쩍 들었다.

"아, 죄송합니다. 잠시 생각을 하느라……석 장군의 말씀을 들어보니 관우회라는 조직에 심각한 문제가 발생한 것 같군요."

"음, 박 어사도 그리 생각했구려. 첩자들이 계속 침투하고 있소."

청국의 첩자들이 도성에서 합법적으로 첩보활동을 하고 있고 칙사를 계속 보내 압력이 강해지고 있다. 청국은 조선으로 망명한 명 유민의 충동질로 북벌을 계획한다고 믿고 있었다.

"청국을 친다는 것은 달걀로 바위 치기요. 조선이 다시 호란을 맞을 수는 없소."

그렇다. 병자호란으로 해서 얼마나 큰 피해와 치욕을 당했던가. 무고한 사람의 살상은 물론이고 부녀자들은 개돼지처럼 끌려가서 정조를 잃었고 어린아이들은 노예로 팔려나가지 않았던가.

"과거시험이 얼마 남은 지는 알고 있으나 나라가 위태로우니 박 어사의 힘이 필요할 때가 있을지 모르오. 그때는……"

"나라를 위해서라면…… 과거는 뒤로 미루겠습니다."

박문수가 그리 말하자 연잉군은 잠시 뭔가 생각하더니 고개를 가로젓는다.

"아니요, 아니요. 그만큼 박 어사를 희생시켰으면 되었소. 그리고 이 문제는 명나라 유민들 일이니 그들이 해결해야지. 박 어사는 과거시험 공부나 열중하시오. 그만 돌아가 쉬시오."

문수가 고개를 숙여 인사하고 자기 방으로 돌아가자 방문을 지키고 있는 메뚜기를 불렀다. 겨울바람이 찬 탓인지 양 볼이 빨갰다.

"광택아! 네가 큰일을 해주어야겠다."

연잉군이 앞으로 할 일을 말해주자 묵묵히 듣고 있던 광택은 고개를 번쩍 들었다.

"그러면 나으리의 호위는 누가 합니까?"

"노론 공자들에게 부탁해야지."

"안 됩니다. 그자들은 나으리를 의심하고 있지 않습니까?"

울릉도와 독도를 다시 탈환하는 과정에서 함께 한 노론 공자들은 이제 연잉군을 의심의 눈초리로 바라보았다. 좌장인 김용택이 창의궁 노복들을 은밀히 만나려는 것도 보고받았다.

"아니야, 이럴수록 삼두매가 위축되면 그들에게 지는 거야."

"나으리, 박 서기에게 말해 삼두매 대역을 하라 하면 어떨까요? 키도 비슷하고 머리도 비상하니 활빈당 조직 일부를 불러들여 함께하면 됩니다."

"허허, 박문수를 가짜 삼두매로? 안 돼. 그 사람은 고지식해서 의적도 도둑이라고 하는데…… 암행어사 될 사람에게 그리해선 안 된다. 그리고 어쨌든 과거에는 붙어야지. 내가 알아서 할 테니 너는 떠날 준비나 해라."

연잉군은 속으로는 박문수가 삼두매를 대역한다는 말이 그럴듯하다고 생각했지만, 과거에 몰두하라고 한 이상 다른 말이 있을 수 없었다.

김일경이 남산 밑 마른내길에 있는 최흥일의 집에 불쑥 나타난 것은 해가 졌을 때였다. 아담한 기와집 대문 앞에서 그는 시린 손을 호호 불며 한참 동안 문이 열리기를 기다렸다.

"나으리, 미안합니다."

얼굴이 벌게진 최홍일이 대문을 열었다. 저쪽에서 옷깃을 여미고 있는 여자가 보였다. 그녀는 재작년 김포에서 연잉군을 죽이려다 실패하고 최홍일과 도주했던 자객 심지영이었다. 아내가 없는 최홍일은 지금 그녀와 동거 중이다. 건장했던 그가 홀쭉해진 것으로 보아 여자가 색을 많이 밝히는 모양이었다.

"오랜만에 보니 몸이 많이 축났군."

"아, 네."

홍일이 겸연쩍게 웃는다. 요염하고 풍만한 그녀는 잠자리 기술이 좋아 서방을 여럿 잡아먹었지만, 종사관에서 쫓겨난 뒤 절망에 빠진 그가 기댈 수 있는 유일한 여자이기도 했다.

"이 저녁에 웬일이십니까? 미리 연락을 주시지요."

"미안하이. 노론 쪽에 심어둔 밀대에게서 정보가 들어와서 의논하려고 하네."

"네, 어서 들어오시지요."

방으로 안내한 최홍일은 지영을 시켜 술상을 봐오게 했다. 한참 방사를 치르는 중에 찾아온 손님이 반가울 리 없다. 잔뜩 심통 난 얼굴로 술상을 내려놓고는 휭하니 밖으로 나갔다.

"저런, 저런. 막돼먹은 것 같으니."

홍일이 그녀의 뒤에다 대고 욕을 하자 일경이 말렸다.

"아니지. 내 잘못이네. 내가 불쑥 온 것은 노론의 공자 아이들이 연잉군을 의심하기 시작했기 때문이라네."

김일경은 노론 공자들의 회합에서 오간 이야기를 했다. 춘택의 집에서 술상을 나르는 여종을 매수해서 얻어낸 정보에 의하면 연잉군을 삼두매라고 반쯤 확정했다는 것이다.

"연잉군이 동해의 섬을 되찾은 후에 주상의 총애가 더욱 깊어졌다고 하네. 노론도 자식을 앞장세워 공을 세웠으니 고개 바짝 들고 다니고. 우리 입지가 좁아졌으니 남은 비책은 뭉쳐진 그들을 이간해서 서로 싸우게 하는 것이네."

"이간책이라…… 좋은 계책입니다."

"이런 형편이니 자네가 기회 봐서 김용택을 만나 우리가 연잉군을 의심하게 된 사정을 모두 말해 주게. 의심의 기름에 불을 붙이란 말이야. 그리고 또 있네. 박문수 있지 않은가?"

김일경이 박문수를 입에 올리자 홍일은 고개를 가로저었다.

"그자는 안 됩니다. 일본까지 같이 간 자 아닙니까? 심복 중의 심복이라고 할 수 있습니다. 이간이 안 될 것입니다."

"아니네. 지금 이광좌 대감의 말에 의하면 박문수는 봄에 있을 별시를 보기 위해 열심히 공부한다고 하네. 그러니 이간시킬 묘책이 있네."

김일경의 말에 의하면 박문수의 실력으로 진사시는 무난히 급제할 것이라고 했다. 그러니 이리이리 하자고 귓속말을 하는 것이었다.

통진의 문수산은 가파른 곳이 많은 데다 눈이 잔뜩 쌓였지만, 연잉군과 박문수는 매막을 향해 올라갔다. 매를 잡을 시기는 이때가 아니면 안 된다. 흰 눈에 먹이를 찾아 나선 들쥐와 이를 잡으려는 매가 동시에 나타나기 때문이다. 며칠 전에 올라가 매막을 만든 궁노들이 두 사람을 따라 취사 도구와 식량을 등에 지고 올라가고 있었다.

"나으리, 메뚜기가 없는 마당에 제가 호위가 될 수 있겠습니까?"

몇 번 미끄러진 박문수는 군이 매막으로 끌고 가는 연잉군의 의도를 이해할 수 없었다. 호위무사 김광택은 보름 전에 창의궁을 나가고 없었다. 어디로 갔느냐고 물으면 먼 곳으로 심부름 보냈다고 대꾸해서 더 물어볼 수도 없었다.

"박 어사! 내가 무슨 호위가 필요하오? 메뚜기를 곁에 둔 것은 사람들 눈을 속이기 위한 것을 모르시오?"

맞는 말이다. 중국과 일본의 비술을 모두 익힌 삼두매가 무엇이 두렵겠는가. 웬만한 자객 열 명이 기습한다 해도 거뜬히 당해낼 수 있지 않은가. 힘에 부치면 재빨리 도망치면 된다.

"그러면 왜 저를 데리고 가자는 것입니까?"

"박 어사! 내가 여기 있는지 모르고 별장에 자객이 든다 합시다. 그러다 딱 마주치면 누가 박 어사를 지켜 주겠소? 그러니 나와 같이 있는 것이 목숨을 보전하는 길이요."

하고 너스레를 떨더니 크게 웃었다. 하하하

"저도 제 몸 하나는 지킬 수 있습니다."

싸우는 것은 자신 없지만 도망치는 것은 자신이 있다. 발이 빠르기 때문이다.

"이런, 이제 농도 못하겠네. 매를 잡으려면 길면 보름도 걸리는데 심심해서 어찌 나 혼자 매막을 지킬 수 있겠소? 그리고 산중이니 잠념

없이 공부하기 좋을 것이오."

이렇게 말하니 문수는 대꾸할 말이 없다. 산에 올라가 매막을 보니 움막이지만 잘 지어놓았다. 바람이 들어오지 못하게 채비를 잘해놓아 화로를 피우니 아늑하기도 했다. 연잉군이 궁노들과 함께 매그물을 쳤다. 이렇게 한 다음에 아침부터 오후까지 매가 날아와 그물에 걸리기를 기다려야 한다. 떨어진 곳에 움막을 지어놓고 궁노들이 때맞춰 식사를 준비하고 수발을 들지만, 매가 날아오는 것을 지켜보는 것은 오로지 연잉군의 몫이다.

비둘기를 미끼로 했지만 매는 좀처럼 날아오지 않았다. 저녁이 되면 등불을 켜고 박문수는 아침부터 계속했던 책 읽기를 반복했다. 그러다가 글이 막히면 연잉군에게 물었는데 언제 책을 다 읽었는지 척척 대답해주는 것이었다. 문수가 감탄한다.

"나으리, 과거장에 나가면 장원급제하시겠군요."

"시험을 볼 수 있다면 그리하겠지만, 신분 때문에 어려울 것이오. 나는 왕자 아니요?"

연잉군은 이리 말하고는 빈 활을 잡아당기는 것이었다.

"매를 얼른 잡아야 김현감과 활쏘기를 겨룰 수 있는데. 내가 하치에몬을 쏜 것이 실수였소. 다행히 박 어사가 덕재의 화살을 가져다주었기에 망정이지……"

연잉군은 연신 떠들었다. 박문수는 빈틈없이 행동하다가도 가끔 흥분하는 연잉군의 성질을 파악했기에 몰래 김덕재의 화살을 훔쳐내 연잉군의 화살과 바꿔치기한 것이다. 하치에몬을 맞춘 화살의 표식이 덕재 것이기에 그나마 노론 공자들은 확신을 못하고 있는 것이다.

"요즘은 내가 살얼음을 걷는 기분이오. 언제 청국이 쳐들어올지 모르는데 노론 공자들은 나를 의심하고…… 내가 그자들하고 연회를 할 때 박 어사가 삼두매로 분장하고 노론 대신 집이라도 털었으면 좋으련만. 하하하. 농담이오, 농담."

그러나 박문수는 그 농담이 진담이라고 믿었다. 메뚜기는 어디론가 사라지고 본인은 정체가 밝혀질 위기에 빠졌으니 이런 말이 나온 것이다. 그러나 박문수는 뚱보나 게이샤로 변장할망정 도둑은 할 수 없었다. 법을 수호하는 암행어사가 그의 소원 아니던가.

"나으리, 이참에 도둑은 그만두시지요."

문수의 충고에 연잉군은 괜한 말을 했다는 표정을 지으며 대꾸했다.

"벼슬아치 도둑놈이 없어진다면 그리하겠소. 하지만 요즘 김춘택의 돈궤가 비었는지 다시 상인들에게 돈을 거둬들인다 하오."

그 말은 노론 공자들이 아무리 의심한다 해도 삼두매 노릇을 그만둘 수 없다는 것이다. 그러면서 곧 청의 칙사들이 조선으로 들어올 것이고 잡은 매를 그들에게 줄 것이라고 말했다.

매막에 든 지 열흘이 되던 날 드디어 매 한 마리를 잡고 뒤이어 두 마리를 잡아 두 사람은 하산했다. 연잉군은 별장으로 가지 않고 김포현 관아로 가서 김덕재와 활쏘기를 겨루었는데 스무 번을 쏘아 열다섯 번 명중하는 놀라운 솜씨를 보였다. 덕재의 눈이 휘둥그레졌다.

"나으리, 언제부터 활 솜씨가 이리 느셨습니까?"

"이게 활쏘기 자세를 교정해준 김현감 덕분 아니겠소? 문수산에 올라가 피나는 훈련을 했소."

연잉군은 그동안 몇 차례 김포 관아로 가서 김덕재의 활쏘기 지도를 받았다. 연잉군은 불룩 튀어나온 알통을 보여주며 하루 몇 시간씩 활을 쏘았다고 자랑하자 김덕재는 흐뭇했다. 자신이 연잉군의 둘도 없는 단짝 친구라고 얼마나 자랑하고 다녔던가. 그 덕분에 인근의 토호들은 물론이고 낙향한 고관들도 그에게 잘 보이려고 선물을 싸들고 찾아왔다.

"나으리가 이렇게 활쏘기에 소질이 있으실 줄이야. 그런데 용택 아저씨는 그리 헛말을 하시니."

덕재가 무심코 내뱉는 말을 연잉군이 놓칠 리 없다.

"그게 무슨 소리요? 헛말이라니?"

"아, 글쎄. 저번에 다시 만났을 때도 해적 두목을 쏘아 맞힌 것이 제가 아니고 나으리라고 우기면서 잘 생각해 보라고 우격다짐을 하더군요."

"그럴 리가. 그때는…… 내 솜씨가 형편없지 않았소?"

"오늘 나으리 솜씨로 봐서는 혹시 그럴지도 모른다는 생각이 드는군요."

"아니요, 아니요. 분명히 김현감의 화살이었소. 이 큰 눈으로 분명히 보았소."

연잉군이 눈을 크게 떠 보이자 김덕재는 바보처럼 히죽 웃었다. 우직하지만 한때 명포도관 소리를 들었는데 이제는 멍청함만 남았다. 김용택에게는 자기 방에 비밀 금고가 있다는 것을 연잉군만 알고 있다고 고백했지만, 막상 노론 공자 앞에서 확인할 때 연잉군이 자기는 그런 말을 들은 적이 없다고 딱 잡아떼자 덕재도 그 말을 했는지 기억이 잘 안 난다고 슬며시 뒤로 뺐다.

"김 교리는 왜 조카인 현감을 사사건건 뜯는지 모르겠소. 저번에는 현감이 술에 취해 내게 금고에 관한 말을 흘렸다고 하더니만…… 혹시 내가 좌장인 자기보다 김현감을 좋아하니 시샘하는 게 아니요?"

그 말에 순간적으로 허물어진 덕재는 감춰둔 비밀을 끄집어내고 말았다.

"맞습니다. 저를 시샘하는 것이 분명합니다. 그뿐이 아닙니다. 용택 삼촌은 나으리가 삼두매라고 충동질하고 있습니다."

연잉군이 처음 듣는 말처럼 놀란 토끼 눈을 하고 되물었다.

"내가? 내가, 삼두매란 말이요? 왕자인 내가?"

"김일경이 최홍일을 보내 증거를 내놓았다고 합니다."

연잉군이 놀라 기절할 듯한 표정을 짓는다.

"오호라! 내가 삼두매가 아니란 것은 성산포에서 밝혀지지 않았소? 그때 현감이 봉변을 당하기도 했지만."

"딴 사람도 아니고 김일경의 말을 믿을 수 있습니까? 그런 모사꾼을…… 사람들은 나으리가 삼두매라는 것보다 김일경이 삼두매였다 하면 더 믿을 것입니다."

그러자 연잉군이 옳다구나 하고 맞장구를 쳤다.

"암. 그렇고말고. 왕자인 내가 무엇이 부족해서 도둑질한다는 말이오. 김포, 통진 일대의 땅이 모두 내 것이고 삼두매에게 당한 것이 모두 노론인데. 김일경이 이간책을 쓰는 거요. 그런 말에 혹하다니⋯⋯ 인제 보니 김 교리가 내게 나쁜 감정을 품고 있는가 보오."

"그렇습니다. 나으리께서 공자들 앞에서 저를 제일 가까운 동무라고 말씀하신 이후로 그리합니다."

"저런, 저런. 나는 김교리가 그렇게 시샘이 많은 사람인 줄 몰랐소."

꿍짝이 맞은 두 사람은 김용택의 험담을 끝없이 하고 헤어졌다.

말을 타고 별장으로 돌아온 연잉군이 서울로 떠날 채비를 차렸다. 박문수에게는 조용한 별장에서 공부를 더 하라고 했지만, 그는 기어코 따라나섰다. 속셈이 있었다.

"나으리. 이제 도둑질은 그만하십시오. 꼬리가 길면 잡힌다고 하지 않습니까?"

창의궁으로 돌아오는 그때까지 반복적으로 잔소리했다. 연잉군은 귀에 말뚝을 박은 듯 못 들은 척하다가 나중에는 화를 벌컥 냈다.

"박 어사! 그만 하시오. 과거 공부만 하라고 했더니⋯⋯나라고 뭐 이 짓을 하고 싶어서 하오? 양반 도둑들이 설치니까 힘없는 백성을 위해 어쩔 수 없이 하는 것이고 또, 형님의 안위를 위해서요."

"세자마마 때문이라고요?"

박문수가 되물었다. 지금까지 연잉군은 자신의 도둑행위가 백성을 위한 것이라고 말했지 세자를 위한 것이라고는 말하지 않았다. 따지고 보면 소론이 미는 세자와 연잉군은 원수사이다. 숙빈 최씨가 고자질을 하지 않았더라면 장희빈은 목숨을 잃지 않았을지 모른다.

'마마, 희빈 장씨가 밤마다 왕후마마의 초상을 걸어놓고 화살을 쏘며 저주를 한다 합니다.'

이 말만 임금에게 말하지 않았더라면 세자와 연잉군은 우애 깊은 형제로 남아 있었을 것이다. 세자가 이복동생인 연잉군을 얼마나 사랑했는지는 궁인(宮人)들은 모두 알고 있다. 아우인 연잉군이 책 읽고 있는 소리를 듣고 싶어 생모의 눈을 피해 찾아와 보곤 했다. 그러나 지금은 만남이 아예 차단되었을 뿐 아니라 연잉군의 노론과 세자의 소론으로 파당이 나뉘어 호시탐탐 노리고 있는 형편 아닌가. 죽이지 않으면 죽어야 하는 원수 사이가 되었다.

"나는 어려서부터 형님이 내게 베푼 사랑을 결코 잊을 수 없소. 노론은 나를 장차 보위에 올리려 하지만 나는 형님 세자를 꼭 보위에 올릴 것이요."

이 말을 끝으로 연잉군은 입을 다물었다. 찬바람이 세차게 불어왔다. 휭

2

검은 구름은 드리워지고

　도성이 발칵 뒤집어졌다. 동래부에서 올라오던 은상(銀商)이 문경새재를 넘다가 강도를 만나 모두 털리고 세 명의 호송인과 은상이 차디찬 시체가 되어 돌아왔기 때문이다.

　"뭐라꼬? 삼두매 도둑?"

　은상을 죽이고 은덩이를 빼앗은 것이 삼두매라는 것에 동래사람들은 놀라워했다. 그는 의적이 아니던가. 주로 도성 안에서 나타났던 삼두매가 일반 도둑처럼 새재에 나타난 것도 이상한 일인데 무고한 사람들에게 살인 강도질했다는 것에 어안이 벙벙했다.

　"뭔가 잘못 안 거 아닌가?"

　삼두매 의적을 직접 대한 것은 아니지만 왕래하는 상인들을 통해 풍문으로 듣고 있었던 동래부 사람들은 놀라워했다. 은덩이를 몽땅 내주고 살아남은 상인들은 삼두매 복장 차림의 사내가 두목 같았다고 증언하자 죽은 이들의 장례를 치를 때는 삼두매에 대해 이를 갈았다. 이 소식은 며칠 지나지 않아 박문수를 통해 연잉군에 전해졌다.

"내가 옴짝달싹 못하고 있는데 이런 일이 벌어지다니."

연잉군은 자신의 이름을 도둑질한 가짜 삼두매에 대해 분노했지만, 이들을 응징하러 도성을 빠져나갈 수는 없었다. 이천기를 호위무사로 내세운 노론의 공자들이 지켜보고 있을 것이기 때문이다.

"나으리, 이런 흉악한 일이 있습니까? 삼두매를 파렴치한으로 몰다니요?"

박문수도 화가 나서 얼굴이 붉으락푸르락했다. 연잉군은 아버지를 잃은 상주에게 삼두매의 짓이 아니라는 것을 밝히는 편지라도 쓰겠다고 했다가 그만두었다.

창의궁의 분위기가 침통한 것에 비해 김일경과 최홍일은 반색했다. 다시 활동을 재개할 것이 분명한 삼두매의 명성에 치명타를 안겨줄 수 있기 때문이다.

"어떤 놈의 짓인지 모르지만, 연잉군이 몹시 당황했겠군."

김일경이 싱글벙글하면서 장죽을 물었다. 그리고는 담배를 깊게 빨아들였다. 최홍일은 술잔을 들어 한 모금 마셨다. 국화향기가 물씬 났다.

"도대체 어떤 놈일까? 자네는 짐작 가는 곳이 있나?"

최홍일은 활빈당의 간부에다 좌포청 종사관을 지냈다. 삼두매가 등장한 이후에 모두 다섯 명의 가짜 삼두매가 모습을 드러내긴 했다. 그중 두 명은 추적해서 붙잡았지만 세 명은 다시 나타나지 않은 것으로 보아 사칭을 그만두거나 삼두매에 의해 처단된 것으로 추정했다.

"아마도 도둑의 경력이 짧은 자인 것 같습니다. 솜씨가 깔끔하지 못했다고 합니다."

"그런가? 그러면 쉽게 잡히겠는걸."

일경은 실망했다. 삼두매의 평판이 나빠지려면 잡히지 말고 계속 강도와 살인을 반복해야 한다. 그래야 연잉군이 움직일 것이다.

"그럴 것 같지는 않습니다."

홍일은 좌포청의 포교 장일두가 전해준 사실을 토대로 의견을 말했다. 상인을 지키는 호송인들도 만만치 않은 칼솜씨가 있음에도 순식간에 목숨을 잃을 정도로 가짜 삼두매의 무술 실력이 뛰어났다는 것이다.

"삼두매처럼 꾸민 복장이 아주 어설프고 남겨둔 삼두매 부적도 조잡했지만, 칼은 제대로 배운 자 같다고 했습니다."

"그렇다면 또다시 일을 저지를 것 아닌가?"

김일경의 물음에 홍일이 대답했다. 살해된 은상과의 말다툼에서 가짜 삼두매는 개인적인 원한이 있어 보였다고 했다. 그래서 은상을 죽이기 위해 급히 떼도둑과 손을 잡고 삼두매 두목으로 가장한 것 같다고도 했다.

"돈을 탐내는 도둑이 아니었다라는 말이죠. 그러니 그것이 마지막일지도 모릅니다."

"그, 그런가?"

일경이 실망한 표정을 짓자 홍일이 말을 이었다. 가짜 삼두매는 원한을 갚았으니 다시 안 하려고 할지 모르지만, 부하들로 위장한 한패들은 도둑질에 이골이 난 자들이라 가만있지 않을 것이라 했다. 그제야 김일경의 입가에 미소가 돌았다.

남대문 못 미처 청국의 사신들이 머무는 남별궁이 있다. 그리고 거기서 멀지 않은 곳에 이층 누각의 간판을 「牧丹酒店」으로 내건 술집이 있었는데 조선사람들은 모란주점이라고 불렀다. 겉으로는 조선에 청국에서 만드는 술 문화를 전하기 위해 청국이 조정에 권유하고 외교를 담당하는 예조(禮曹)가 고맙게 받아들였다. 이런 명분으로 설립을 허가한 술집은 사실은 청국 첩자들의 소굴이었다.

"두목님, 칙사가 온다는데 후레자식들은 어찌할까요?"

측근인 두일의 물음에 주점주인인 강순보는 커다란 눈을 한번 떴다가 감더니 대답했다.

"그놈들은 아직 부르지 마라. 도성에 왔다가 말썽을 피우면 일이 다 틀린다."

후레자식은 호로(胡虜) 즉 병자호란 때 끌려갔다 돌아온 환향녀들이 이태원에서 출산한 아이들을 말한다. 청국 군인에게 겁탈당해서 낳았기에 태어날 때부터 저주를 받아 사람취급을 받지 못했다. 후레자식은 그들끼리 혼인을 통해 대를 이어왔는데 조선사회의 골칫거리였다.

"예조의 양 녹사는 아직도 문서를 찾지 못했나?"

순보는 창덕궁 대보단에서 제사를 지낸다는 정보에 촉각을 곤두세

왔다. 숙종은 청국 몰래 임진왜란 때 구원병을 보낸 명의 만력제 신종(神宗)에 대한 제사를 지냈다. 1705년 첫 제사를 지낸 이후 1712년 네 번째 제사가 끝이었는데 이것이 지금까지 알려진 행사였다. 올해 삼월에 제관을 선정해 제사를 지낸다는 첩보를 입수했다.

"네. 녹사 말로는 정세를 보고 바꿀 가능성이 있다고 합니다."

순보는 그럴 가능성이 짙다고 판단했다. 대보단을 짓고 이미 죽은 지 구십육 년인 신종을 추도하는 것은 병자호란의 치욕을 잊지 못하는 사대부들의 마음을 잡으려는 조선 임금의 술책이다.

"그래도 계속 진행하라고 해라. 제사에 대한 기록이 예조 어딘가에 숨겨져 있을 거야."

대보단에서 거행했던 제사의 공식적인 기록을 찾을 수 있다면 칙사들에게 조선 조정을 압박할 자료를 제공하게 된다. 그는 말을 마치자 벽에 붙은 작은 문수보살상 조각을 옆으로 치우고 엿보기 구멍으로 눈을 가져갔다. 아래층이 한눈에 내려다보인다.

"오늘도 놈들이 몰려와 있군."

주점 안은 손님들로 꽉 차있었다. 반년 만에 이층집을 짓고, 주점을 개업했을 때 손님들은 한 명도 없었다. 조선의 동태를 감시하기 위해 청국의 압력으로 세운 술집이라는 소문이 파다했기 때문이다. 그러나 도성에서 드문 이층 누각에 대한 호기심과 맛있는 청국 술을 값싸게 먹을 수 있다는 말에 청국을 다녀왔던 역관과 관리가 하나둘씩 모습을 나타내더니 급기야 술꾼들이 몰려왔다. 그 안에 의금부나 포도청의 밀대들이 섞여 들어가 염탐하곤 했다.

"요즘 들어 찾아오는 횟수가 빈번하군요."

두일의 말에 강순보는 청국의 움직임이 심상치 않자 조선 조정에서 감시하려고 보내는 것으로 판단했다. 다시 엿보기 구멍을 닫고 말했다.

"동묘의 움직임은 어떠한가?"

"겉으로 보기에는 평온하나 석중립은 자주 드나듭니다."

"두삼에게 보고서를 올리도록 해라. 두이는 계속 후레자식들을 묶어두고."

"네, 두목님"

강순보는 부하들의 이름을 부르지 않았다. 대신 두씨 성에 일이삼(一二三) 등 숫자를 매겨 이들을 조종했다. 첩자의 이력이 노출되는 것

을 막고 개인의 이름을 잃은 이들을 첩보조직의 필요에 따라 제어하는 데 도움이 되기 때문이다.

"석중립의 딸이 조선에 들어왔다는데 지금 어디에 있나?"

"사직골 집을 나와 어디론가 사라졌다고 합니다."

순보는 석중립의 딸 석정이 문수보살상을 훔쳐갔던 도둑을 찾아 나선 것을 알고 있다. 강순보가 기다리는 것은 석정이 도둑을 잡고 문수보살상을 가지고 있을 때다. 그때 기습해서 두 가지를 모두 손에 넣을 것이다.

"보살상이 국사당에 있다는 풍문이 사실인가?"

"네, 하지만……아닐 것입니다."

순보는 최흥일에게서 되찾은 문수보살상이 국사당에 모셔져 있다는 풍문을 믿지 않았다. 그건 가짜이고 진짜는 어디엔가 숨겨져 있다는 것에 무게를 두었다. 비밀리에 접근해 온'부엉이'도 국사당에는 없다고 단정적으로 말하지 않았던가.

두일을 내보낸 후에 순보는 암호로 된 편지를 찾아 해독했다. 그 편지는 청의 십사 아거 윤제가 비밀리에 보낸 것이다. 해독이 끝나 내용을 읽어 보니 소론의 실세 김일경이 도울 것이라 쓰여 있었다. 그다음의 글에 순보는 깜짝 놀라더니 한숨을 쉬었다. 편지와 함께 받은 상자 속에 목을 절단하는 암살병기 혈적자(血滴子)가 들어있었다. 그 안에 들어갈 사람의 목은 바로 강희제의 넷째 아들 윤진이었기 때문이다.

어두운 골목을 검은 그림자가 조심스럽게 움직이고 있었다. 삼두매였다. 호위무사 이천기가 조부의 묘를 이장하러 간 틈을 노린 것이다. 그는 귀를 쫑긋하고 눈을 부릅뜨며 주위를 살피다가 조그마한 기와집의 담장을 훌쩍 뛰어넘었다. 시관(試官)을 보좌하는 서리 박가의 집으로 김일경이 왔다갔다는 첩보를 입수했기에 들어온 것이다.

쿨쿨 코 고는 소리가 요란했다. 삼두매는 호주머니에서 향을 하나 꺼내더니 부싯돌로 불을 붙였다. 그리고는 방문의 창호지를 침을 발라 뚫고 안에다 던졌다. 잠시 후에 방문을 살짝 열고 들어갔다. 박가 부부는 죽은 듯이 잠이 들었다. 수면향을 맡았으니 새벽까지 깨어나지 못할 것이다.

그림자는 등잔을 켜고는 문갑을 찾았다. 그리고는 그 안에서 한 장의 편지를 꺼내 읽어 보았다. 검은 복면은 천천히 읽어내려갔다. 또박또박 쓴 언문이었다.

'시관은 노론 쪽에서 뽑힐 것이나 그 밑의 자들은 아니다. 그들 중에 형편이 어려운 자를 알려준다면 스무 냥을 주겠다고 이 문서로 확약한다. 김일경'

박문수는 애가 탔다. 이번 시험은 별시(別試)로 시험이 어렵지 않다고 한다. 그러니 많은 이들이 응시할 것이고 우열이 분명치 않으니 실수하면 낙방을 면할 수 없을 것이다.

"삼두매가 도성에 들어와서 강도질했다네. 김 역관 집을 털었다지?"

"그 사람이 무슨 나쁜 짓을 했나? 심성이 착한 분으로 알고 있는데."

"무슨 짓은. 그냥 부자라는 것 때문에 표적이 된 거지. 삼두매가 이상해졌어. 난폭한 데다 돈까지 밝히니. 망령이 들었나? 원."

통진의 조강포구에서 배를 탄 박문수는 전류포구, 감암포구를 거쳐 마포로 들어올 때까지 계속 삼두매에 대한 악평을 들어야 했다. 김 역관은 삼두매가 훔친 물품을 처분하는 장물아비였기에 박문수도 아는 사람이었다. 진짜 삼두매는 노론 공자들의 의심 속에서 꼼짝 못하고 가짜 삼두매는 온갖 악행을 다하고 있으니 가슴을 칠 노릇이다.

'젠장, 이렇게 일이 꼬일 수가 있나?'

시험만 아니라면 당장 가짜 삼두매를 추적할 텐데 그럴 수가 없으니 가슴만 답답했다. 마포에서 내려 돈의문(서대문)을 향해 가는데 뒤에서 젊은이들이 떠드는 소리가 들려왔다.

"이보게, 그렇게 마음이 초조하면 관왕묘에 가서 빌어보게."

"관왕묘? 관우 장군을 모신 동묘 말인가?"

이들이 말하는 것을 몰래 들으니 동묘의 관우상에 빌면 장사치는 부자가 되고 과거 응시생은 시험에 덜컥 급제한다는 것이었다. 그 말을 들으니 문수의 발길이 자기도 모르게 종로를 지나 동대문으로 향하는 것이었다. 그의 머릿속에는 과거 급제와 가짜 삼두매를 잡아야 한다는 생각이 뒤엉켜 있었다.

동묘는 동대문 밖에 있는 관우 사당이다. 임진왜란 때 명나라 장수 양호(楊鎬)가 꿈에 관우를 보고 승리를 했다고 하면서 조정에 사당설립을 제안했다. 조선에서 돈을 내놓고 명나라에서도 거액을 내놓아 지은 명나라식 건축물이다. 이후 조선의 각지에 관우를 신으로 모신 사당이 많이 세워졌다. 이로써 조선과 명이 혈맹임을 강조하는 풍조가 일어났다.

외국의 무인, 그것도 소설 속의 무인을 신으로 모신 것은 명나라는 구원병을 보내 조선을 구했다는 재조지은(再造之恩)의 사대주의를 강화하고 조선은 일본의 침략을 자력으로 막지 못한 조정의 무능을 감추기 위해서였다. 양국의 속셈이야 어쨌든 관우를 모신 묘는 명나라 유민들의 안식처였다. 그들은 동묘를 중심으로 종교활동을 하면서 주변에 시장을 열어 만남의 장소로 삼았다. 유민들이 도성 변두리에서 심은 채소를 이곳으로 가져와 판매하기도 했다. 경제활동도 하지만 은밀히 유민들의 안전을 위한 정보도 교환하고 집회도 열었다.

동묘 앞은 한 달에 한 번 열리는 장으로 몹시 시끄러웠다. 여기저기 중국어로 떠드는 소리가 들려왔다. 도성 근처에 사는 명나라 유민들이 이곳에서 생필품을 교환하고 있는 것이다. 청국 첩자의 눈을 피해 평소에는 죽은 척하고 있지만, 이곳에 와서는 오랫동안 쓰지 않던 중국어로 활기차게 대화를 나누곤 했다.

박문수는 무슨 죄라도 저지른 사람모양 사람들의 눈을 피해 동묘 안으로 들어갔다. 돈 많이 벌게 해달라고 기도하러 온 명나라 출신 유민들도 많았지만 자기처럼 과거에 급제시켜 달라고 온 듯한 조선사람도 몇 명 보이자 안도했다.

'제기랄, 내가 왜 중국 소설 속의 장군에게 과거 급제를 빌어야 하지?'

문수는 헛된 일인지 알면서도 과거에 꼭 급제해야 하기에 동묘까지 힘들게 온 것 아닌가. 유생들 틈에 끼어서 관우상 앞으로 왔다. 언월도를 든 위풍당당한 관우의 모습을 상상했는데 막상 앞에서 보니 눈꼬리는 위로 쭉 찢어졌고 괴상하게 생겼다. 그래도 신(神) 아닌가. 과거를 급제시켜준다면 길가에 굴러다니는 돌에라도 대고 빌 판이다.

'관우, 아니 관우 장군. 아니지 신이니까 관제님. 제발 이번 별시에 급제시켜 주십시오. 그러면 다시 찾아뵙고 시줏돈을⋯⋯아, 여긴 절이 아니니⋯⋯ 어쨌든 급제시켜 주시면 동묘에 돈을 내놓겠습니다. 그것도 아주 많이요.'

아주 유치한 기도 말을 읊조리며 열심히 절했다. 한참을 빌고 나서 밖으로 나오는데 익숙한 걸음을 걷는 남자가 눈에 들어왔다. 변장한 연잉군이 뒤채로 가는 것이 아닌가.

'연잉군이 여기를 왜? 아, 여기에 관우회가 있다고 했지.'

문수는 석중립이 동묘를 근거지로 활동하는 것을 상기하고는 뒤를 밟았다. 지키는 자가 있었지만, 한눈을 파는 틈을 타서 얼른 안으로 들어갔다. 먼젓번에 연잉군에게 동묘 안의 비밀장소에 대해 들은 바가 있기에 쉽게 접근할 수 있었다.

'불쑥 나타나면 깜짝 놀라겠지? 흐흐'

장난기가 발동한 문수는 연잉군과 석중립이 무슨 이야기를 나누는지 궁금했다. 그리고 연잉군에게 자신도 삼두매처럼 몰래 엿들을 수 있다는 것을 보여주고 싶었다. 살금살금 발뒤꿈치를 들고 비밀방으로 다가갔다.

"김광택이 무사히 도착해서 침투했다고 연락이 왔소."

"다행입니다. 사부님."

문수는 메뚜기 김광택이 간 곳을 연잉군에게 몇 번 물어보았지만, 그때마다 먼 곳으로 심부름을 보냈다고 대답했다. 이제야 그가 간 곳을 정확히 알 수 있게 될 것이다.

'그까짓 걸 나한테까지 숨길 게 뭐람.'

문수가 속으로 투덜대는데 석중립이 말한다.

"박문수, 그 사람에게는 왜 말하지 않았소? 과거 준비 중이라 그런 게요?"

"그런 것도 있지만, 혹시 그 사람 입을 통해 누설될까 봐 그런 것도 있습니다."

뭐라고? 박문수는 그 말을 들으니 기분이 나빠졌다. 좌포청에 끌려가 압슬 고문을 당하면서도 끝까지 연잉군을 감싸지 않았던가.

"만약 놈들에게 붙잡히면 혹독하게 고문을 당할 것이고…… 그러니 아예 모르는 것이 좋지요."

박문수는 고문을 끝내 못 이기고 삼두매라고 불어버린 것을 연잉군이 마음에 두고 있는 것을 알자 기분이 묘해지기 시작했다.

"노론 공자들의 의심은 좀 풀어졌소?"

"아직도 나를 의심하고 있습니다. 김일경이 뒤에서 김용택에게 풀무질하니…… 이천기에게 모란 주점을 감시하라고 하고 이리 온 것입니다."

석중립이 헛기침을 한번 하고 나서 말한다.

"큰일이요. 가짜 삼두매가 날뛰는 모양인데."

연잉군의 목소리가 커졌다.

"이럴 때 박문수 그 사람이 가짜를 찾아다니면 좋으련만…… 과거 시험에만 목을 매고 있습니다. 아마 메뚜기였다면 과거고 뭐고 팽개치고 그 가짜 놈을 잡으러 다닐 것입니다."

불만이 가득한 연잉군의 목소리에 문수는 속이 부글부글 끓기 시작했다. 아무 생각 말고 과거 공부에만 열중하라고 하지 않았던가. 그런데 인제 와서는 정반대의 말을 한다. 이것이 연잉군의 진짜 속마음이었다는 말인가.

'이런 위선자 같으니!'

문수는 욕설을 내뱉지 못하고 속에서 억지로 삭였다. 다음 말에는 자신의 귀를 의심했다.

"이번 별시는 어려울 것입니다."

"아직 시험도 안 보았는데 연잉군이 어찌 아오? 박 서기가 열심히 공부한다고 하지 않았소? 이번 시험에 급제해야 내년 식년시에 응시할 수 있는데……"

"박문수는 이번 시험에 절대로 급제하지 못합니다."

연잉군이 단정적으로 말하자 석중립이 의아한 얼굴로 말했다.

"안된 일이지만 박 서기가 낙방하면 연잉군을 도울 수 있겠군. 낙방을 단정하는데 무슨 근거로 그리 말하는 거요?"

"그건……"

석중립의 물음에 연잉군이 뭐라 대답하는가 궁금해진 문수가 고개를 번쩍 들어 올리는 순간 장봉을 들고 바라보는 사내와 정면으로 눈이 마주쳤다.

"웬 놈이냐?"

사내가 뛰어오자 박문수는 재빨리 몸을 돌려 밖으로 뛰쳐 나갔다. 문이 벌컥 열리는 것으로 보아 석중립이나 연잉군이 창문을 여는 것 같았다. 담장을 뛰어넘은 문수는 빠르게 도망쳤다. 무술은 못해도 달리기 하나는 자신 있었다. 금세 골목길로 뛰어들어가 다른 쪽 골목으로 나왔다. 뒤쫓아오는 사람이 없자 다리 힘이 쭉 빠져 하마터면 주저 앉을 뻔했다.

'이런 제기! 내가 창의궁 노복이라도 된다는 말인가? 주인이 시키는 대로 하게.'

박문수는 이번 별시에 급제하지 못한다고 단정한 것에 화가 났다. 과거에 급제할 실력이 부족하다는 말이 아니면 곤경에 빠진 자신을 돕도록 과거에 낙방시키겠다는 말로 비약할 수 있다.

큰길로 나온 문수는 치솟는 분을 참으려고 했다. 그의 머릿속에 일본에서 연잉군과 함께 겪었던 일들이 주마등처럼 머리에 떠올랐다. 서로 힘을 합쳐 큰일을 이뤄내지 않았던가.

'그래, 가짜 삼두매가 설치지만 아무것도 할 수 없는 형편이니 그런 말이 나올 수 있겠지. 답답하겠지. 속이 터지겠지. 하지만 그래도 그렇지, 어떻게 나를 낙방시킬 마음을 가질 수 있나?'

또 화가 난다. 올해 시험에 급제하지 못하면 내년 식년시에 응시할 자격이 없다. 그러면 사 년 후에나 대과 시험을 볼 수 있다. 이제 나이

스물여섯 아닌가. 내년 식년시에 낙방하더라도 그리 늦은 편은 아니다. 문과 급제는 보통 삼십 대 중반에서 많기 때문이다.

'대과 시험은 그렇다 해도 생원이나 진사시험은 꼭 붙어야 하잖아.'

같은 연배에 생원이나 진사 된 이는 많고 십 대에도 간혹 있다. 강호동 부장 말대로 암행어사가 되려면 대과 시험에 꼭 급제해야 한다. 아무리 고리타분한 내용으로 시험을 본다 해도 조정이 벼슬아치가 되려는 자에게 그것을 요구하니 어쩔 수 없다.

중얼거리면서 큰길을 나오다 보니 술집이 보였다. 대낮이었지만 속에서 끓는 열불을 식히기 위해서는 술이 좀 들어가야 할 것 같았다. 점심도 거른 빈속에 술을 들이부으니 금세 취기가 오르고 화도 좀 가라앉는 것 같았다.

술값을 치르고 몇 발자국 갔을 때였다. 장옷을 벗어젖힌 여자가 보따리 하나를 두고 체구가 큰 사내와 승강이를 벌이고 있는 것이 보였다. 문수가 보니 여자의 보따리를 빼앗으려고 하는 모양이었다. 주위에 남자들이 여럿 있었지만, 겁에 질려 소리만 지르고 있었다. 여자가 보따리를 붙잡고 늘어지자 사내가 단도를 꺼내 들었기 때문이다.

"이봐라! 그게 무슨 짓이냐? 그 손 놓지 못하겠느냐?"

칼을 든 것을 보지 못한 문수가 야단치자 들치기가 달려들었다. 그 순간 그자의 얼굴이 연잉군으로 보이자 화가 벌컥 솟았다. 이마로 얼굴을 꽉 들이받자 어이쿠 하는 비명과 함께 들치기가 쓰러졌다. 단도가 나동그라진 것을 본 박문수는 오싹했지만, 여자에게 빨리 도망치라고 손짓했다. 하지만 그녀는 그냥 서서 뭐라고 말하려는데 자빠졌던 들치기가 일어나더니 솥뚜껑만 한 손으로 문수의 얼굴을 후려쳤다. 그러나 문수는 술을 먹은 탓인지 통증을 느끼지 못하고 손날로 들치기의 어깨뼈를 힘껏 후려쳐 고꾸라뜨렸다.

"이눔아, 사지가 멀쩡한 놈이 도둑질이나 하고 다니느냐?"

문수가 연신 발길질했다. 바닥에 쓰러진 들치기가 연잉군같이 보이자 기분이 좀 풀리는 것 같았다. 근처에 있던 포졸이 와서 들치기를 끌고 갈 때 과정을 설명하던 여자는 문수를 찾아 두리번거렸지만 이미 사라지고 없었다.

박문수는 도성 안을 이리저리 쏘다니다가 저녁 늦게서야 창의궁으로 들어갔다. 자기 방으로 들어가 벌렁 누웠는데 청지기가 와서 연잉군이 저녁을 같이 먹자고 부른다는 것이었다. 생각이 없다고 했지만 거듭 재촉하자 할 수 없이 자리에서 일어났다.

"어서 오시오! 박 어사."

상을 보니 평소 박문수가 좋아하는 반찬이 잔뜩 놓여 있었다. 연잉군이 얼굴에 웃음을 지었으나 박문수는 웃고 싶지 않았다.

"박 어사! 오늘 누구하고 싸웠소? 눈가에 멍이 들었소."

그제야 문수는 들치기에게 얻어맞은 것을 떠올렸다.

"과거 시험이 며칠 남지 않았는데 어찌하려고 그러우."

연잉군의 목소리에는 다정함이 묻어 있었으나 문수는 그 말이 가증스러웠다.

'흥! 등치고 간 내는 사람이 바로 당신이야.'

연잉군은 겉 다르고 속 다른 사람이라 단정하고 몸이 아프다는 핑계를 대고 식사를 마치자 잡는 것을 뿌리치고 자기 방으로 돌아왔다. 보나 마나, 들으나 마나 빤하다. 과거 잘 보라고 하겠지. 그리곤 제발 낙방해서 내 일을 도와달라는 속셈이겠지.

"에에라! 무수리가 난 아들이 오죽하겠어!"

해서는 안 될 말을 내뱉고 자리에 누웠다. 반드시 이번 별시에 급제해 위선자 연잉군의 음흉한 계획을 무산시키겠다고 마음먹었다.

김포 대명(大明)포구에는 명나라 유민들이 많이 산다. 안용복이 일본 첩자들의 습격을 받은 뒤 연잉군은 전국에 흩어져 사는 유민들을 이곳으로 불러모았다. 석중립의 제안에 따라 연잉군을 보호하는 한편 그들의 힘을 한데 모으는 방편이었다.

이들을 총지휘하는 편두동(片枓東)은 석성의 고종사촌으로 임진왜란 때 맹활약을 했던 편갈송 장군의 후예였다. 그는 관우회의 세 번째 서열인 선생(先生)이라고 불렸다. 조선 사람들이 발음이 비슷한 편두통이라고 하자 그는 재미있어하며 아예 자기 이름을 편두통이라고 바꿔 부르게 했다.

이름은 웃겼지만, 결코 만만한 사람은 아니었다. 중국의 전통무술인 18기에 능통했고 특히 창봉을 잘해 유민들 모두에게 의무적으로 가르쳤다. 산업에도 뛰어난 지도력을 발휘해서 김포 일대에 농업 생산에 일대 혁신을 가져왔다. 본토에서 도망쳐온 농민들의 기술로 수차를 만들거나 쌀재배 방법을 바꿔 수확을 늘리고 각종 채소의 씨앗도 가져와 많이 심었다.

인삼도 심게 했다. 인삼은 처음 전남 화순지방에서 재배되다가 개성 상인들이 개성에 심으면서 전국적으로 재배 열풍이 불었다. 김포도 인삼재배에 알맞은 땅이라 인삼을 심게 했다. 중국에서 값비싸게 쳐주는 인삼이라 젊은 청년들은 인공운하인 아라뱃길(예전에는 굴포천이라 부르고 서해와 한강이 관통되어 있지 않았지만, 여기서는 뚫린 것으로 하고 아라뱃길로 적었음)을 통해 바다로 나가 밀무역을 하고자 했다. 그러나 인삼의 밀매는 조정에서 엄금하고 있어 이들에게는 꿈일 뿐이다.

젊은이들은 가끔 김포 북쪽에 면한 조강을 드나드는 수적, 해적들과 맞서 싸웠다. 오늘 밤도 치열한 전투가 벌어질 것이다. 어둠 속에서 움직이는 그림자가 여럿 있었다.

"편선생! "

김포 현감 김덕재가 낮은 목소리로 편두통을 불렀다.

"지금 이대로 놈들을 덮치는 것이 어떻겠습니까?"

편두통이 들릴락 말락 하게 대답했다.

"조금 더 기다리지요. 놈들을 생포하라는 왕자님의 분부가 있었습니다."

그의 말에 덕재는 기다리기로 했으나 엄습하는 추위에 몸을 바짝 웅크렸다. 그의 뒤에는 총포를 가진 열 명의 포졸들이 있었다. 반대편에는 창과 칼을 지니고 공격준비를 마친 명나라 유민 청년 백여 명이 숨을 죽이고 있었다.

이들이 지금 숨어 있는 곳은 김포 초입의 섬 유도(留島)로 머머리섬이라고도 한다. 이곳에 달랑 열 가구가 살고 있는데 여기에 청의 해적들이 들이닥쳐 점령하고 있었던 것이다.

헤이 헤이 헤이

해변에 모닥불을 켜놓고 해적들이 술에 취해 막춤을 추고 있었다. 내일이면 북쪽으로 배를 띄울 것이다. 산동성의 해변을 노략질하고 청 수군의 추적을 피해 북쪽으로 도주하는 중에 유도에 잠시 배를 댄 것이다.

헤이 헤이 헤이

북소리에 맞춘 춤이 점점 더 격렬해졌다. 해적들의 포로가 된 모든 주민이 잔뜩 겁에 질려 한쪽 구석에 쭈그린 채 앉아 있었다. 젊은 아낙과 딸들은 모두 해적들의 시중을 들고 있었다. 먹을 것과 마실 것은 모두 유도 주민의 집에서 강제로 빼앗은 것이다. 사람들은 이 무지막지한 해적들이 그냥 술과 밥만 먹고 아침에 떠나주기를 간절히 바랐다. 술에 취하면 섬의 여자들을 겁탈하거나 주민을 죽이려고 할지 모른다. 시간은 점점 흐르고 해적들의 춤은 격렬했다. 한 여자의 비명이 밤하늘에 울려 퍼졌다.

"엄마얏!"

술에 취한 해적 한 명이 시중을 들고 있는 여자아이의 팔을 잡아끌었던 것이다. 그것을 바라보는 주민들은 벌떡 일어났으나 그들을 감시하는 해적이 칼을 들이대자 다시 주저앉았다.

발버둥치는 여자아이에게 입을 맞추려는 순간 해적이 비명을 질렀다. 김덕재가 쏜 화살이 날아와 팔뚝에 꽂혔던 것이다. 이것을 신호로 포졸들이 허공에다 화승총을 쏘았다.

탕탕탕

총소리에 놀란 해적들을 향해 창을 든 유민들이 일제히 함성을 지르며 뛰쳐나갔다.

"뿌시뚱(꼼짝 마라)!"

편두통이 중국어로 호통쳤다. 술에 취한 해적들은 저항 한번 못해보고 모두 붙잡혔다. 그제야 주민은 너도나도 달려와 감사의 인사를 올렸다. 해적이 들이닥치자 준비했던 빨간 깃발이 걸린 대나무를 치켜들어 신호를 보냈던 것이다.

"고맙습니다, 고맙습니다."

유민이 대거 김포로 들어온 일 년 전 편두통 선생이 신호법을 알려주었지만 시큰둥했었다. 그런데 오늘 그 신호로 유도 사람들이 유민들의 구원을 받은 것이다. 붙잡힌 해적들은 얼굴에 용수를 쓰고 연잉군의 별장으로 끌려갔다. 그들 모두 별장 지하 감옥에 갇혔다.

우저서원 근처의 커다란 기와집은 남양 홍씨 예사공파의 후손 홍치택이 사는 곳이다. 그의 어머니 호(號)는 향봉이었다. 치택은 향봉(香峰)이 건네준 비단 손수건을 꼼꼼히 살펴보았다. 중국에서 만든 고급 비단이었지만 오래되어 색이 바래있었다. 그래도 보은단(報恩緞)이라고 수놓은 글씨만은 뚜렷했다.

"너의 선조 할아버지이신 순짜 언짜 어르신이 물려주신 것이다."

"왜란 때 명나라로 가서 구원병을 파견하게끔 하신 당성군 할아버님 말씀이군요."

"그래, 그분이 병부상서 석성의 부인과 맺은 인연으로 해서 구원병이 왔어. 그래서 왜군을 무찌를 수 있었던 것이지."

치택은 어려서부터 귀에 못이 박이도록 들은 이야기였다. 역관으로 명나라에 갔던 홍순언이 기루에서 어린 아가씨를 만났다 한다. 부모의 빚 청산과 장례를 치르기 위해 기루에 나온 것을 알고 측은한 마음과 효심에 감동해서 삼천 금의 거액을 선뜻 내주었다 한다. 그 때문에 조선에 들어와 공금횡령으로 옥에 갇혔다가 명나라에 역관으로 갔는데 예부시랑 석성의 후처가 된 류부인의 주선으로 태조 이성계의 부친 이름이 잘못 기록된 것을 바로 잡을 수 있었다 한다. 또 임진년에 일본이 쳐들어왔을 때 국방을 책임진 병부상서가 된 석성이 조선을 도울 것을 강력히 주장해 명이 구원병을 파견했다는 말이다.

"왜 갑자기 이 손수건을 꺼내셨어요?"

"그때 류부인이 보내온 비단은 팔거나 전란 중에 없어지고 이 손수건만 남아 후손들에게 내려왔단다. 그런데 어제 꿈에……"

향봉의 말에 의하면 꿈속에서 류부인이라고 자신을 소개한 중국 여인이 손수건을 건네면서 인연을 맺으라고 했다는 것이다.

"무슨 일이 생길지 두고 보면 알겠지만 아무래도 너의 혼사와 관련된 것 같구나. 어서 장가보내라는 말이 아닌지."

그 말에 치택이 펄쩍 뛴다. 여러 차례 혼사가 들어왔지만, 번번이 깨졌다. 중매가 들어온 아가씨가 갑자기 병환으로 자리에 눕게 되었거나 혼약을 파기하는 낭패를 보기도 했다.

"나도 이제는 며느리를 보고 싶다. 어제 매파가 왔는데 통진의 권찰방 댁에서 너에 대해 꼬치꼬치 물었다고 하더구나."

"아니에요, 어머니. 과거에 급제하면 그때 하겠어요."

재작년 봄 어린 나이에 초시에 급제해서 홍초시 소리를 듣는 치택은 이번 별시에 급제해서 진사가 되어야 했다. 급제 후에는 성균관에 들어가 공부해 벼슬길로 나아가 가문을 빛내야겠다고 마음먹고 있었다. 혼인이야 그때 가서 해도 늦지 않는다. 그는 어제 꿈에 홍순언 할아버지가 자신에게 붓을 준 꿈을 꾸었다는 말을 하지 못했다.

도둑의 이름은 방석만(龐石曼)이었다. 그는 어렵게 훔쳐 조선으로 가져온 문수보살상을 선바위 밑에 파묻은 것을 지금까지도 후회했다. 산동성을 떠나 김포로 오던 길에 뱃길을 잃어 제물포에 도착한 것이 애당초 잘못이었다. 주막에 들었다가 수상한 중국인으로 추적을 받아 도성으로 도주했다. 거기서도 보살상을 인수할 사람과 접선을 못하고 좌포청 포교의 검문을 피해 인왕산으로 올라갔다가 신기하게 생긴 선바위를 보고 그 밑에 숨겼다. 그래야 나중에 다시 찾아갈 수 있기 때문이다.

'호랑이 아가리에 강아지 밀어 넣은 꼴이 되었네.'

방석만이 뒤늦게 접선자를 만나 선바위로 가려고 했지만, 천둥벼락으로 하루 늦췄는데 그 사이에 국사당의 무녀가 파갈 줄 누가 알았으랴. 다시 훔쳐가려고 호시탐탐 노리고 있는데 이번에는 좌포청의 종사관이 살인을 저지르고 훔쳐갔으니 꼬여도 더럽게 꼬였다.

'젠장, 재수가 없으면 이렇게 되네.'

자금성(紫禁城) 수장고에서 문수보살상을 훔쳐내오는 것은 아마도 황제를 시해하는 것만큼이나 힘든 일이리라. 석만은 청국에서 이름난 도둑으로 감옥에 갇혀 참수형을 기다리고 있을 때 십사 아거 윤제에게서 은밀한 제의를 받았다. 즉 사 아거 윤진이 책임지고 있는 황실 수장고에서 문수보살상을 훔쳐내오면 거액을 주겠다는 것이다.

망설일 이유가 없었다. 어차피 죽을 목숨이고 수장고로 들어가는 도면을 받았기에 문수보살상은 어렵지 않게 훔칠 수 있었다. 그러나 그는 보살상을 윤제에게 가져가는 순간 목숨을 잃을 것을 알기에 관우회와 연관된 비밀결사를 통해 조선으로 건너왔던 것이다.

'계집이 나를 잡으려 한다 이거지.'

그를 보호하고 있는 관우회의 그분에게서 석중립의 딸이 찾고 있다는 말을 들었다. 그의 어깨에 새긴 문신까지 알고 있다니 김포까지 와서 찾는다면 금세 붙잡힐 것이다. 더군다나 도주 과정에서 다쳐 다리까지 절고 있지 않은가.

'흥! 내가 그렇게 호락호락 붙잡힐 것 같으냐?'

방석만은 그분에게서 받은 석정의 인상서를 몇 번이고 들여다보았다. 본토에서 태어나고 자라서 조선말을 몇 마디 못한다고 하니 자신을 잡을 확률보다 자신이 그녀를 잡을 확률이 더 높았다. 그리고 지금 방석만이 그녀의 뒤를 밟고 있었다.

석정(石晶)은 본토에서 탈출한 지 얼마 안 되는 유부녀로 행세하며 도둑을 찾아 나섰다. 그녀의 존재는 김포 유민의 우두머리인 편두통 선생에게도 비밀이었다. 관우회 내부에 첩자가 있다는 것이 향주인 이준구에 의해 드러나 석중립의 집에서 처형까지 했다. 그자 말고도 다른 첩자들이 암약하고 있을 것이 분명하기에 아예 정체를 숨긴 것이었다.

'음, 그자가 이곳에 자주 나타난다면 오늘도 가봐야겠네.'

그녀는 먼저 조선으로 망명한 남편을 찾는다고 하면서 어깨에 노란 나비의 문신을 한 남자를 묻고 다녔다. 은밀히 알아보고 다녔기에 시간이 일주일 이상 걸렸는데 마침내 노란 나비 문신의 남자를 목격했다는 여자를 만날 수 있었다.

"왼쪽 어깨에 나비가 그려져 있지유? 얼굴은 둥근 것이 보름달 같구유."

광동성 사투리가 심해 그쪽 말을 아는 유민을 통역으로 해서 간신히 알아낸 정보였다. 그녀의 말에 의하면 나물을 캐러 문수산을 올라갔는데 가파른 낭떠러지 초막에 기거하는 것을 보았다 했다.

'비슷하긴 한데……마음에 걸리는 것이 있네.'

머리가 약간 모자란 사람 같다는 말을 들었다. 도둑 방석만을 추적하는 과정에서 그가 머리가 비상한 자라는 것으로 파악하고 있는데 그리 말하니 아귀가 안 맞는 것이다.

'추적이 두려워서 일부러 바보 시늉을 하는 것이 아닐까?'

당연히 그럴 가능성이 있다. 머리가 좋으면 속임수도 뛰어날 것이다. 외딴곳에 기거하며 바보 흉내를 낸다면 사람의 눈에서 쉽게 벗어날 수 있을 것이다.

석정은 조심스럽게 초막 쪽으로 발길을 옮겼다. 안에서 중국 노래가 들려왔다. 도둑이 평소 잘 불렀다는 노래였다. 그녀는 잔뜩 긴장해서 아래로 내려가 편두통에게 말해 젊은 청년들을 부르려다 금세 단념했다.

'내 손으로 잡아야지.'

아버지만큼은 아니지만 건장한 사내 두세 명은 대적할 수 있는지라 주먹을 불끈 쥐고 초막으로 접근했다. 침입자가 노리는 것을 모르는 도둑은 계속 노래를 부르고 있었다. 은거지를 알려준 여자의 말처럼 머리가 모자란 남자가 부르는 노래가 아니었다.

살금살금 다가가는데 초막에서 나오는 사내와 딱 마주쳤다. 사내는 두건으로 얼굴을 가리고 있었지만, 어깨에는 나비 문신이 뚜렷했다.

"석낭자, 나를 찾고 있었소?"

방석만의 중국어에 석정은 깜짝 놀랐다. 우연히 길을 잘못 든 것처럼 해서 다가가려고 했는데 어찌 자기를 먼저 알아볼 수 있다는 말인가. 움찔하는데 발에 뭔가 걸리더니 자기 몸이 휙 하고 거꾸로 치켜올라갔다. 소나무 밑에 설치한 덫에 걸려든 것이다.

"하하하! 석낭자. 나를 쫓아 먼 곳에서 왔구려! 하하하."

방석만은 자신의 함정에 빠진 석정을 보고 무척 즐거워했다. 한 발이 밧줄에 걸려 허공에 대롱대롱 매달린 석정이 분한 표정으로 노려보았다.

"오, 예쁜 아가씨, 그런 눈으로 보지 마시오. 내가 무섭소."

방석만은 품 안에서 괴자총(拐子銃)을 꺼내 들었다. 괴자총은 약 한 자 길이의 권총으로 연속으로 여섯 발을 발사할 수 있다.

"낭자가 무술 실력이 뛰어나지 않았다면 끌어내려 한번 재미를 볼 텐데 그분의 말씀에 의하면 내가 무술로는 대적할 수 없을 것 같아 괴자총을 준비했소이다."

그는 괴자총을 석정에게 겨누었다. 그러나 총을 쏘려는 순간 비명과 함께 총을 놓치고 말았다. 숨겨둔 표창을 그의 손등에 던졌던 것이다. 다시 총을 잡았을 때 석정은 줄을 끊고 쏜살같이 도망치고 있었다.

"아, 안돼!"

방석만이 다급하게 외쳤을 때 그녀의 비명이 들려왔다. 절벽이 있을 줄 몰랐던 것이다. 한걸음에 달려온 그가 밑을 내려다보니 바위 위에 쓰러진 채 꼼짝하지 않았다. 그 정도 높이에서 떨어지면 건장한 사내도 살아남기 어려울 것이다. 그래도 밑으로 내려가 확인하려고 하는데 가마 한 채가 다가오는 것이 보였다.

"이런, 이런. 다 틀렸다!"

그는 석정이 죽기를 바랐지만, 혹시 살았으면 찾아내어 꼭 죽이겠다고 다짐하고 사라졌다.

한편 문수사에서 내려와 가마를 타고 집으로 돌아가던 향봉은 문을 열고 바깥 경치에 열중했다. 그녀의 취미는 산수화를 그리는 것으로 이렇게 눈에 익혀둔 경치를 집에 와서 화폭에 그리곤 했다. 그리고 다 그린 후에 香峰(향봉)이라는 낙관을 찍을 때 과부의 시름을 잊고 행복감을 만끽하곤 했다. 그녀의 소원은 외아들 치택이 벼슬길에 오르고 통진의 큰 부자인 권 찰방의 딸을 며느리로 들이는 것이다.

"저게 무어냐?"

그녀는 넓적한 바위에 한 여자가 엎드려 있는 것을 보았다. 가마를 세워 내려서 걸어가 보니 젊은 아가씨가 손을 내밀며 애원을 했다. 그러나 중국말이라 알아들을 수가 없었다.

"얘들아, 저 아가씨가 절벽에서 떨어진 모양이다. 어서 구해라."

향봉은 다리가 부러진 아가씨를 부축시켜 가마 안에 넣고 그 뒤를 걸어서 뒤따랐다. 그녀는 어젯밤에 꾼 꿈을 되살렸다. 류부인이 또 꿈에 나타났는데 하얀 소복을 입고 무언가 말하려는 듯했다. 아마도 오늘 사람을 구할 꿈이라 생각했다.

우저서원의 훈도로 있는 홍치택이 집으로 돌아왔을 때 의원이 나오는 것을 보고 깜짝 놀랐다. 어머니가 편찮은 줄 알고 급히 들어가 보니 웬 여자가 다리에 널판을 대고 누워있는 것이 아닌가.

"절벽에서 떨어진 아가씨다. 대국인 같으니 네가 연유를 물어봐라."

어머니께서 말씀하셨지만, 중국어를 못하는 치택이라 뾰족한 수가 없었다. 손짓 발짓으로 의사소통하다가 붓과 종이를 가져와 판자 위에 쓰게 했다.

"소녀는 중국여인으로 도둑에게 쫓기는지라 이름을 밝힐 수 없습니다. 댁의 이름은 무엇이고 여기는 어디입니까?"

필담의 내용이 마음에 들지 않았지만, 외국인이라 꾹 참고서 붓을 들었다.

"나는 홍치택이라 하는데 어머니가 당신을 구해 왔소. 도둑에 쫓기고 있다면 관아에 신고하면 되지 않겠소?"

석정이 다시 붓을 들어 적어 내려갔다.

"그럴 수는 없습니다. 제 일은 조선의 안위와도 관계된 것으로, 밖에 알려지면 안 됩니다. 혹시 다른 이가 저를 보면 제 이름은 그냥 류씨라고 하고 남편을 찾으러 조선에 온 여자라고 말하면 됩니다."

보기에 멀쩡한 처녀가 부인 행세를 하는 것이 기가 막혔지만 어쩔 수 없었다. 석정은 옷 안에서 종이 한 장을 꺼내 보여주었다. 거기에는 이 문서를 가진 여자는 누구든지 도와야 한다고 쓰여있었고 밑에 연잉군이라는 수결이 있었다.

그것을 본 치택은 보통 여자가 아닌 것을 알았다. 이목구비가 예쁜 중국 아가씨의 정체가 궁금했지만, 더 물어볼 수 없었다. 필담으로 나눈 내용을 어머니에게 말하니 걱정을 했다.

"우리 조선에 청국의 첩자가 많이 들어오고 있다고 하는데⋯⋯여우를 집안으로 들인 게 아니냐?"

말은 이렇게 했지만, 향봉은 아가씨의 정체가 수상한 것보다 얼굴이 예쁜 것이 마음에 걸렸다. 권 찰방 딸과의 혼담이 오고 가는데 매파라도 보면 물어볼 것이 분명했기 때문이다.

"아닐 겁니다. 연잉군이 수결한 문서도 갖고 있으니 믿어보도록 하지요."

치택은 보기 드문 미모에도 끌렸지만 얌전한 조선의 처녀들과 달리

거침없이 씩씩한 태도에 호기심이 부쩍 일었다. 그녀는 말이 통하지 않고 필담도 신통치 않은 향봉과 손짓 발짓으로 의사소통했다. 가끔 밖을 내다보며 작은 소리로 중국 노래를 부르곤 했다.

열흘 정도 지나자 류부인이라고 정체를 속인 석정이 한쪽 다리를 절룩거리며 집안을 걸어 다녔다. 나이가 젊어서 그런지 회복속도가 빨 랐다.

"아주머니, 제가 오늘은 중국의 전통 요리를 해 드리겠습니다."

류부인이 말은 이렇게 했지만, 눈치 빠른 향봉은 그녀가 자기네 음 식이 먹고 싶다는 것을 알고는 재료를 준비시켰다. 준비과정에서 같은 재료도 중국과 조선이 명칭이 달라 한참 만에 모두 구할 수 있었다.

지글지글 보글보글

한쪽 다리가 불편한데도 류부인은 콧노래를 불러가며 고기를 튀기 고 채소를 볶았다. 집주인 향봉은 조선의 여자에게서는 볼 수 없는 광 경이라 신기해했다. 혹시 치택이 좋아할까 봐 경계했는데 다행히 두 사람 다 서로에게 관심이 없는 것처럼 행동하자 비로소 안도했다.

"어머니! 이게 뭡니까?"

서원에서 돌아온 치택이 코를 찌르는 기름냄새를 맡으며 묻자 사정 을 설명했다.

치택은 독상에서 먹고 두 여자는 겸상했는데 맛있기는 했지만, 기 름기가 많은 음식이라 치택과 향봉은 연신 김치를 집어 들어야 했다. 반면에 류부인은 맛있게 한 그릇을 다 먹어치우고는 판자 위에 이렇 게 붓글씨를 썼다.

"저는 김치가 입에 맞지 않아 안 먹는데, 모자 분은 아주 좋아하시네요."

향봉이 뭐라 썼느냐 묻자 치택은 입맛을 다시며 고맙다고 했다고 할 수밖에 없었다.

보름 정도 지나 다리가 아주 낫자 넉살이 좋은 류부인은 마치 자기 집인 양 집안을 쉼 없이 돌아다니며 청소를 하거나 부서진 것을 수리했다. 그러다가 이웃집 여자가 보고 누구냐고 묻자 중국말로 빠르게 대꾸하고는 태연히 하던 일을 했다. 치택의 집에 중국 여자가 살고 있다는 소문이 금세 퍼지자 당황한 향봉이 새로 고용한 중국인 하녀라고 둘러댔다.

치택이 안으로 들어가 보니 류부인이 총채를 들고 다락 청소를 하고 있었다. 오랫동안 쌓여 있어 먼지가 풀풀 나는 책을 펴보고는 고개를 갸우뚱했다. 그러다가 치택을 보자 얼른 판자와 붓을 꺼내 글씨를 썼다.

"이 책의 주인은 누구입니까? 왜 이 책이 이 댁에 있지요?"

"이건 우리 집안의 내력을 적은 것이오."

치택은 얼굴은 예쁘지만, 조심성 없이 설치는 류부인에게 속마음과 달리 최대한 무뚝뚝한 어조로 대꾸했다. 그러자 류부인의 얼굴이 환해지면서 입가에 미소를 띠었다.

"신기한 인연이군요. 이런 내용의 책을 우리 집 아버지가 갖고 계신답니다."

그녀의 말에 치택은 고개를 갸우뚱했다. 류부인은 먹이 잔뜩 묻어 있는 판자를 걸레로 닦아내고는 거기에 붓으로 글을 썼다.

"연유는 나중에 말씀드리지요."

"동네 사람들이 수군거린다오. 내가 장가들지 않은 총각이라는 것을 알아두시오."

치택의 볼멘 표정을 본 류부인이 호호 웃었다. 그리고는 조선으로 건너온 남편을 찾기 위해 잠시 신세를 지는 여자라고 말하면 되지 않느냐고 일러주었다. 그리고는 다시 중국 노래를 흥얼거리며 총채로 묵은 책의 먼지를 털어내는 것이었다. 치택은 그녀가 배짱이 좋은 건지 눈치가 없는 건지 도대체 모를 여자라는 생각이 들었다. 얼굴 예쁜 것 빼고는 마음에 드는 것이 하나도 없었다. 물론 겉으로만 말이다.

소리 없는 전쟁

도성 안은 뒤숭숭했다. 정성공의 후예들이 청국의 수군에게 패배해서 바다를 유랑하다가 조선으로 들어온다는 것이었다. 이들이 이미 들어와 있는 상당수의 명나라 유민들과 합세해서 청국을 친다는 내용이었다.

호운불백년(胡運不百年)이라는 말이 한때 유행했었다. 송을 침략해서 북쪽을 점령했던 금나라나 남송을 멸망시킨 몽골족이 백 년을 넘기지 못하고 사라졌기에 청나라도 백 년이 못되어 망할 것이라고 했지만, 청국은 점점 안정되고 강해질 뿐이었다.

반청복명의 기치를 내걸고 타이완을 근거지로 청국에 저항했던 해상왕 정성공도 그의 죽음과 함께 세력이 스러져서 이미 힘을 잃었다. 그럼에도 오랑캐에게 나라를 되찾아야겠다는 일부 반청복명 지사들의 의기는 꺾이지 않았다.

"나으리! 메뚜기는 왜 돌아오지 않습니까? 이럴 때 도와야 하는 게 아닙니까?"

박문수는 그가 중국에 건너갔다는 말을 엿들어 알고 있었지만, 시치미를 뚝 떼고 묻는다. 연잉군이 난감한 표정을 지으며 대꾸한다.

"그러게 말이요. 이 녀석이 있으면 가짜 삼두매의 목을 베어올 텐데."

"도둑을 칼로 잡을 수 있다면 그렇겠지요……"

문수의 마음이 비비 꼬여 말이 비딱하게 나오자 연잉군은 입을 다물었다. 자기 속마음을 들켰다는 표정을 지었다.

"나으리, 물러가겠습니다. 과거 시험이 코앞에 닥치니 아무것도 생각하기 싫군요."

연잉군을 뒤로하고 자기 방으로 돌아온 문수는 화가 불쑥 치밀었다. 가증스러운 자 같으니. 그러나 일본에서 생사를 함께 하던 그때를 떠올리자 눈물이 쏟아질 것 같았다.

'그래, 이게 다 내가 못난 탓이다. 연잉군이 날 무시하는 것은 과거에 급제 못했기 때문이다.'

장사치가 돈을 많이 벌어야 가치를 인정받듯이 양반 선비는 과거에 급제해서 어사화를 머리에 꽂고 사흘 동안 행진을 하는 것이 최고의 명예가 아닌가.

'올해는 꼭 급제하자. 그래서 내년에 식년시에도 급제해 벼슬길에 오르자.'

문수는 주먹을 불끈 쥐고 책을 폈다.

임금의 부름으로 연잉군이 궁에 들어갔다. 김춘택은 심상치 않은 분위기를 감지하고 노론의 대신과 중진들을 불러모았다.

"연잉군을 주상께서 부르신 것은 호란에 대비하라는 것이요."

김춘택의 말에 좌중은 잔뜩 긴장했다.

"울릉도와 독도를 탈환한 공을 높이 평가하신 듯하오."

그 말에 좌중은 고개를 끄덕이면서 미소짓는 이가 많았다. 연잉군을 도와 노론의 공자들도 참전했기에 어깨가 으쓱한 것이다. 그러나 알고 보면 울릉도 진입 때 앞장선 것은 김덕재, 이천기, 김용택 정도고 다른 자들은 안전하게 뱃전에서 화살만 날렸다. 연회에서 술 잘 먹고 기생과 오입하는 것을 즐기는 자일수록 겁이 많았다. 그러면서도 현장을 목격하지 못한 사람들에게 혼자 다 싸운 것처럼 허풍을 쳤다.

"우리 노론을 인정해 주신 게지요. 안 그렇소? 여러분."

춘택의 말에 모두 맞습니다! 하고 합창을 했다. 이때 청지기가 연잉군이 왔다고 전했다. 모두 자리에서 일어나 연잉군을 맞았다. 그의 표정이 어두웠다.

"주상께서 말씀하시기를 이번에 오는 청의 칙사가 우리의 죄를 묻겠다고 합니다."

이렇게 입을 연 연잉군은 각지의 성을 개축한 것에 대한 문책 칙사가 올 것이라고 했다. 동시에 창덕궁 뒤뜰에 대보단(大報壇)을 만든 것과 궁 안에서 통용하는 문서에 명나라에서 받은 옥쇄를 아직도 사용하는 까닭도 알아야겠다고 했다는 것이다.

"아니, 그것은 나라의 극비 사항인데 어떻게 청국에서 알았다는 말인가요?"

좌중의 한 사람이 묻자 춘택이 퉁명스럽게 대꾸한다.

"대보단을 지은 것이 십이 년 전인데……남녀 간 밀통도 일 년 지나면 동네 강아지도 알게 되는 법이오. 하물며 십이 년이나. 강아지도 아는 걸 모란 주점까지 만든 청국에서 모르겠소?"

연잉군이 침통하게 말한다.

"아바마마께서는 올해 제사는 지내지 않을 것이라 말씀하셨소."

모두 조용했다. 명나라가 있을 때에는 재조지은(再造之恩) 즉 망할 뻔한 나라를 다시 세울 수 있었다고 칭송했다. 명이 망한 뒤에는 조선이 소중화(小中華)를 표방하며 문화의 중심이라고 허세를 부렸다. 그러나 내막을 알고 보면 척화를 외치다 청국에 무릎 꿇었던 조정이 무능을 감추기 위한 술수였다.

"이건 표면상의 이유이고 실은 명의 유민들을 송환하기 위한 것이요. 아바마마는 청국의 첩자들을 잡아내어 불리한 내용이 청국으로 넘어가는 것을 막으라 하셨소."

"청국의 첩자가 어디에 있는지는 다 알고 있지 않습니까?"

춘택의 물음이다. 모란 주점이 청국첩자의 소굴이라는 것을 모르는 사람이 없다.

"물론 알지요. 하지만 그렇게 드러난 것은 손댈 수 없소."

연잉군 말로는 모란 주점에 있는 청국인들은 술 문화를 전파하기 위해 왔다는 명분이 있기에 체포할 수 없다는 것이다. 좌중의 한 대신이 비통하게 말한다.

"그렇다면 방법이 없습니까?"

청국으로 조선 조정의 기밀이 누출되는 것을 뻔히 알면서도 그냥 두고 봐야만 하는 것이 약소국 조선의 슬픔이다.

"돼지 꼬리 머리털을 한 모란 주점 청국인들은 손댈 수 없지만, 명단에 없는 자들은 잡거나 처치하면 됩니다. 여러분의 자제들을 다시 한번 호출해야겠소."

연잉군은 노론의 공자들을 다시 모으겠다고 말하고 협조를 구했다. 의병을 일으켜 울릉도와 독도를 되찾고 돌아온 뒤부터 노론의 중진과 대신들은 그의 말을 잘 따랐다. 명청이 한량에서 영웅으로 인식이 바뀌었던 것이다. 그러나 전장에 나갔던 노론 공자들은 달랐다.

다음날. 이천기와 김덕재가 노론 공자의 좌장인 김용택을 찾아갔다.

"난 싫으이."

김용택은 도움을 요청하는 말이 떨어지자마자 단박에 거절했다.

"아저씨, 연잉군을 삼두매라고 줄기차게 주장하는 까닭이 뭡니까?"

덕재가 따지듯이 묻자 이천기도 말을 보탰다.

"김 교리, 나도 궁금하오. 처남이 분명히 해적 두목을 화살로 맞추었다고 하지 않았소? 그런데 왜 그리 고집을 부리오?"

용택이 이천기를 쏘아보며 거칠게 따진다.

"이 사정, 당신도 보지 않았소? 그건 연잉군이 맞춘 것이오. 왜 그 사람을 감싸는 것이오?"

"그때 난 해적 한 놈과 대적 중이었소만……처남이 맞춘 것이오."

이천기는 거짓말을 하고 있었다. 눈 밝은 그는 연잉군이 쏜 화살이 명중하는 것을 보았다. 그리고 왜 덕재의 화살로 쏘았는가 의심도 했다. 그러나 경위야 어쨌든 그것이 연잉군이 삼두매라는 증거는 될 수 없다. 빗나간 화살이 명중할 수도 있지 않은가.

"아저씨는 내가 두목 놈을 잡아 김포현감이 된 것이 그리 못마땅하오?"

덕재는 화가 나서 소리쳤다. 평소 자기를 깎아내리고 놀리던 것에 폭발했던 것이다. 그러자 용택이 조용히 나무랐다.

"이 봐라. 덕재야. 내가 그것 때문에 연잉군을 삼두매라고 단정하는 게 아니야. 그간 삼두매 도둑이 저지른 일을 우리 노론의 사정과 맞춰보니 딱 맞으니 그런 게지."

용택은 삼두매가 김춘택의 집에 들었던 일이나 덕재의 비밀 금고에 관한 이야기부터 노론에서 은밀히 진행하고 있던 부정부패에 대해 모두 알고 있던 사실을 말하는 것이었다. 그 말에 덕재가 곰곰이 생각하는 듯했지만, 천기는 달랐다.

"그게 무슨 말이요? 그건 우리 대부분이 아는 일 아니오? 그러면 김 교리나 나도 삼두매의 혐의를 둘 수 있을 것이요."

"아니지, 아니야."

용택은 손사래를 쳤다. 그러면서 문서를 꺼내 보였다. 삼두매에게 당한 노론 벼슬아치들의 피해를 수사관점에서 분석한 것이었다. 김일경의 명을 받고 찾아온 최홍일이 은밀히 건네준 것이었다.

"오직 피해를 보지 않은 이는 연잉군뿐이요. 그리고……"

또 한 장의 문서를 꺼내 보였다. 삼두매가 김춘택에게 보내온 협박 편지였다.

"연잉군이 의병을 일으킨 이후에 삼두매에게 피해당한 우리 쪽 사람은 없었소, 자신이 도성에 없으니 도둑질을 하지 못한 것이지. 그러기에 이런 편지도 보낸 것이고."

"난 믿을 수 없소. 그럼, 문경새재에 나타난 삼두매는 도대체 누구란 말이오? 또 김 역관 집에 든 삼두매는?"

천기의 물음에 용택이 금세 반박한다.

"그자는 삼두매의 이름을 빌린 가짜요. 진짜는 지금까지 살인한 적이 없소. 이 사정도, 덕재도 보지 않았소? 의병을 일으키고 일본까지 가서 기어이 빼앗긴 섬을 되찾는 솜씨라면, 우리 노론의 재물을 강탈한 것은 한량 연잉군이 아니라 삼두매란 말이오."

침묵이 흘렀다. 용택의 말에 일리가 있다. 연잉군에게는 분명 비밀이 있다. 그것도 아주 많이 있다. 한참 만에 이천기가 입을 열었다.

"그렇다고 우리가 모시는 연잉군을 삼두매라고 단정하면 안 되오. 그분은 우리 노론의 보호가 없었다면 지금까지 무사하지 못했소. 김포별장에서 자객에게 습격당했던 일을 생각해 보오. 그런데 그분이 왜 우리 노론을 원수로 대한다는 말이오?"

천기의 말에도 일리가 있다. 자신의 목숨을 보호하고 훗날 보위에 올리려는 노론을 왜 배신한다는 말인가. 바람막이인 노론이 등지는 순간 연잉군의 목숨은 끝나는 것이다.

"주상의 명이 있었고 춘택 형님이 그리 정하셨다면 당신들은 연잉군을 따르시오. 나는 몸이 아프니 참가하지 않을 것이오. 아마 모르긴 해도 나처럼 아파서 드러누울 공자들이 많을 거요."

용택은 고개를 휙 돌렸다. 그 자리에서 말하지 않았지만, 연잉군이 삼두매라는 확실한 증인을 확보해 두었기 때문이다.

"알았소. 하지만 연잉군이 삼두매가 아니라는 것이 드러나면 김 교리는 가시나무를 등에 얹고 맨발로 창의궁에 가서 사과해야 할 거요."

이천기는 처남인 김덕재의 손을 잡아끌고 김용택의 집을 나왔다. 그날 이후 노론 공자 중에 상당수가 김용택의 주장에 따라 평계를 대고 연잉군을 등지는 일이 생겼다. 김용택이 연잉군을 뒷조사해서 삼두매임을 알아냈다고 말했기 때문이다.

한 여자의 머릿속이 복잡했다. 국사당의 독갑은 신당 안에서 이리저리 맴돌고 있었다. 용화부인의 몸주인 하느님(天神)을 비롯한 각종 신이 나란히 서 있는 단 위를 흘끔 보다가 다시 밖을 내다보고는 자리에 앉았다 일어났다 하며 안절부절못했다. 기도하려고 들어온 손위 무당이 이 꼴을 보고 눈살을 찌푸리며 묻는다.

"독갑아, 왜 좌정하지 못하고 있는 게야?"

그러자 독갑이 눈을 흘겼다. 독갑이라는 새 이름 대신 기생 때의 이름인 매화를 고집하고 있기 때문이다.

"으응, 그 기생 때 이름? 아직도 잊지 못하니 제대로 된 무당이 못 될 수밖에. 쯧쯧"

손위 무당이 혀를 차고는 밖으로 나갔다. 독갑도 자신이 왜 예민한지 알지 못했다. 그래서 방울을 집어 흔들면서 몸주인 장희빈이 들어오기를 청했지만, 기척도 없었다.

이때 어린 제자 하나가 신당 안으로 들어오다가 독갑을 보고 말했다.

"매화 언니, 연잉군이 또 전쟁터에 나갈지 모른다고 하는데 알고 있어?"

"뭐라고?"

"지금 엄마들이 몰려와서 점치고 있어. 청국이 쳐들어오면 아들이 무사하겠느냐고."

요즘 들어 도성 안에 급속히 퍼진 소문이었다. 청나라 칙사가 와서 조선에 있는 명나라 유민들을 모두 끌고 가려 하는데, 조정이 반대하면 청의 대군이 쳐들어온다는 소문이었다.

그 말에 독갑이 급히 나가려는데 장희빈이 몸으로 들어왔다.

"왜 날 불렀느냐?"

"쳇! 오랄 때는 안 오고. 바빠 죽겠는데……조선에 청군이 쳐들어온다는 것 알아?"

"알아?"

희빈은 독갑이 반말을 하는 것이 기분이 나빴는지 끝말을 되풀이하며 불평하자 독갑이 재빨리 어투를 바꿨다.

"알아요? 연잉군이 곧 전쟁터에 나간다는 것이요."

"암, 알지."

장희빈이 히죽 웃자 독갑의 얼굴도 웃다가 다시 일그러졌다. 독갑의 입에서 희빈의 말이 흘러나온다.

"그것보다 지금 연잉군 집에 쥐새끼가 있어 주인의 발가락을 물려고 하는데……넌 모르지?"

장희빈 혼령의 말에 독갑은 깜짝 놀랐다. 연잉군이 위험에 처한 것이다.

"그걸 알면서 나한테 말을 왜 안 했어요?"

"내가 왜 그걸 너한테 말해야 해? 꼴 보기 싫은 그놈이 어서 죽었으면 하는데."

이렇게 시작된 독갑과 장희빈의 말다툼은 점점 심해져 결국 독갑이 벽을 머리에 부딪쳐 자해함으로써 끝났다. 놀란 장희빈이 독갑의 몸에서 빠져나가긴 했지만, 독갑은 머리통이 깨져 유혈이 낭자해서 의원을 부르는 등 소동이 벌어졌다.

종로 육주비전에서 조금 떨어진 청계천에는 전기수(傳奇叟)라는 직업을 가진 사람들이 있다. 그들은 삼국지연의(三國志演義)나 춘향전, 심청전 같은 이야기를 들려주면서 푼돈을 챙겼다. 입담이 좋은 전기수는 고관대작의 집에 불려 가서 발을 치고 부인네들에게 이야기를 들려주기도 했다.

오늘도 삼국지 중의 적벽대전 편을 구성지게 늘어놓는 전기수 노인의 앞에 사람들이 구름떼처럼 몰려 귀를 기울였다.

"제갈공명이 제단에 무릎을 꿇고 동남풍이 불기를 기도하는데⋯⋯"

노인이 여기까지 하고는 입을 딱 다물었다. 아교를 붙인 듯 입을 다물자 그다음 대목이 궁금해진 사람들이 너도나도 엽전을 노인 앞에 놓인 통에 집어 던진다. 전기수의 입이 다시 떨어지더니 다음 대목을 이어 나갔다.

김용택은 두리번거리며 접선해 올 사내를 찾았다. 그러나 짐작할 만한 자는 보이지 않았다. 그는 금 조각이 든 빨강 괴낭을 머리 위로 번쩍 추켜 올렸다. 약속한 대가를 가져왔다는 신호를 보낸 것이다. 조금 후에 어린아이가 다가오더니 누가 돈을 주며 심부름을 시켰다고 하며 종이 한 장을 건네주었다. 만날 장소가 그려진 약도가 있었다.

용택은 사람들 틈을 빠져나와 약도가 그려진 골목으로 발길을 돌렸다. 막다른 골목에 들어서자 허름한 창고가 보였다. 용택은 그 안으로 들어가려다 멈춰 섰다.

'혹시 이 자가 강도가 아닐까?'

그는 금붙이가 탐나서 연잉군의 정체를 밝히겠다는 말로 유인하는 것인지 모른다는 생각이 퍼뜩 들었다. 접촉해 왔던 최홍일의 말에 의하면 창의궁의 궁노 한 명이 돈에 쪼들리고 있다고 암시를 주었다. 처음에는 이간책인가 경계했는데 그자가 언문 편지를 김용택의 집 마당에 던졌던 것이다.

'그래도 몰라. 최홍일은 활빈당 출신 아니던가.'

자기가 함정에 빠지는 것인지 모른다는 생각이 들자 허리춤에 숨겨 둔 비수를 반쯤 빼놓고 안으로 들어갔다. 창고 안은 캄캄했는데 굵은 남자 목소리가 들려왔다.

"나으리, 거기서 괘낭을 흔들어보시지요."

용택은 기분이 나빴지만 괘낭을 흔들어 소리 내고는 펼쳐 보였다. 쩔렁쩔렁하는 소리로 금을 확인한 사내가 입을 열었다.

"나으리, 저는 창의궁의 궁노 윤삼돌입니다. 그래서 연잉군이 삼두매 도둑이라는 것을 알고 있습니다."

용택은 그의 말에 반신반의했다. 창의궁에 사는 인간들은 연잉군이 도둑이라는 것을 모두 알고 있을 것이다. 아니, 한 패거리일 것이다.

"자네가 창의궁 사람이라는 것을 내게 어떻게 확인해 주겠나?"

그 말에 사내는 창의궁의 구조와 호위무사가 된 이천기의 동정에 대해 말했다. 그런 사실은 창의궁에 살지 않는 사람은 알 수 없는 일이다. 말을 들으면서 용택은 점점 그를 믿게 되었다. 청지기 바로 밑에서 심부름을 하는 자였다.

"그렇게 충성을 다했으면서 연잉군을 팔아넘기려는 것인가?"

"돈이 필요합니다. 여자가 생겼거든요."

남몰래 노름해서 빚이 많다는 이야기는 하지 않았다. 김용택이 괘낭을 꺼내 앞에다 놓고 말했다.

"이제부터 이 금붙이는 자네 것이 되네. 연잉군이 삼두매라는 증거가 있나?"

"암요, 옆집이 석중립의 집이지요? 그곳은……"

여기까지 말했을 때 헉 소리를 냈다. 그리고는 누군가 손이 뻗쳐오더니 괘낭을 낚아채는 것이었다.

"누, 누구 !"

김용택이 비수를 꺼내 집어들자 기다란 검이 쑥 들어왔다. 얼른 피하다가 비수를 떨어뜨리고 말았다. 윤삼돌의 신음이 귀에 들려오는 것으로 보아 칼에 찔린 모양이다. 용택이 비수를 집어들고 창고 밖으로 뛰쳐나왔을 때 검은 그림자가 담장을 타고 있는 것을 보았다.

"게 섰거라!"

그가 소리치자 그림자는 지붕 위로 올라갔다. 용택도 담장을 딛고 지붕 위로 올라갔다. 온몸을 검은 옷으로 칭칭 휘감은 그림자는 작은 체구였는데 번개처럼 빠른 속도로 검을 용택의 목에 갖다 대었다.

"아, 알았다!"

용택이 비수를 바닥에 떨어뜨리는 순간 검이 그의 머리를 세차게 후려치면서 정신을 잃었다. 그가 정신을 차린 것은 골목에 들어온 상인에 의해 발견되어 응급치료를 받은 뒤였다.

"어서 창고로!"

정신이 들자마자 창고로 갔지만, 피가 흐른 흔적만 남아 있었고 아무도 없었다.

모란 주점은 청국 첩자의 소굴이라는 소문이 파다한데도 술맛에 빠진 조선인들의 발걸음은 멈출 줄 몰랐다. 이천기를 비롯한 노론의 공자들은 모란 주점을 교대로 드나들며 그들을 염탐했다. 그러나 동시에 그들의 정체는 금세 드러났다. 첩자 두목 강순보가 화공이 그린 그림을 벽에 나란히 붙여 놓았기 때문이다.

"지금 술잔을 앞에 놓고 두리번거리는 자가 칼 솜씨가 뛰어난 이천 기입니다. 지금 창의궁에서 김광택이라는 자 대신 연잉군을 호위한다고 합니다."

인물의 신상에 대해 말하는 자는 최홍일이었다. 윤제의 비밀지령을 받은 강순보는 밀서를 갖고 김일경을 찾아갔다. 거기에는 자신들에게 협조하면 임금이 죽은 후에 세자를 보위에 올리게 해주겠다는 내용이었다.

"조선의 임금이 연잉군을 시켜 우리의 뒤를 캔다고 하지만 당신들이 우리를 도우면 쉽지 않을 거요."

그러자 이미 청국을 다녀온 소론의 사신에게 귀띔을 받은 김일경은 두말하지 않고 최홍일을 불러 협조하게 했다. 한패가 된 것이다.

"노론의 공자들이 우리 주점을 뱅뱅 돌고 다녀도 얻을 수 있는 것은 없을 거요."

강순보의 어미는 만주인이지만 그의 아비는 원래 조선인으로 평안도 변경에서 밀무역을 했다. 그러다 관원과 시비가 붙어 살해한 뒤에 만주로 도주해서 청국의 앞잡이가 된 것이다. 조선에 있는 범죄조직을 통해 반청인사와 조선에 피신한 명나라 유민들에 대한 정보를 넘겨 그 공을 인정받았다. 그래서 강순보가 아비의 뒤를 이어 조선의 비밀을 정탐하는 첩자가 된 것이다.

"연잉군이 신기전을 복원하기 위해 백방으로 뛰어다닌다는데 그것이 가능한 일이오?"

순보의 물음에 홍일이 고개를 좌우로 흔들었다.

"안 될 겁니다. 신기전이라는 것이 백 년에 걸쳐 내려오면서 기기나 도면이 남아 있지 않습니다."

"아니요. 화기도감과 동래부에도 화차가 있다는 첩보가 있소."

첩자 두목이 의심쩍다는 눈빛으로 홍일을 바라보며 말했다.

"다 망가져서 수리할 수 없으니 고철 덩어리에 불과한 거지요."

홍일은 대수롭지 않다는 듯이 말했다. 그는 청국의 첩자들이 신기전보다 연잉군에 더 관심 있기 바랐다.

"연잉군은 위험한 자입니다. 그자만 처리하면 두려울 것이 없습니다."

홍일은 지금 앞에 있는 자들에게 매국노 같은 행위를 하고 있음에도 의식하지 못했다. 그의 머릿속에는 연잉군을 죽이는 것밖에 없다. 마찬가지로 김일경도 세자를 보위에 무사히 올리는 것만 생각했다. 이들이 호란을 일으키리라는 것은 아예 염두에 두지 않았다.

"연잉군이 삼두매라는 도둑이라는데 믿을 수 있는 말이요?"

"암요. 그 도둑은 머리가 비상하고 속임수가 아주 능하지요."

홍일의 말에 순보가 히죽 웃고 나서 말했다.

"그쪽도 속아서 종사관 자리를 내놓았다는 말을 들었소만……잘못 안 거요?"

홍일의 얼굴이 벌게졌다. 지금도 그때의 일을 생각하면 분통이 터진다. 종사관 자리에서 쫓겨난 뒤 그는 창피해서 좌포청 근처에도 가지 못했다. 봉록도 받지 못하자 모아둔 돈을 쓰면서 재기를 꿈꾸었지만, 연잉군이 있는 한 그것은 어려운 일이다. 연잉군은 동해의 두 섬을 탈환해서 임금의 총애를 더하고 있다지 않은가. 만약 세자가 쫓겨나고 연잉군이 보위에 오른다면 자신과 김일경은 새남터에서 목이 잘릴 것이다.

"창피하지만 그럴 일을 당했습니다. 그러니 청국의 앞날에 큰 장애가 될 인물이지요."

"소론의 걸림돌이 되기도 하고요."

순보는 청국의 첩자들을 잡아내라는 명을 받은 연잉군이 청국과 소론, 모두의 적인 것이 분명했다. 그러나 그는 소론의 부추김에 넘어가 연잉군을 해코지하는 일은 섣불리 하지 않을 것이다. 정말 삼두매 도둑이라면 처치하기 곤란할 것이고 조선의 왕자를 죽인다는 것은 위험한 도박이기 때문이다. 최홍일이 돌아간 뒤에 예조의 양 녹사가 몰래 찾아왔다.

다음날은 별시를 보는 날이다. 홍치택은 도성 안에 있는 외가에서 나왔다. 그는 성균관을 향해 걸었다. 멀지 않은 곳이었지만 아침 일찍 나온 것은 맑은 정신으로 시험에 임하기 위한 것이다.

과거는 중세사회에서 가장 공정한 인재등용 방법이다. 과거를 실시한 나라는 핏줄에 따라 권력이 승계되는 귀족사회보다 몇 발짝 앞선 사회다. 개인의 능력과 노력을 과거시험을 통해 평가해 관료로 등용했기 때문이다. 그러나 제한적으로 공정했을 뿐 그래도 불평등했다. 천민을 제외한 누구도 시험에 응시할 수 있었지만, 과거 준비에 필요한 비용마련이나 교육기회는 양반만이 가능했다. 생계에 필요한 돈과 공부에 전념할 시간이 없는 상민에게는 그림의 떡이었다. 드물지만 상민이 과거에 붙어 양반으로 신분상승이 되는 일도 있었다. 그러나 벼슬을 얻는다는 것은 어림없는 일이다. 하지만 양반계급은 반드시 과거시험을 봐야 하고 급제해야 했다. 삼 대에 걸쳐 과거시험에 급제하지 못해 생원이나 진사 이상의 자격을 얻지 못하면 바로 양반계급에서 탈락하는 것이다. 즉 할아버지가 진사였으면 손자까지는 양반이나 그 후손들이 시험에 급제하지 못하면 더는 양반이 아니다. 양반이 아니면 세금도 내야 하고 군역도 치러야 한다. 더욱 참을 수 없는 것은 지금까지 존경의 대상에서 낙오된 가문으로 전락하는 것이다. 이들을 잔반(殘班)이라고 한다.

갓과 도포차림의 키가 큰 남자가 책을 들여다보며 과거장으로 향하는 것이 보였다. 지금 책을 본다고 해서 시험에 도움은 되지 않지만, 불안한 마음을 달래기 위해 그런 것이다. 치택의 뒤로도 여러 명의 과거 응시생이 뒤따르고 있었다.

"이보게, 이번 시험에 부정은 없겠지?"

치택은 뒤에서 들려오는 말에 귀가 쫑긋했다.

"그렇겠지. 이번 시관은 아주 엄격한 분이라네. 노론 쪽 가문이지만 과거 부정을 뿌리 뽑겠다고 벼르고 있다네."

과거에 급제하면 혜택이 너무나 크므로 부정이 많았다. 응시자가 몰래 책을 들고 가 베끼거나, 출제자와 응시자가 공모해서 문제가 사전에 누출되거나, 친인척을 뽑거나, 자기 당파의 사람들을 뽑거나 했지만 엄격한 시관이 감독하게 되면 그런 일이 없었다.

"지금까지와는 다르군. 어떻게 그런 분이 시관이 되었을까?"

"내가 듣기로는 연잉군이 임금님에게 과거에 부정이 없도록 주청했다 하더이다."

"허어, 그래? 한량에 멍청이 왕자라는 소문은 거짓부렁이었나 보군."

"오입쟁이 한량인지는 모르겠지만, 멍청이가 아닌 것은 분명하네. 그러니 동해의 두 섬을 되찾아 오지 않았겠나."

치택은 두 사람이 말을 엿듣기 위해 발걸음을 천천히 움직였다.

"이보게, 그런데 연잉군이 삼두매라는 소문은 어찌 된 건가?"

"완전 헛소문이지. 왕자가 무엇이 아쉬워서 도둑이 되나? 소론이 퍼뜨리는 모함이라네."

"그래도 세도가 집안을 털어서 빈민을 구제한다는 말이 있던데."

그 말에 남자가 흐흐흐 웃었다. 맨 앞에 걷고 있던 남자가 고개를 휙 돌려 뒤를 보자 치택과 눈이 딱 마주쳤다. 키 큰 남자가 다시 고개를 돌렸다. 뒤따르는 사내들은 계속 떠들고 있었다.

"이 사람아, 그런 놈이 문경새재에서 목숨을 구걸하는 사람을 죽여? 그리고 김 역관하면 인정 많기로 유명한 분이라네. 배고픈 사람에게 밥 주고 옷 없는 이에게 옷을 주는 그런 사람의 집을 털었다니 삼두매가 의적이라는 말은 다 거짓부렁이지. 자, 이제 허튼 말은 그만 하세. 시험 볼 때 힘 빠지니."

둘의 이야기가 끊어지자 치택은 생각에 잠겼다. 김포의 대지주인 연잉군에 대한 소문은 자신도 다 듣고 있다. 연잉군의 정체에 대해 그는 반신반의하고 있었다. 앞의 키 큰 남자는 책을 옆구리에 끼고 마냥 걷고 있었다. 그가 연잉군의 측근인 박문수인 줄은 누구도 모를 것이다.

아침 일찍 시작한 시험은 저녁 늦게서야 끝이 났다. 시험을 치르느라 녹초가 된 박문수가 창의궁으로 돌아왔을 때 연잉군이 불렀다. 평소의 밥상답지 않게 떡 벌어지게 차려졌다.

"박 어사! 고생했소. 어서 앉으오."

연잉군이 활짝 웃음 띤 표정으로 박문수의 팔을 잡아끌어 자리에 앉혔다. 문수가 자리에 앉아 수저를 들자 재작년 좌포청에 끌려갔다가 이광좌의 집으로 돌아왔던 그때가 떠올랐다. 그러자 눈물이 핑 돈다. 연잉군의 정체를 불은 죄책감으로 미음을 보고도 수저를 뜰 수 없었다. 지금 연잉군의 다정함을 보니 자신이 삐딱하게 마음먹은 것이 후회된다. 이번 시험에 급제하지 못할 것이라는 악담도 기억나지 않는다.

"왜 그러우? 그렇게 열심히 과거시험 공부를 했으니 이번에는 꼭 진사가 될 거요."

"고맙습니다. 나으리."

또 눈물이 벌컥 솟았다.

"허어, 박 어사! 이제 암행어사가 되는 초입이요. 이번에 급제하면 내년 전시에 급제해야 그 뜻을 이룰 수 있지 않소? 오늘은 모두 잊고 밤새 술이나 마십시다."

연잉군이 술병을 들어 박문수 앞에 놓인 술잔에 술을 따르고는 말했다.

"내년 식년시에 박 어사가 급제하면 내가 창의궁이 떠들썩하게 큰 잔치를 베풀 거요."

"고맙습니다. 나으리."

문수의 얼굴에 웃음꽃이 피었다. 동묘에서 있었던 서운한 마음이 눈 녹듯이 사라졌다. 두 사람은 밤새도록 술을 마시며 일본에서 있었던 여러 모험을 떠올리며 이야기를 나누었다.

아침 일찍 연잉군과 박문수는 우포청으로 갔다. 임금의 명을 받았으니 소론이 장악한 좌포청도 당연히 연잉군의 명령에 따라야 했으나 연잉군은 우포청을 더 신뢰했다. 그는 우포도대장을 위시해서 종사관, 포교들을 한데 모으고 청국 첩자를 잡을 방법을 의논했다. 물론 박문수도 그 자리에 참석했다. 의논 결과 모란 주점에 대한 감시를 더 엄중하게 하기로 했다. 회의가 끝나자 강호동 부장은 문수를 자기 방으로 데리고 갔다.

"대단하군. 연잉군이 작년에 의병을 일으키기 전까지는 철없는 한량인 줄만 알았는데 이제는 조선의 으뜸가는 인물이 되었으니 열 길 물속은 알아도 한 길 사람 속은 모르나 보네."

같이 따라온 백 부장도 한마디 거든다.

"연잉군이 섬을 되찾아오는 것을 보고 삼두매라는 소문이 파다했지만, 왕자님이 영웅이면 영웅이지 도둑은 아니야."

"암. 의병은 잘 이끌었지만, 활 솜씨가 형편없는 왕자님이 삼두매라니 빗나가도 이만저만 빗나간 게 아니야. 내가 삼두매와 마주쳤다가

90

하마터면, 그자의 화살에 맞아 명줄 놓을 뻔했는데. 하하."

박문수는 두 포교의 말에 속으로 웃었지만 내색할 수는 없었다.

"삼두매에 대한 수사는 어찌 되고 있나요?"

"지금 좌포청과 정보를 교환하면서 추적하고 있지만, 성과는 별로 없네."

문수가 조심스럽게 묻는다.

"이전의 삼두매와 지금 삼두매의 행태가 다르다고 하던데요. 그래서 가짜 삼두매가 아니냐고 소문이 파다한데……"

"처음 삼두매가 나타났을 때 하고 많이 다르긴 하지. 피해자들의 말에 의하면 윽박지르는 모양새가 도저히 의적이라고 할 수 없다네. 강도도 그런 흉악한 강도가 없다고 하더구만. 그리고 옷차림새도 그렇고, 남겨놓은 삼두매 부적도 그렇고."

"그럼, 가짜가 분명하네요."

"그럴 수도 있지만, 예전의 그 삼두매 도둑이 모습을 나타내지 않으니 지금 삼두매를 원래 삼두매라고 단정할 수밖에."

좌포청에 있었던 백 부장이 조심스럽게 말한다.

"좌포청의 포졸에게서 살짝 들은 말인데 문경새재에서 살인할 때 진짠지 가짠지 모를 삼두매, 그자가 한 말을 추적해보니 단서가 잡혔다네."

박문수의 눈이 커졌다.

"그, 그래요?"

"죽은 은상과 원한 있는 자가 있는데 사건이 벌어진 이후에 행방을 감췄다네."

백 부장의 말에 의하면 동래부에 사는 은상은 왜관을 통해 무역하는 자인데 총기를 밀수하다가 들켰다는 것이다. 그러자 밀수를 한 고용인에게 모든 책임을 뒤집어씌워 옥에 가두었는데 며칠 뒤 의문의 독살을 당했다는 것이다.

"죽은 이에게 왈짜 아들이 있다네. 그래서 은상을 찾아가 항의했다가 매만 맞자 삼두매를 가장하고 강도질을 하면서 살인한 것이 아닌가 추측한다네."

박문수는 삼두매를 자칭하고 원한을 갚은 가짜 삼두매가 또다시 강도질로 나선 배경을 캐야겠다고 마음먹었다.

"아 참, 별시를 보았다지? 그럼 이번에는 급제할 수 있겠지?"

강 부장의 물음에 문수가 어색하게 웃었다. 예상한 것보다 쉽게 글이 써져 부정이 없으면 급제할 자신이 있었다. 연잉군이 주청해서 뽑힌 청렴한 시관 밑에서 시험을 보았으니 공정한 결과가 나올 것이다. 만약 장원으로 급제하면 이번 시험에 떨어질 것이라고 말한 연잉군의 낯이 변할 것이다. 그래도 말은 겸손하게 한다.

"글쎄요, 시험이란 것이 발표를 봐야 하는 게 아닙니까?"

"아니야, 아니야. 박 초시 재주라면 진사가 되는 것은 식은 죽 먹기일 거야. 그것도 장원으로. 내년에 식년시니 임금님 앞에서 시험에 급제하면 벼슬길에 나가는 것이 아닌가?"

강 부장의 말에 백 부장이 맞장구친다.

"암, 그러면 몇 년 뒤 사헌부 감찰을 거쳐 암행어사가 될 것이고……어이구, 우리 든든한 배경을 두었네. 난 암행어사 출두야 해보는 것이 평생소원이라네. 박 초시 아니 박문수가 암행어사 되어도 우리를 잊지 않겠지?"

"그럼요, 부장님!"

세 사람이 마주 보고 유쾌하게 웃었다. 하하하

4

비밀 속의 비밀

창의궁을 나선 연잉군은 다른 사람이 되어 있었다. 옷은 중인(中人) 복장에 갓은 작은 갓을 쓰고 입에 솜을 넣어 볼을 두둑하게 하니 영 딴 사람이다. 오죽하면 마당에서 심복인 청지기가 보고 이렇게 소리쳤 겠는가.

"댁, 댁은 누구시오? 어디인데 함부로 들어온 거요?"

그러자 뒤따르던 박문수가 말한다.

"여보슈, 청지기 어른. 나으리를 몰라본다는 말이오?"

그제야 알아보고 웃으며 뒷머리를 긁는 청지기였다. 창의궁을 배신 한 궁노가 생긴 뒤로 신경이 예민해졌던 것이다.

이렇게 가까운 이도 몰라보게 변장한 연잉군은 창의궁을 나왔다. 볼에 솜이 물려 있으니 박문수가 뭐라고 물은들 연잉군이 답할 수 없 다. 그저 강아지처럼 졸졸 뒤를 따라가는데 연잉군은 남별궁 근처의 모란 주점 근처까지 왔다. 연잉군이 입안에서 솜뭉치를 빼고 박문수에게 귓속말했다.

"알았습니다. 여기서 망을 보고 있겠습니다."

박문수는 연잉군이 시키는 대로 모란 주점 앞에 가서 눈에 드러나게 알짱거렸다. 수상한 남자가 모란 주점을 염탐하고 있다는 것은 곧 알려졌다. 강순보는 최홍일이 건네준 그림을 들여다보고 박문수라는 것을 알았다. 그가 택견마당에서 넋 놓고 구경하고 있을 때 화공이 훔쳐보고 그린 것이다.

"저 앞에서 염탐하는 자는 연잉군의 측근인 박문수란 자다. 주의하거라."

한참 서성거리던 박문수가 주점 안으로 쑥 들어오자 주시하던 첩자들은 더욱 긴장했다. 자신들의 첩보활동을 막으라는 임금의 명을 받은 연잉군의 심복이 아닌가.

"고량주를 주시오."

문수는 도수가 센 고량주를 시켰다. 안주는 기름기가 많은 청국요리였다. 강순보를 비롯한 첩자들은 흘끔거리며 그의 움직임을 살피고 있었다. 호랑이굴인지 뻔히 알고 들어온 저 배짱은 무엇이란 말인가. 첩자들은 궁서기 박문수가 겉으로는 연약해 보여도 일본까지 들어가 첩보활동을 했다는 말을 최홍일에게서 들은 바 있다.

"안 되겠다. 내가 좀 떠봐야겠다."

엿보기 구멍으로 살펴보던 순보가 결국 밑으로 내려갔다. 주위에는 몇 자리에 조선 사람들이 둘러앉아 중국 술을 마시며 환담하고 있었다. 옷차림새로 보아 역관임이 분명한 손님들 틈을 뚫고 주인이 다가갔다.

"니 하오(안녕하시오)!"

이렇게 중국어로 인사를 하고는 혼자서 술을 따라 마시고 있는 문수에게 말을 걸었다. 물론 서툰 조선말이다.

"혼자서 술을 마시는 것을 보니 쓸쓸해 보이네요. 술벗을 해 드릴까요?"

"괜찮습니다."

"아니요. 술값은 고량주 값만 받겠습니다. 술은 또 내오지요."

순보가 손짓을 하자 하인이 얼른 고급주를 가져왔다.

"나는 이 집주인인 강순보라고 하오. 젊은 분의 성함은 어찌 되시오?"

박문수가 순보를 똑바로 바라보고 대답했다.

"내 이름은 박문수요. 조선의 둘째 왕자 연잉군의 측근으로 있소."

"아, 그런가요? 귀인이시군요. 하하"

문수는 자신에게 말을 붙이는 이 집주인이 자신의 정체를 이미 알고 있다고 확신했다. 신분을 밝혔는데도 놀라는 기색이 아니었기 때문이다.

"연잉군이라면 반역자 명나라 유민들에게 호의를 베푼다는 그분 말이오?"

뼈가 든 말에 문수가 즉각 응수한다.

"조선에서 명의 유민에게 적대감을 가진 사람은 이곳 주점 사람들

뿐일 거요.”

“허허, 그런가요?”

강순보는 중국어로 뭐라고 중얼거렸다. 문수가 중국어는 모르지만 욕하는 것은 분명했다.

“주인장, 도성에 외국인이 상점을 연 것은 조선 건국 이래 처음일 것입니다. 어떻게 우리 조정을 설득했는지 궁금하군요. 정중하게 부탁하지는 않았을 것이고…… ”

문수의 가시 돋친 말을 옆자리의 역관들이 들었나 보다. 모두 고개를 돌려 두 사람을 보았다. 강순보가 크게 웃고 나서 말한다.

“하하하, 그거야 힘이 있어 가능한 일이오. 그대 임금의 할아버지 아니 증조할아버지던가. 그분이 엄동설한에 대청 황제에게 머리 세 번 찧고 아홉 번 절했기에 가능한 거요.”

순보는 조선인들이 치욕으로 생각하는 그때를 태연히 입에 올렸다. 문수는 속에는 열불이 치솟았으나 억지로 참고 웃었다. 하하하

“왜 그리 웃으시오? 내 말이 가당치 않다는 말이오?”

“강도가 남의 집을 무단침범해서 재물과 처자를 겁탈하고 집주인에게 억지로 아홉 번 절 시켰다는 말을 자랑하니 우습지 않다는 말이오?”

그 말에 순보의 얼굴이 화끈 달았다.

“그때 강도에게 문을 따 준 자의 후손이 이곳 주점에 있다는 말을 듣고 어떻게 생겨 먹은 자인가 보러 왔소.”

박문수는 아까 연잉군이 말해 준 그대로 강순보를 자극했다. 자신

의 아픈 곳을 찔린 순보는 억지로 참고 응수했다.

"하하하, 비유를 재미있게 하는구려."

"그렇지요? 가는 말이 고와야 오는 말이 곱지요. 하하"

두 사람은 서로 웃었지만, 주변에서 듣고 있던 역관들은 슬금슬금 눈치를 보며 자리에서 일어났다. 자신의 두목이 밀리자 하인으로 위장한 첩자들이 주먹을 불끈 쥐었다. 그러나 어쩌겠는가. 시비 걸려고 작정하고 온 자 아닌가.

그 시간에 박문수로 하여금 바람을 잡게 한 연잉군은 강순보의 방에 들어가 금고를 뒤지고 있었다. 이 주점을 건축한 것이 사직골의 택견꾼이었기에 집 구조는 물론이고 청국의 첩자들도 모르는 비밀방까지 알고 있었다. 집을 지을 때 강순보가 준 도면을 슬쩍 고친 연잉군의 뜻대로 만들었기 때문이다.

"이게 어디에 있을까?"

연잉군이 금고의 자물쇠를 만능열쇠로 열고 가득 쌓인 문서 더미에서 뭔가 찾고 있었다. 하나하나 살펴보면 조선의 기밀들을 수집한 내용이겠지만 그는 더 귀중한 문서를 찾고 있었다. 이 시간을 벌기 위해 박문수를 주점 안으로 들여보낸 것이다.

"찾았다!"

연잉군이 반색하며 찾아든 문서를 훑어보더니 움칫했다. 대보단의 제사 기록이 이미 첩자의 손에 들어갔기 때문이다. 곧이어 다른 문서를 찾다가 얼굴이 환해졌다. 포도청을 통해 모란 주점의 일원으로 비변사에 등록된 공식적인 청국첩자들 이외에 몰래 입국한 첩자들과 이들과 내통한 하위급 관료들과 서리들의 이름이 암호명으로 적혀 있었다. 그는 재빨리 붓과 먹물이 든 병을 꺼내 흰 종이에 옮겨적었다.

연잉군은 서둘러야 했다. 박문수를 시켜 주점을 시끄럽게 해 주의를 돌리게 했지만 언제 그들이 올라올지 모르기 때문이다. 손이 보이지 않을 정도로 바쁘게 글씨를 써내려 가다가 문서를 떨어뜨렸다. 휙 날아간 문서는 다급한 연잉군의 마음을 외면하고 금고 밑으로 들어갔다.

"이런, 이런."

혀를 차며 손을 금고 밑으로 넣는데 뭔가 걸리는 것이 있다. 더듬어 보니 밑에 또 하나의 금고가 숨겨져 있는 것이 아닌가. 그는 금고를 열려다 말고 붓을 거꾸로 들어 슬며시 들이밀자 철컥하며 붓대가 부러졌다. 만약 그냥 열려고 했으면 손가락이 잘렸을 것이다. 안도의 한숨을 내쉬고 조심스럽게 열어보니 한 장의 문서가 보였다. 아주 중요한 문서를 보관하는 비밀 금고였던 것이다.

"아니, 이건."

놀라운 내용의 편지였다. 이때 쿵쾅거리는 발소리가 들려왔다. 이층으로 올라오는 소리다. 연잉군은 얼른 부러진 붓대와 문서를 챙겨 책상 밑의 비밀 문을 열고 안으로 들어갔다. 숨소리를 죽이고 있는데 강순보가 씩씩거리며 소리쳤다.

"뭐 저런 놈이 다 있어? 아무리 참으려 해도 참을 수가 없네. 하룻강아지 범 무서운 줄 모른다고 어디 와서 시비야?"

순보가 중국어로 욕을 했지만, 연잉군은 다 알아들을 수 있었다.

'박문수가 너무 지나쳤나 보네.'

산전수전 다 겪었을 강순보가 펄펄 뛰는 것을 보면 약을 올려도 단단히 올렸나 보다. 박문수의 안위가 걱정되었다.

"칙사가 오면 그때 움직이려고 했지만, 조선이 이렇게 나온다면 더 참을 수 없다."

두목이 금고를 열고 문서를 꺼냈지만, 연잉군이 손을 댔으리라고는 상상도 못했을 것이다. 몇 장의 문서를 꺼내고는 측근인 두일을 불러 앞으로 할 일에 대해 명령을 내렸다. 물론 이것은 책상 밑에 숨은 연잉군이 다 듣고 있었다.

연잉군이 창의궁에 돌아온 것은 새벽이었다. 모란 주점의 일꾼들이 깊은 잠에 빠지고 보초마저 잠에 취해 있을 때까지 웅크리고 숨어 있다가 겨우 빠져나온 것이다. 그가 돌아오자 밤새 기다리고 있던 이천기가 나와서 맞았다.

"나으리, 어디 갔다 이제 오시나요?"

연잉군이 의혹의 눈초리로 바라보는 이천기를 향해 호탕하게 웃고 나서 말했다.

"내가 다방 골에 기생 하나를 눈여겨보고 있었는데 어젯밤 거기 있다가 오는 길이요."

김광택 대신 호위무사가 된 이천기가 조심스럽게 말한다.

"저, 나으리. 엊저녁에 박 서기가 피투성이가 되어 창의궁으로 돌아왔습니다. 같이 나가시지 않았던가요?"

연잉군이 깜짝 놀라서 소리쳤다.

"뭐요? 지금 그 사람 어디 있소?"

"방에서 의원의 치료를 받고 있습니다."

천기의 말에 의하면 저녁에 두 명의 청국인들이 피투성이가 된 박문수를 수레에 싣고 와서는 내팽개치고 돌아갔다는 것이다.

"이런, 이런."

연잉군이 급히 박문수의 방으로 가보니 자리에 누운 채 여종의 간호를 받고 있었다. 한쪽 구석에는 구당 선생이 잠들어 있다가 부스스 눈을 비비며 일어났다.

"아니, 이게 무슨 일입니까? 어느 정도 다친 것입니까?"

구당 선생의 말에 의하면 심하게 얻어맞아 온몸에 멍이 들고 갈비뼈도 여러 대 부러졌다는 것이다.

"이런 일이 있을 수 있나? 어찌하면 빨리 나을 수 있겠습니까?"

"제일 좋은 것은 웅담이지만 지금 구할 길이 없으니 똥물을 먹여야겠습니다."

"그 더러운 것을 어찌 먹인다는 말입니까?"

구당 선생이 말하기를 변소에 오랫동안 묵어있는 똥물을 체로 거르면 하얀 물이 남는데 그것이 타박상에 특효라는 것이다.

"웅담이 좋다면 돈은 내, 얼마든지 낼 테니 빨리 구해 보도록 해주십시오."

연잉군은 자기 때문에 초주검이 되어 돌아온 박문수에게 똥물을 먹일 수는 없었다. 그래서 급히 청지기를 지금의 을지로인 구리개(銅

峴)로 보내 한약방을 샅샅이 뒤지게 했다.

"이보시오, 박 어사! 정신 좀 차리시오."

얻어맞아 퉁퉁 부은 얼굴을 보니 마음이 울컥했다. 간신히 눈을 뜬 문수가 히죽 웃어 보였다.

"나으리, 아직 죽은 것이 아니군요. 일은 잘하셨나요?"

"박 어사가 잘해 주어 수확이 많으오, 미안하오."

연잉군이 박문수의 손을 꽉 잡고 눈물을 흘렸다.

"구리개로 청지기를 보내 웅담을 구해오라고 했소. 그러니 조금 불편하더라도 몸조리 잘 하시오."

입술이 터져 찌그러진 문수가 몇 마디 하려다 힘없이 눈을 감았다. 연잉군은 한숨을 푹 내쉬고 구당 선생에게 치료를 부탁하고는 밖으로 나왔다. 이천기가 기다리고 있다가 무슨 일로 저리 다쳤느냐고 물었지만, 감시의 눈을 돌리기 위한 고육책이었다는 말은 할 수 없었다.

"이 사정. 박서기가 저리 다친 것은 청국 첩자가 운영하는 모란 주점에 가서 시비가 붙었기 때문이오. 우포청으로 갑시다."

연잉군은 경위를 묻는 이천기의 질문에는 답하지 않고 서둘러 우포청으로 갔다. 동묘로 사람을 보내 명 유민의 향주 이준구를 불러오게 했다.

"이 향주. 여기 청국에서 비밀리에 들어온 첩자들의 명단이 있소. 암호로 쓰여있으니 해독해야 할 것입니다."

명의 유민 중에는 암호를 만들고 해독하는 사람이 있다는 말을 들었기에 문서를 넘긴 것이다. 이준구가 돌아간 뒤에 연잉군은 우포청의 포교를 모두 한자리에 모았다.

"우선 대보단의 기밀을 청국 첩자에게 팔아 넘긴 녹사 놈을 잡아야 겠소."

연잉군은 대보단에서 제사 지낸 기록을 넘긴 예조의 녹사 양정언을 감시하라고 했다. 그가 청국에서 밀입국한 첩자의 은거지를 알고 있다고 판단되었기 때문이다.

강 부장과 백 부장이 한 조가 되어 녹사의 집 근처에서 매복했다. 강 부장은 길을 잃은 시골 노인으로 변장해서 이리저리 골목을 헤매는 척하고 백 부장은 엿장수 차림으로 녹사의 집 근처를 맴돌았다. 능숙하게 변장을 했기에 행인 중에 의심하는 이는 없었다.

"엿 사려! 엿이오!"

커다란 가위를 들고 엿을 파는 백 부장에게 엿을 사는 사람은 없었다. 좌판에 콩고물만 잔뜩 있고 정작 엿은 몇 개 없는 데다 싸구려는 없어 살 형편이 되지 못했기 때문이다.

"이보슈! 엿 좀 봅시다."

이리저리 맴돌다 골목길에서 딱 마주친 강 부장이 먼저 말을 건넨다.

"그럽시다. 근데 옷 입은 꼴을 보니 엿을 살만한 돈은 없어 보이는 구먼."

"허어, 어찌 알았소? 단박에 눈치챈 것을 보니 포도청 사람이구먼."

둘은 마주 보고 웃었다. 하하하

"녹사는 어찌하고 있나?"

"아직 거동하지 않고 있으나 곧 나올 거야."

"연잉군의 수완이 대단하네. 어찌 놈들을 파악하고 있었을까?"

강 부장이 감탄하고 있는데 교대로 녹사의 집을 감시하던 포졸이 급히 달려와 양 녹사가 밖으로 나온 사실을 보고 했다.

"됐네, 우리가 움직일 차례야."

백 부장이 골목 밖으로 나가자 강 부장이 두루마기와 갓을 고쳐 쓰고 보따리를 집어들었다.

녹사가 어기적거리며 예조와 반대방향인 동대문 쪽으로 걸어가자 등짐을 진 강 부장이 뒤를 밟기 시작했다. 녹사가 갑자기 골목으로 들어갔다. 큰길에서는 멀리서 미행할 수 있었지만, 골목길이 많은 길이 시작되자 강 부장이 바짝 다가갔다. 그가 갑자기 걸음을 멈추더니 휙 뒤돌아보는 순간 재빨리 골목 안으로 몸을 숨겼다. 다시 녹사가 발을 옮기자 강 부장이 뒤를 따랐다.

골목길을 나와 다시 종로의 시전으로 들어간 녹사가 잡화상 안으로 들어가자 강 부장은 긴장했다. 그러나 곧바로 나온 그가 다시 걸음을 옮기자 강 부장도 움직였다. 걸음걸이가 빨라진 것으로 보아 미행을 눈치챈 것 같았다. 서둘러 뒤를 쫓는데 녹사가 휙 뒤돌아보자 눈이 딱 마주쳤다. 이럴 때는 그냥 스쳐 지나가야 한다. 변장을 한 강 부장은 매서운 눈으로 쏘아보는 녹사의 눈을 의식하며 태연히 지나갔다. 그러자 녹사는 발길을 돌려 되짚어간다. 이제 강 부장은 뒤를 밟을 수 없게 되었다.

"엿 사려! 엿 사려!"

목판에 엿을 넣고 파는 백 부장 옆을 지나며 녹사는 미행하는 강 부장을 무사히 따돌렸다고 생각할 것이다.

그의 발길은 주위가 어둑어둑해서 사람들이 빠져나가기 시작하는 포목전으로 접어들었다. 미행자 때문에 뱅뱅 돌아오느라 사람들 틈에 끼어 형체를 숨길 수 없게 되었다. 흘끔흘끔 뒤를 돌아보았더니 멀리서 패랭이 쓴 미행자가 천천히 걸어오는 것이 보였다.

망할 자식. 녹사는 끈질긴 미행자를 욕하며 문을 닫으려는 가게를 기웃거리다가 골목길로 후다닥 뛰어들어갔다. 그리고는 골목길을 이리저리 뛰어다녔다. 그리고는 뒤를 돌아보니 미행자는 보이지 않았다.

'큰일났군. 포도청 놈들이 어찌 눈치챘을까?'

양 녹사는 모란 주점의 청국인들이 첩자인 줄 뻔히 알면서도 그들이 찾아왔을 때 그들의 제안을 두말없이 받아들였다.

'괜한 일을 했어. 괜한 일을.'

몇 달 전 노름빚으로 고민하고 있을 때 노름판에서 만난 사내가 접근해서 노름빚을 갚아주었다. 그것에 코가 꿰어 예조에 보관된, 대보단에서 지내는 제사에 관한 문서를 찾아내 빼돌렸다. 이제 녹사가 살길은 이 땅을 떠나는 것뿐이다. 청국은 물산이 풍부한 나라라고 했다. 거기서 청국 여자와 혼인해서 새로운 삶을 꾸려나가리라 다짐했다. 지금 같이 사는 아내와는 불화가 심하니 헤어져도 그만이다. 자식들은 알아서 살겠지 뭐.

'그래, 오늘 두목에게 사정을 말해야겠다.'

첩자 두목 강순보는 자신들의 앞잡이가 된 녹사에게 이번 일이 성공하면 조선을 떠나 청국으로 데려가겠다고 했다. 여기서 붙잡히면 청국에 조정의 기밀을 누설한 죄로 모진 고문과 함께 능지처참 될 것이다.

'가자, 청국으로.'

그가 이렇게 중얼거리며 불안과 공포를 참아내며 뒷골목으로 들어섰다. 저쪽 골목에서 다 부서진 갓에 허름한 두루마기를 입은 장님이 대나무 지팡이를 더듬거리며 뒤를 따르고 있었다. 키가 커서 몸을 휘청거리는 장님이 대나무로 바닥을 딱딱 치며 걸어오자 안도의 한숨을 내쉬고 다시 걸어갔다.

청국첩자들이 숨어 있는 집 앞에 선 녹사는 잠시 멈춰 섰다. 장님이 흰자위를 희번덕거리며 그 앞을 지나 골목길로 꺾어 들어갔다. 그의 모습이 사라지자 안심을 하고 문고리를 잡아당겼다.

"양가올시다."

삐걱.

문이 열리며 사내가 모습을 드러냈다. 녹사가 안으로 들어가고 문이 닫히려는 순간 사내가 헉하는 소리와 함께 뒤로 자빠졌다. 그의 목젖 부위에는 비수가 꽂혀 있었다. 녹사가 놀라 뒤를 돌아보니 장님이 손에 든 대나무 지팡이로 관자놀이를 때렸다. 녹사가 죽어 자빠진 사내의 몸 위에 엎어지고 장님, 그러니까 연잉군이 담장에 훌쩍 뛰어 올라가 지팡이를 번쩍 들어 올리고는 다른 골목길로 황급히 사라졌다.

강 부장이 우포청 포졸들이 대기하고 있는 옆 골목으로 급히 발길을 옮기는데 불운하게도 소변을 보러 나온 첩자의 눈에 띄었다. 그가 방에 대고 소리치자 첩자들이 칼을 들고 뛰쳐나왔다. 강 부장이 급히 호각을 꺼내 불었다.

삐익삐익

호각소리에 백 부장과 포졸들이 몰려와서는 집안으로 뛰어들었다. 포졸들을 본 첩자들은 대적하기보다는 탈출방법을 찾았다. 몰래 옆집으로 빠져나가는 비밀 문을 열었다.

골목길에서 연잉군이 모습을 드러냈다. 백 부장과 포졸들이 방으로 접근할 때 불길한 예감을 느낀 연잉군이 그들을 말렸다.

"안 되오. 잠시 기다립시다."

그의 말에 포졸들은 제자리에 멈췄다.

펑!

요란한 폭음소리와 함께 작은 집이 무너져 내렸다. 방안으로 들어갔더라면 모두 죽었을 것이다. 나중에 부서진 집을 헤치고 들어가 보니 옆집과 연결된 비밀 문을 발견할 수 있었다. 그 집은 오랫동안 사람이 살지 않는 폐가였다. 이렇게 첩자들은 포졸들의 포위망을 뚫고 도망쳤다.

다음 날 아침. 기절했다 깨어난 양 녹사는 우포청에 끌려왔다. 그는 자신이 지은 죄상만으로도 능지처참 형을 받을 것이기 때문에 입을 꼭 다물고 있었다. 직접 심문하던 포도대장은 화가 나서 곤장을 치라고 명령했다.

아고고, 아고고.

엉덩이의 살점이 떨어져 나가자 녹사는 사건의 경위를 털어놓았다. 그가 자백한 후에 공초문과 함께 의금부로 끌려갔다. 거기서 확인 조사를 받은 후에 매국노 양 녹사는 능지처참 형을 당할 것이다.

창의궁을 찾은 강부장은 연잉군에게 자백내용을 그대로 전했다. 연잉군은 고개를 끄덕이기도 하고 의아하다는 표정도 짓고 하면서 끝까지 경청했다.

"결국, 녹사 그자가 청국의 앞잡이가 되었다는 것 이외에는 알아낸 것이 없구먼."

"그렇지요. 온갖 감언이설로 꾀어 앞잡이로 만들기는 했지만 철저하게 비밀을 지킨 것이지요. 그런데 나으리, 그자가 매수되었다는 걸 어떻게 아셨습니까?"

강 부장은 녹사가 청국의 앞잡이가 된 것을 연잉군이 어떻게 알아챘는지 궁금했다.

"그건 노름판을 하는 자에게 얻은 정보였지. 그자가 몽땅 털렸는데도 어디서 돈을 구했는지 계속하더라는 거야."

연잉군은 모란 주점에서 훔쳐본 것이라는 말을 쏙 뺐다. 강 부장은 그럴듯한 말에 고개를 끄덕였다. 양 녹사를 잡은 뒤에 명의 유민이 해독한 암호문을 갖고 내통자들의 행방을 찾았지만, 그들 중 거물급은 자취를 감추고 잔챙이만 겨우 붙잡을 수 있었다.

연잉군이 이천기를 호위로 하고 모란 주점으로 갔다. 강순보가 통역을 데리고 나왔다.

"나는 조선의 왕자 연잉군이오."

"네. 그렇습니까? 제 이름은 강순보입니다."

첩자 두목은 유들유들하게 웃으며 연잉군을 대했다.

"그런데 어쩐 일로 오셨나요? 혹시 창의궁의 서기로 있는 박머시기 때문에 온 것입니까?"

"그렇소. 이 주점에서 크게 봉변을 당했다 하더이다."

"그자가 그리 말했습니까? 봉변은 우리가 당했습니다. 감히 우리 대청 제국을 희롱하기에 격분한 일꾼들이 매를 쳐서 응징했습니다."

"응징이라……어찌 희롱했기에 그렇게 모질게 응징했소?"

연잉군의 물음에 강순보는 박문수가 여진족은 원래 사냥이 아니면 마적이 되는 피를 가진 못된 종자로 명과 조선의 은혜를 입고도 반역을 저질렀다고 질책했다고 했다. 그리고 강순보를 역적의 피를 이은 매국노라고 욕했다고 했다. 이 사실은 자기 방에서 고래고래 소리 지르며 떠들었기에 연잉군도 알았던 내용이다.

"내가 여기에 온 이유는 따로 있소. 예조의 녹사가 이곳을 자주 드나들었다는 말을 들었소."

그 말에 순보가 놀란 표정을 짓는다. 이렇게 능청스러운 자를 어떻게 박문수가 화나게 했는지 의문이 들 정도다.

"녹사라고 여기 술을 마시러 오지 못하란 법이 있습니까?"

"술만 마시면 좋은데 조정의 비밀을 전하러 온 것이 잘못이지요."

"아이구, 그런 말 마십시오. 저는 술장수일 뿐입니다."

손사래를 치자 연잉군도 말이 막혔다. 녹사가 어떻게 진술했던 여기서 잡아떼면 어쩔 수 없다. 분하지만 빈손으로 돌아올 수밖에 없었다. 돌아가는 연잉군을 보고 강순보는 이를 악물었다. 명나라 유민 안의 내통자가 알려주지 않았더라면 녹사가 붙잡힌 것을 몰랐을지 모른다. 거물급 내통자들을 서둘러 피신시킨 것도 바로 '그자' 덕분이다. 침투시킨 첩자가 발각되어 난감해하고 있을 때 찾아온 관우회 간부이다. 처음에는 염탐을 위해 침투를 시도한 것으로 경계했지만, 이번 일로 믿을 수 있는 구석이 생겼다.

'연잉군을 빨리 없애야겠어.'

순보는 비밀 금고 안에 숨겨두었던 윤제의 극비지령문을 연잉군이 훔쳐간 것이 분명한 이상 자신의 안전을 위해서라도 손을 써야 했다.

박문수는 끝내 웅담 대신 똥물을 먹어야 했다. 타박상을 풀어주는

110

웅담을 찾지 못했기 때문이다. 이것을 구하기 위해 강원도와 함경도까지 사람을 보내 보았지만, 웬일인지 웅담을 구할 수 없었다. 억지로 똥물을 먹고 일주일 뒤에야 강원도 포수에게서 웅담을 구해 먹을 수 있었다. 똥물을 먹어서인지 웅담을 먹어서인지 어혈이 풀려 거동할 수 있었다.

"박 어사! 좀 더 몸을 추슬러야 하오."

"아닙니다. 이제 괜찮습니다. 듣자니 삼두매가 날뛴다고 하던데 어찌 된 일입니까?"

박문수는 연잉군의 곁에 서 있는 이천기를 흘끗 보고 말했다.

"박 어사, 알고 있구려. 나와 친한 이의 집에 도둑이 들었다 하오."

문수가 놀라 눈을 크게 떴다.

"보름 전 마포 갑부 황 부자 집에 삼두매가 들더니 닷새 전에는 오 역관이, 어젯밤에는 광교 홍 도중의 집에서는 안방까지 들어가고 끝내 살인까지 벌어졌다고 하오."

연잉군은 며칠 동안 벌어진 삼두매 도둑사건을 자세하게 말했다. 문수는 묵묵히 듣고 있다가 말했다.

"그럴 리가 없습니다."

"그럴 리가 없다? 그러면 박 어사는 삼두매인가 뭔가 하는 강도의 짓이 아니라는 게요?"

"아닙니다. 제 생각으로는 가짜가 삼두매를 사칭하는 것이 아닐까 합니다만⋯⋯제가 가서 살펴볼 수 없겠습니까? 공안소설을 보면 의적의 명성을 업고 사칭하는 도둑의 무리가 많이 있습니다. 나으리께서 여러 번 읽으셨다는 수호전에도 그런 내용이 있지 않습니까?"

"흑선풍 이규를 사칭하고 강도질을 한 자가 있었지. 그렇다면 살인을 저지른 자는 가짜 삼두매라는 말인가?"

"그렇지요. 삼두매의 짓이 아닙니다. 삼두매는 부녀자만 있는 안방에 들어가는 일은 하지 않습니다. 법도를 아는 도둑이지요."

"오호, 그런가?"

연잉군은 쥘부채로 손바닥을 두드리며 미소를 지었다. 이천기는 둘이 오가는 말을 하나도 빼지 않고 마음속에 새기고 있었다. 문수는 슬쩍 곁눈질하고서 말을 이었다.

"살인도, 지금까지 한 번도 저지른 적이 없습니다."

"하지만 도둑, 아니 강도 아닌가. 충분히 그따위 짓을 저지를 수 있지."

"자신에게 위협이 된다면 그럴 수 있겠지만 삼두매는 숨겨놓은 보화를 빼앗기 위해 살인을 저지를 그런 좀도둑은 아닙니다."

탁탁

연잉군의 쥘부채가 손바닥을 두드렸다.

"박 어사는 삼두매를 옹호하는군."

비꼬는 듯한 말에 문수는 당황한 표정을 지었다. 이것도 이천기를 의식하고 연기하는 것이다. 모르긴 해도 둘이 주고받는 말은 몇 시간쯤 뒤에 노론의 공자들 귀에 들어갈 것이다.

"아, 아닙니다. 나으리. 의적 행세를 하고 있지만, 도둑은 어디까지나 도둑이지요. 나라의 법을 어기는 것은 용서할 수 없습니다. 제가 계속 우포청에 있었더라면 삼두매를 잡는 데 도움이 될 수도 있겠지만……
이제는 할 수가 없군요.”

“그런가? 그러면 두 집을 들러서 단서를 잡아보시게나. 내가 강 부
장을 불러 말해 놓을 테니.”

“네, 그러지요.”

공손히 절하고 물러서는 박문수였다. 자기 방으로 들어온 그는 어
사화를 쓰고 삼일유가를 하는 자신의 모습을 떠올리고는 히죽 웃었
다. 이번에 진사가 되면 마지막 관문으로 임금 앞에서 전시를 보고 거
기서 급제하면 어사화를 꽂을 수 있다.

‘가만있자, 연잉군이 절대로 과거에 붙을 수 없다고 했잖아.’

동묘에서 한 말이 떠오르자 갑자기 기분이 나빠졌다.

‘아니야, 아니야. 가짜 삼두매가 날뛰는데 아무것도 할 수 없어서 홧
김에 한 말일 거야.’

문수는 고개를 휘휘 가로 저었다. 그건 연잉군의 진심이 아니라고
몇 번 되뇌었다.

이틀 후에 창의궁을 나선 박문수는 먼저 며칠 전 도둑이 들었다는
오 역관을 찾았다.

삼두매가 침입한 뒤로 사랑채는 비어 있었다. 문수가 확대경을 가
지고 범인의 발자국을 살피고 나자 오 역관은 삼두매에게 당했던 그
때를 생생하게 전했다.

“그자가 말하기를 백성을 위한 것이니 순순히 내놓으라고 했소. 마

침 물품이 집에 없었기 때문에 그 정도로 끝났지 하마터면 목을 잘릴 뻔했네. 아이고."

오 역관은 진저리를 쳤다. 문수는 가짜 삼두매의 짓임을 알지만, 일부러 진짜 삼두매의 짓인 양 말했다. 오늘 오 역관에게 한 말은 김용택이 찾아와서 확인하려고 할 것이다. 문수가 여기저기 다니는 것은 연잉군이 삼두매가 결코 아니라는 것을 노론의 공자들에게 알려 주려는 것이다. 아니나 다를까 박문수가 다녀간 몇 시간 뒤에 김용택이 나타나 둘 사이에 오고 간 말을 빠짐없이 듣고 돌아갔다. 그는 이천기를 통해 궁노 윤삼돌도 찾았지만 그런 이름을 가진 자는 창의궁에 아예 없었다. 윤삼쇠라는 비슷한 이름을 가진 궁노를 만났지만, 목소리가 전혀 달랐다. 이렇게 해서 사례금으로 준비한 금붙이만 사기당한 꼴이 되었다.

다음 날. 박문수는 살인사건이 벌어진 시전상인 홍 도중(都中)의 집으로 갔다. 청계천 물이 흐르는 길가에 자리 잡은 홍 도중의 집은 저택이라고 부를만했다. 나라의 법으로는 시전 상인이 그렇게 큰 집을 지닐 수 없지만, 노론과 밀착한 거상이기에 가능한 일이었다.

박문수가 도착했을 때는 우포청 강호동 부장이 이미 나와 있었다. 점심으로 팥떡을 먹고 있다가 문수를 보더니 반갑게 맞았다.

"어서 오게. 눈이 빠지게 기다렸네. 몸은 좀 어떤가?"

모란 주점에서 심하게 맞아 드러누웠을 때 병문안까지 왔었다. 그런데 범인추적까지 나온 걸 보고 반가웠던 것이다.

"이제 괜찮습니다."

"똥물을 먹으면 빨리 낫는다는데……먹어보았나?"

문수는 똥물을 먹었다는 것이 창피해서 얼른 둘러댔다.

"아뇨. 나으리가 웅담을 구해 주셔서 그걸 먹고 나은 겁니다."

"그런가? 연잉군은 역시 정이 많은 분이네. 자, 그럼. 움직여보세."

사실 이곳은 좌포청 담당이나 홍 도중이 노론과 끈을 닿고 있어 우포청에서 나온 것이다. 그가 삼두매가 들어온 침입로를 따라 걸으며 도둑들이 문을 따고 마차로 물품을 싣고 나간 경위를 자세히 말했다. 삼두매를 따르는 도둑이 일곱 명이라고 했다.

"삼두매 복장을 하고 있으니까 홍 도중은 물론이고 수십 명의 하인이 꼼짝도 못했네. 여차하면 주인의 목이 달아날 것 같았으니까."

"저항이 없었다면 목숨을 해칠 이유가……누가 죽었지요?"

"이웃집에 무관이 한 명 놀러 와 술에 취해 잠들었는데 소란한 소리를 듣고 칼을 들고 나섰다가 당했다네. 언월도에 몸이 토막 났어."

"도둑이 혼자가 아니고 언월도까지 있는데 달려든 걸 보니 용기가 대단했나 보군요."

문수는 살해당한 무관이 술이 덜 깨어서 무모했다고 생각했다가 곧 마음을 바꿨다. 혼자의 몸이었지만 승산이 있으니까 대적했을 것이다.

"그러네, 하인들 말로는 무관이 어찌나 칼을 잘 쓰는지 삼두매가 쩔쩔매고 부하들도 도망칠 기세였다네. 돌부리에 걸려 넘어지지만 않았더라면 분명히 삼두매의 목이 떨어졌을 것이라고 했네."

"그자는 가짜 삼두매가 틀림없군요. 진짜는 무술이 대단하다고 들었는데요."

무관이 넘어지자 일당 중의 한 명이 언월도를 휘둘러 허리를 벤 다음 서둘러 마차를 끌고 도주했다고 했다. 뒤늦게 정신을 차린 몇 명의 하인들이 창과 몽둥이를 들고 뒤쫓았는데 삼두매가 활을 쏘았다고 했다. 강부장도 도둑이 가짜라고 판정했다.

"형편없는 솜씨라더군. 한 발도 맞추지 못했으니까……칼은 좀 쓸 줄 아는 모양이지만. 아마도 삼두매의 명성을 이용해서 쉽게 강도질을 한 것 같아."

문수는 가짜 삼두매 일당이 남기고 간 흔적을 찾았다. 어설픈 도둑들인지 뜻밖의 훼방에 놀랐는지 떨어뜨리고 간 것이 많았다. 강 부장이 증거품을 모은 자루를 열어 보였다. 거기에는 한눈에 봐도 가짜인 삼두매 부적, 찢어진 옷감, 단도, 모자, 허리띠, 곰방대, 빈 담배통, 화살 다섯 개가 들어 있었다.

"하인들을 불러 혹시 자기 것인가 일일이 확인하고 모은 걸세."

문수가 증거품을 꼼꼼히 살펴보고 냄새까지 맡았다. 곰방대와 담배통에는 아예 코를 박았다.

"자네, 창의궁에 살더니 개 코가 되었나? 무슨 냄새는 그리 맡아."

강 부장이 놀려댔지만, 그는 개의치 않고 냄새를 맡더니 잠시 허공을 바라보았다.

"어쭈? 뭔가 알아낸 모양인데."

문수가 바보처럼 히죽 웃더니 말했다.

"담배 냄새 정말 구수하네요. 나도 좀 피워야겠어요."

116

문수는 두어 시간 확대경을 들고 왔다갔다하더니 창의궁으로 돌아갔다.

박문수가 청지기에게서 김포현감 김덕재가 찾아왔다는 말에 재빨리 몸을 돌렸지만 이미 늦었다. 어제도 찾아와서 곤란을 겪었는데 또 찾아온 것이다.

"박형! 나 좀 봅시다. 몇 시각을 기다리고 있었소."

김덕재의 간절한 말에 문수도 어쩔 수 없이 몸을 돌려 방으로 들어가 마주했다.

"박형! 아니, 박 어사님. 제발 부탁이요. 나 좀 살려주시오."

김덕재가 이토록 비굴하게 사정을 하는 것은 강화도에 놀러 갔다가 강화유수 집안의 과부에게 수작을 부린 것이 알려져 정직처분을 받았기 때문이다.

"현감님, 저는 아무런 힘이 없습니다. 아시지 않습니까?"

"박형은 이광좌 대감의 조카이고, 강화유수는 이 대감의 재종형 아니오? 어렸을 때 그 댁에서 살았다는 말을 들었소만……같은 일가이니 어찌 박형의 부탁에 소홀할 수 있겠소. 한 마디만 해주오."

"제가 친척이라 해도 먼 친척인데다 집안문제를 어찌 청탁할 수 있습니까? 그냥 돌아가시지요."

"어쨌든 만날 수는 있으니 내가 술에 취해 망동한 것이라고만 말해주오."

덕재가 우포청에 있을 때 박문수를 좌포청의 간첩이라고 얼마나 구박했던가. 종사관 자리에서 쫓겨나고 백수건달로 있을 때 박문수만 보면 슬쩍 자리를 피했다. 그러나 이제 김포현감의 신분으로 궁서기에게 애걸복걸하는 것도 수치스러운 일인데 거절당하니 화가 났다.

"여보시오! 당신이 우포청의 서기로 있을 때 나는 상관이었소."

덕재가 큰소리치자 문수도 지지 않고 대거리한다.

"지금은 아니잖습니까? 그리고 그런 잘못을 했으면 연잉군에게나 부탁해 보시지요. 둘도 없는 단짝 동무라고 하시지 않았습니까?"

문수의 말이 맞으나 김용택이 김포까지 찾아와 연잉군은 삼두매가 분명하다고 설득하자 휙 돌아서 피하지 않았던가. 그런데 지금 무슨 염치로 그런 부탁을 할 수 있다는 말인가.

"흥! 벼슬길은커녕 과거도 붙지 못한 학생이 목민관인 내게 무슨 불손한 태도란 말인가?"

덕재의 말이 문수의 가슴에 비수처럼 꽂혔다. 지금 김덕재가 궁지에 몰려 문수에게 애걸하지만, 신분의 차이로 볼 때 하늘과 땅처럼 먼 거리에 있는 것이 아닌가.

"좋아, 내 언젠가는 자네의 무례함을 따지겠네. 암."

김덕재가 씩씩거리며 돌아갔다. 박문수가 이 사실을 늦게 돌아온 연잉군에게 말하자 즉시 강화유수에게 편지 한 장을 써보내 김덕재는 다시 업무를 볼 수 있었다.

"나으리, 무슨 좋은 일이 있으신가요?"

문수는 오랜만에 환하게 웃는 연잉군을 보았다.

"박 어사는 계속 삼두매를 추적하는 체하시오. 놈은 이미 붙잡았소.”

연잉군은 전염병으로 청군이 도강하지 못하자 염탐하던 활빈당원들이 도성으로 와서 가짜 삼두매와 그의 일당을 붙잡아 모두 김포의 별장 감옥으로 보냈다고 말했다. 그리고는 한 가지 할 일이 더 있다고만 말했다.

교관(敎官)은 집 앞 골목에 들어섰을 때 주위를 휘휘 둘러보았다. 혹시나 누군가 자신의 행동을 의심할까 두려워하고 있는 것이다. 아무도 없자 그는 안도의 한숨을 내쉬고는 대문을 열고 안으로 들어갔다.

성균관 교관에서 멈춘 벼슬이 몇 년인지 모른다. 남들이 보기에 성균관에서 학생을 가르치는 선생이니 학식이 높을 것으로 생각하지만 실제로는 한직이다. 이곳의 교관은 관서에서 문제를 일으켜 좌천당하거나 자질이 부족한 인물로 낙인찍힌 사람들로 성균관 유생들은 교관 알기를 이웃 동네 반촌의 백정보다도 더 우습게 여긴다.

그래서 성균관 교관을 벗어나 번듯한 벼슬자리를 얻으려고 발버둥 치는데 들리는 말에 의하면 성균관에서도 밀려나 향교의 교관으로 발령을 낸다고 하지 않는가. 그곳에 가면 다시는 도성으로 들어오지 못할 것이다. 그 사실을 알게 된 아내는 화를 내며 아이들을 데리고 친정으로 갔다. 출가외인이니 다시 돌아오겠지만, 가장으로서 체면이 말이 아니다. 바람 앞의 등잔불 같은 때에 구원의 손길이 왔다. 그는 자기도 알고 있는 사람으로 힘 있는 자의 측근이다.

“자네의 처지에 대해 다 알고 왔네. 이번 인사에서 시골로 쫓겨나게 되었더군."

측근은 교관에게 달콤한 유혹을 해왔다. 한 가지 일만 해주면 호조나 선혜청같이 국물이 있는 곳으로 옮겨 주겠다고 했다.

"아주 쉬운 일이네. 그리고 자네 밖에 할 사람이 없고."

"무엇입니까? 나으리. 하겠습니다, 하겠습니다."

"이번 별시 소과에 응시한 자의 답안지를 빼 오는 것일세."

"바꿔치기하라는 말입니까?"

교관은 실력이 떨어지는 자의 답안지를 모범 답안지와 바꿔치기하는 일로 알았다. 그러다가 들키면 파직당하고 오지로 귀양을 가는 위험한 일이었다. 측근이 히죽 웃었다.

"아니네. 일단 내게 가져오게. 그때 내가 처리하지."

교관은 시관을 잘 알고 있다. 강직한 사람이라 급제자의 답안지가 사라졌으면 끝까지 찾아서 급제증인 백패를 주려고 할 것이다. 그래도 그 말을 할 수는 없다.

"알았습니다. 시키는 대로 하겠습니다."

별시가 끝나 채점이 끝나자 시관은 자신이 뽑은 급제자의 답안지 묶음을 내놓았다. 살펴보니 예상대로 그자는 급제에다 일등인 장원까지 했다. 장원한 자의 답안지가 사라졌다면 난리가 나서 찾을 것을 생각하니 눈앞이 캄캄했다. 그러나 어쩌겠는가. 향교의 교관으로 전락하기 싫다면 훔쳐야 했다.

"이거 내가 실수하는 게 아닐까?"

교관은 한숨을 내쉬고는 장원한 자의 답안지를 펼쳐 읽어내려갔다.

자신이 시관이라도 장원이 분명한 글솜씨였다.

"아, 내가 큰 죄를 짓는구나."

한탄하며 답안지를 둘둘 마는데 누군가 뒤에서 그의 목을 팔뚝으로 세게 졸랐다. 그리고는 귀에 대고 속삭였다.

"흥! 나쁜 짓인지는 아는구나."

목이 졸린 교관은 숨이 막힌 지 캑캑거렸다.

"너는 지금 생사의 갈림길에 있다. 내가 팔뚝에 힘을 주면 너는 죽는다. 하지만 살 방도는 있다."

사내의 목에서 팔을 뗀 남자가 희미한 불빛 아래에서 뭐라고 말하자 목을 부여잡고 캑캑거리던 교관은 고개를 끄덕였다.

역심

　수도인 한양에서 양천을 지나 김포로 가는 길목인 천등고개 밑에 새로 주막이 생겼다. 酒(주)라고 쓴 등이 내걸린 지 꽤 되었지만, 문은 굳게 닫혀 있어 아직 영업을 시작하지 않은 모양이었다. 가끔 젊은 남자가 빗자루를 들고 나와 앞마당을 쓰는 것을 보면 곧 문을 열 것 같았다. 마당을 쓸던 젊은이가 저만치서 걸어오는 남녀를 보고 빗질을 멈췄다. 고개를 숙여 인사를 한다.

　"나으리, 어서 오십시오."

　젊은이는 본래 화공으로 이름은 한신선(韓神仙)이라고 했다. 황학정에서 노론 공자들의 인상서를 그려 최홍일과 인연을 맺은 후에 지금은 손발이 되어 활동하고 있다. 동행한 심지영은 잘 생긴 청년에 반했는지 눈을 크게 뜨더니 이내 생글생글 웃으며 눈웃음을 살살 쳤다.

　세 사람은 주막의 마루에 앉았다. 최홍일이 무뚝뚝한 어조로 말했다.

"나는 서울에서 할 일이 많다. 그러니 이곳은 너희 둘이 맡아서 임무를 다 하도록 해라."

두 사람 다 세자가 임금자리에 오르면 지영에게는 거액을 하사할 것이라고 하고 신선에게는 벼슬자리를 내릴 것이라고 꾀었다. 홍일의 말에 지영은 주먹을 살짝 쥐고 홍일의 가슴을 때리며 애교를 부린다.

"아이, 여보. 그러면 나는 이 긴 밤을 어찌 보내라고 여기에 버려두는 거야. 가지 마, 가지 마."

지영이 눈웃음을 치며 애원하듯 졸랐지만, 홍일의 반응은 냉담했다.

"지금 애정사를 논할 때가 아니네. 이번 일에 우리의 앞날이 달려있어."

"정말 그럴 거야? 으응"

지영은 몸을 비틀며 애교를 떨었다. 그리고는 콧소리를 내며 말한다.

"내가 저 잘 생긴 총각하고 바람이라도 나면 어쩌라고 해?"

그녀의 투정은 귀에 들어오지 않는다는 듯이 홍일은 자리에서 일어나 도성으로 돌아갔다.

"흥! 단물만 잔뜩 빨아 먹고 줄행랑을 쳐?"

심통이 잔뜩 난 지영은 홍일의 뒤에다 한바탕 악담을 퍼붓더니 한신선에게 앙칼지게 소리쳤다.

"이 봐! 뭐해요? 먼 길에 왔으니 밥상 좀 차려야 할 게 아니에요?"

여자의 정체를 알고 있는 신선은 벌떡 일어나 부엌으로 가서 밥상을 차렸다. 상전으로 모시는 최홍일이 밥도 먹지 않고 간 것을 보면 도성에 급한 일이 있긴 한 모양이라고 생각했다.

우걱우걱 밥그릇을 해치운 지영이 신선을 앞에 놓고 말한다.

"종사관에게 말을 들었는지 모르겠는데 앞으로 이 주막의 주인은 바로 나니, 당신은 내 명령을 따라야 해요."

"네, 알겠습니다."

신선이 공손히 대답하자 지영은 기분이 좋아졌다. 그래, 그래야지. 지영은 잘 생긴 화공의 얼굴과 아랫도리를 번갈아 바라보며 미소를 지었다.

그날 밤. 지영의 명령에 따라 밤늦게까지 주막 여기저기를 깨끗이 청소한 신선은 저녁밥을 먹고 설거지를 끝낸 후에 곧바로 잠자리에 들었다. 그가 눈을 뜬 것은 여자의 비명 때문이었다.

"어머! 이게 뭐야?"

신선이 눈을 번쩍 떠보니 등잔불빛에 지영의 얼굴이 보였다. 그녀가 몰래 들어와 신선의 아랫도리를 깠다가 성기 주변의 화상 자국을 보고 놀라 소리친 것이었다. 신선이 잠에서 깨어나 아랫도리가 벗겨진 것을 보고 얼른 잡아 올렸다. 지영이 밖으로 나가며 크게 말했다.

"흥! 저러니 종사관이 안심하고 간 것이군."

그러나 지영의 불타는 정욕이 멈춘 것은 그날 밤뿐이었다. 준비를 마치고 주막을 열자 정력 좋은 남자를 찾아 눈을 번득거렸다. 심지영이 주모로 나선 주막은 손님들로 바글거렸다. 커다란 젖가슴이 항상 출렁이는 주모를 비롯해 용모가 빼어난 두 명의 젊은 은근짜(매춘녀) 때문이었다. 이들이 따라주는 술맛도 일품이지만 돈만 주면 뒷방에서 잠자리도 할 수 있기 때문이었다. 지영은 몸 파는 은근짜에게 특별한 정보를 얻어내면 돈을 주었기에 자기를 찾는 손님들에게 많은 말을 들을 수 있었다.

'청국에서 명 유민들을 압송하라고 하면 유민들은 바다로 탈출할 것이라는 말이 있네.'

'아니, 내가 듣기로는 결사항전할 것이라고 하던데……'

'반청복명 정성공의 후예들이 조선으로 도망쳐 올 것이라는 말도 있지. 그러면 또다시 호란이 일어날 거야.'

이곳 주막을 거쳐 가는 관리, 상인이 속삭이는 말은 곧장 지영을 통해 서울의 최홍일에게 전해졌다. 천등고개 주막에서 얻은 가장 큰 수확은 사복을 입고 암행 나왔던 김덕재를 주모 심지영이 유혹하는 데 성공한 것이다. 강화도에서 과부에게 찝쩍댔다가 혼쭐이 난 뒤로 의기소침했다가 젖가슴 큰 호색녀를 만나자 물 만난 고기처럼 활기 찼다.

홍치택의 집에 머물면서 몸이 완쾌한 석정은 서툰 조선말로 자신의 본명을 말하고 서울로 가서 아버지의 도움을 받자고 했다. 아버지가 석중립이라는 말에 치택은 놀랐다. 명나라 후손의 고위 무관인 것은 둘째로 치고 그의 선조인 병부상서 석성과 류부인, 치택의 선조인 홍순언과의 인연을 떠올린 것이다.

"류부인, 아니 석낭자. 석장군의 딸이라면서 어찌 중국에서 살았던 거요?"

치택의 물음에 석정은 자신의 지난 과거를 상세히 말했다. 석중립이 상처하고 벼슬을 그만둔 다음 청국을 드나들며 조선을 위해 첩보를 수집했다고 했다. 그러면서 반청복명을 하는 비밀결사와도 관계를 맺었는데 그때 외삼촌과 함께 활동하던 엄마를 만나 재혼했다는 것이다.

"엄마는 아버지를 무척 사랑하셨다고 해요. 하지만 고향을 떠나 조선으로 갈 수는 없었지요."

필담을 통해 자신이 중국에서 홀어머니와 함께 산 것을 적어 내려가면서 흐느꼈다. 쾌활했던 모습은 어디론가 사라지고 가여운 아가씨의 모습에 치택은 마음이 쏠렸다. 어머니도 이태 전에 병사하고 자신은 외삼촌과 함께 박해받는 한족을 도피시키는 일을 하고 있다고 했다.

"기이한 인연이구려. 우리 조상과 석낭자 조상의 인연이 되풀이되다니."

치택은 석정을 구하던 전날 밤 어머니 향봉의 꿈에 류부인이 나타났다는 말을 했다. 그러자 금세 얼굴이 환해지면서 깔깔거리며 다시 쾌활해졌다. 거침없는 그녀의 행동이 매사 조심스러운 선비로 살아야 하는 치택에게는 새롭게 다가왔다. 그러나 향봉은 그렇지 않았다.

"원, 천방지축도 저런 아이는 처음이네."

그녀는 아들이 중국출신 왈가닥 처녀에게 관심을 보이는 것이 못마땅해서 보는 대로 험담했다. 그리고는 아들 몰래 권 찰방 큰딸과의 혼사를 서둘렀다.

"중국아가씨는 이제 돌아가야 하지 않겠니? 그리고 도둑을 잡으려

126

면 유민들 속에서 찾아야지."

치택은 아무 대꾸도 하지 못했다. 모자간의 대화는 방에 있는 석정의 귀에 뚜렷이 들어왔다. 조선말은 모르지만, 눈치 빠른 그녀는 매파가 드나드는 것을 보고 분위기를 파악했다.

치택이 편두통을 만나러 간 사이에 석정은 향봉에게 작별인사를 하고 연잉군 별장으로 들어갔다. 집에 돌아왔다가 석정이 사라진 것을 보고 연잉군의 별장으로 찾아갔다. 그러나 석정은 치택을 만나주지 않았다.

"정이 낭자! 한 번만 내 말을 들어주오."

치택은 어설프게 배운 중국어로 설득했다. 그러다가 종이를 가져와 한문을 써서 궁비를 시켜 들여보냈지만, 반응이 없었다.

"그 도둑은 어찌하려 하오? 나와 같이 잡도록 합시다."

그러자 안에서 궁비가 답장을 가져왔는데 만나는 것이 부담스럽다는 내용이었다. 치택이 다시 편지를 썼다. 나비 문신을 한 자를 찾아냈다는 내용의 글을 들여보내자 석정이 밖으로 나왔다.

"석낭자! 왜 이리 내 마음을 몰라주오."

그는 석정의 손을 꽉 쥐었다가 당황해 하는 것을 보고 얼른 손을 풀었다.

"자, 편선생에게 갑시다."

그동안 홍치택은 폐쇄적인 명 유민 집단에 여러 줄을 대서 편두통을 만나 협조를 얻어 오랜 추적 끝에 나비 문신을 한 자를 찾아냈다. 석정의 앞에 나타난 자는 어른 나이였지만 정신 연령은 어린아이였다.

"아, 으, 나 몰라. 돈 주었어. 여기에다 나비 그렸어."

그의 말에 따라 가까운 사람의 말을 들어보니 몇 달 전에 어딘가 갔다 오더니 엉엉 울면서 어깨가 아프다고 하길래 보았더니 나비 문신을 새겨놓았다는 것이다. 석정의 표정이 어두워졌다. 도둑이 정체를 숨기기 위해 바보를 꾀어 시선을 돌린 것이다. 확실한 얼굴도 모르니 명 유민들을 모두 모아 일일이 대면한다 해도 찾을 수 없을 것이다.

"석낭자. 할 수 없소. 다른 길을 찾아야겠소."

두 사람이 별장으로 되돌아갈 때 그늘 속에서 지켜보는 한 사내가 있었다. 방석만이었다.

'흥! 나를 잡겠다고? 어림없는 소리지.'

그의 어깨에는 멋진 용 그림이 새겨져 있었다. 석중립의 딸이 추적하고 있다는 것을 안 그는 바보를 꾀어 문신을 새기고 자신의 나비 문양은 용으로 바꾸었다. 물론 문신을 새긴 자는 일이 끝난 뒤 죽임을 당하고 차가운 땅 밑에 들어가 있다.

방석만이 지켜보는 것을 모르는 석정이 홍치택에게 말했다.

"아버지를 만나야겠어요. 내가 나서면 그 보살상 도둑놈에게 정보를 알려준 그 배신자를 찾을 수 없어요. 그러니 저 대신 수고 좀 해주세요."

마침 과거 시험 발표가 가까웠기에 향봉에게는 발표를 보기 위한 것이라고 말하고 남녀는 몰래 만나 도성으로 향했다. 감암포구에 배를 타려는 사람들이 몰려들었다.

"석낭자. 입을 꼭 다물고 있어야 하오. 자칫하면 정체가 드러날 테니."

"알았어요. 벙어리, 귀머거리가 되지요. 내가 조선말을, 당신이 중국어를 잘했더라면 더 쉽게 친해질 텐데. 그래도 한문으로 소통하니 좋아요."

각자 서툰 중국어와 조선말이 통하지 않자 붓으로 판자 위에 한문을 쓰는 석정의 손이 아름답게 보였다. 그리고 자기도 모르게 그녀의 등에 손을 얹었는데 모른 척하며 계속 글씨를 썼다. 我愛라고 썼다가 놀라서 먹을 떨어뜨리고는 얼굴을 돌려 마주 보았다. 치택은 향내가 물씬 풍기는 그녀에게 얼굴을 들이밀다가 주위의 따가운 시선에 황급히 뒤로 물러났다.

김춘택은 아들 김덕재와 김용택을 불렀다. 자리에 앉은 용택이 입을 뗀다.

"형님, 나를 설득하려 하지 마시오. 삼두매는 연잉군이 분명하니."

"우선 덕재의 말부터 들어보아라."

우포청을 들러 온 김덕재가 보고한다.

"아버님, 오 역관과 홍 도중의 집에 든 도둑이 가짜 삼두매라는 것이 우포청의 결론입니다. 연잉군께서 박문수라는 자까지 보내 확인한 결과입니다."

"박문수? 창의궁의 서기 말이냐?"

"네. 그자의 능력은 웬만한 포도부장보다 더 뛰어납니다. 인정하고 싶진 않지만······"

덕재의 말에 이미 문수의 뒤를 밟고 확인을 마친 용택이 입을 삐죽 거렸다.

"너보다 낫구나. 그러면 그자를 종사관으로 삼으면 되겠네. 삼두매 를 금세 잡을 테니."

그 말에 덕재가 발끈해서 소리쳤다.

"아저씨!"

아저씨와 조카가 서로 노려보며 언쟁을 벌일듯하자 김춘택이 말 린다.

"이번 일은 삼두매의 짓이 아닙니다."

덕재의 단언에 춘택이 반문했다.

"그 강도 놈이 자신을 삼두매라고 하고 증거도 많이 남겼다고 하던 데."

"그자가 남긴 삼두매 부적은 가짜였다고 합니다. 제가 제일 먼저 받 아서 포도청에 보관하고 있거든요."

"연잉군은 이번 일에 대해 뭐라 하더냐?"

"이천기 말로는 연잉군이 그 삼두매는 가짜가 아닌가 했다 합니다."

춘택이 그 말에 고개를 끄덕이고는 말했다.

"음, 그렇다면 연잉군이 삼두매가 아니라는 것이 분명하네."

용택이 어리둥절한 표정을 짓고 반문한다.

"형님, 그게 무슨 소리요? 연잉군이 삼두매 노릇을 못하는 것은 우리 눈이 두려워서요."

"아니지, 아니지. 연잉군이 삼두매라고 의심을 받고 있다는 것을 본인이 잘 아는데 그렇게 말하겠나? 살인한 도둑이 진짜 삼두매라고 뒤집어씌우지."

용택이 듣고 보니 일리가 있다. 자기가 혐의를 벗을 좋은 기회를 스스로 버리는 것이 아닌가. 김춘택은 용택의 눈치를 보더니 말했다.

"원래 삼두매라는 자는 도둑이네. 처음에는 의적 행세를 하다가 이제 본색을 드러낸 것이야."

"그래도 몇 번 가짜 삼두매가 발각되지 않았습니까?"

연잉군에 대한 의혹이 아직 풀어지지 않은 모양이다.

"그랬지. 하지만 이걸 좌포청에 침투시킨 밀대가 가져왔는데……"

김춘택이 문갑에서 한 장의 문서를 꺼내 용택에게 건네주었다. 좌포청에서 만들어 소론의 대신들에게 보낸 비밀보고서였다. 그것을 받아들고 읽어 내려가던 용택의 얼굴빛이 변했다.

"아니, 그럼. 삼두매가 진짜였다는 말입니까?"

"그렇다네."

덕재도 그 말에 놀라 문서를 빼앗다시피 해서 읽어내려갔다. 좌포청에서 삼두매의 은신처를 기습했는데 일당은 모두 달아나고 거기에는 진짜 삼두매 부적과 갑옷과 칼 등이 숨겨져 있는 것을 발견했다는 것이다. 그리고 몇 장의 문서도 발견되었는데 지금까지 탈취한 노론 관료들의 재산 목록과 삼두매가 가짜처럼 보이기 위해 엉터리 부적과 잘못 만들어진 갑옷 등으로 포도청의 눈을 속이자는 내용이 적혀 있었다고 했다. 용택이 신음했다.

"음, 그렇다면 우리는 지금껏 삼두매에게 속았다는 말인가요?"

"그렇지. 그 목록에 내가 빼앗긴 십만 천 량의 어음과 그리고……"

춘택이 아들 덕재를 흘끗 보고 말을 이었다.

"덕재가 금고 속에 보관했던 패물의 종류와 양이 낱낱이 적혀 있었다고 하는구나. 큼"

김덕재가 고개를 푹 숙였다. 보고서 말미에는 연잉군을 삼두매 도둑으로 몰고 가기 위해서는 이런 사실이 절대 노론에 넘어가서는 안 된다고 적혀 있었다.

"이래도 연잉군을 삼두매라고 우길 셈이냐?"

춘택의 다그침에 용택의 얼굴이 일그러졌다. 소론의 터전 좌포청에서 빼낸 정보라면 분명할 것이다.

"네가 주장하는 것도 그렇다. 덕재 말로는 활 쏘는 자세를 고쳐 주었더니 솜씨가 많이 늘었다고 하더구나."

연잉군이 강화유수에게 편지를 보내 복직시켜준 뒤 다시 가까워진 덕재가 맞장구를 쳤다.

"네, 아버님. 처음에는 형편없었는데 자세를 교정하고 나서는 확 달라졌습니다. 원래 소질은 있었더군요."

용택은 황학정에서 연잉군 자세가 조금 어긋나서 고쳐 주었던 일을 상기했다.

"지금이라도 늦지 않았으니 연잉군에게 가서 사과해라."

춘택의 권유에 용택은 고개를 푹 숙일 뿐 대답이 없었다. 창의궁의 궁노라 하던 윤삼돌이 자꾸 머릿속에 떠올랐기 때문이다.

오늘은 별시 급제 발표가 있는 날이다. 합격을 급제(及第)라 하고 불합격을 낙방(落榜)이라고 한다. 아침상이 잘 차려져 나왔으나 박문수는 입이 깔깔해서 통 먹을 수가 없었다. 비변사로 들어간 연잉군은 며칠째 창의궁에 들어오지 않았다. 성균관에서는 정오에 발표한다고 한다고 했지만, 그는 일찍 창의궁을 나왔다.

"올해는 꼭 붙어야 한다. 아니, 붙을 거다."

주문을 외우듯이 중얼거리던 문수는 요즘 꾼 꿈을 되살려 보았다. 그러나 딱히 길몽이라고 여겨지는 꿈을 꾼 적은 없다. 그날 본 시험은 어렵지 않았다. 연잉군의 말 없는 부탁도 외면한 채 공부에 열중한 것을 후회할 정도였다. 그렇지만 꼭 붙는다는 보장도 없다. 하지만 올해 시관은 노론계열이지만 강직한 사람이니 부정하게 붙는 이도 억울하게 떨어지는 사람도 없을 것이라고 하지 않던가.

"그래, 나는 붙는다. 나는 붙는다. 꼭 붙는다."

문수는 이 시험으로 진사가 된다 해도 진짜 벼슬아치가 되려면 임금님 앞에서 보는 전시(殿試)에서 서른세 명 안에 들어야 비로소 관리의 길로 들어서는 것이다. 어사화를 꽂고 말을 타고 행진하는 장면을 그려보니 자신감이 불끈 솟았다.

"좋아, 나 암행어사 박문수가 간다."

그는 빠른 걸음으로 성균관까지 걸어갔다. 가는 도중에 시시덕거리며 오는 일행과 마주쳤는데 벌써 과거 급제자 발표를 한 모양이다. 물어보니 아침에 벌써 했다는 것이다. 그 말에 문수는 부리나케 성균관을 향해 걸어갔다.

성균관 옆의 담벼락에는 이번 별시 소과의 급제자 명단이 적혀 있었다. 본적을 서울로 둔 유생과 경기도 일대의 유생 명단이 나열되어 있었다. 사람들이 구름떼처럼 모여 있어 발 디딜 틈이 없었다. 급제했다고 환호성을 지르는 자가 있는가 하면 낙방에 울음보를 터뜨리는 자들도 있었다. 대부분 낙방한지라 고개를 떨구고 가는 것을 보는 석정은 초조하게 명단을 보러 간 홍치택을 기다렸다. 그가 다가왔다.

"어찌 되었어요?"

중국어로 말하려다 얼른 입을 다물고 눈으로 물었다. 치택의 표정이 너무 어두웠기에 낙방으로 짐작했다.

'왜 그래요? 떨어졌어요? 말 좀 하세요.'

그녀의 간절한 눈빛에 치택이 그녀의 손을 잡더니 손바닥에 글씨를

썼다. 급제라는 글씨다. 그녀는 자기도 모르게 아우! 하고 기쁨을 표시했다. 그러나 치택은 싱긋 웃을 뿐이었다. 두 사람은 사람이 보이지 않는 큰 나무 밑으로 가서 바닥에 앉았다. 작은 나뭇가지를 찾아 그것으로 땅바닥에 글씨를 썼다.

"과거에 붙었는데 왜 좋아하지 않나요?"

석정의 물음에 치택이 답했다.

"어머니께서 이번 과거에 급제하면 혼사를 서두를 것이요."

"그래요? 기쁨이 더하는군요."

석정이 글을 이렇게 썼지만 이내 시무룩한 표정이 되었다.

"하지만 난 석낭자하고 혼인하고 싶소."

이렇게 말하곤 치택이 바닥에 글씨를 썼다. 我爱你(워 아이 니)는 나는 너를 사랑한다는 말이다. 석정이 치택의 얼굴을 흘끔 보더니 양 볼이 빨개졌다. 그리고는 수줍게 말했다.

"나도. 워 아이 니."

급제자 명단에 자기 이름이 없는 것을 발견한 박문수는 충격을 받고 온몸을 떨었다. 그럴 리가 없다. 과제 중에 시무책(時務策)은 자신 있게 작성했고 약점인 시(詩)짓는 것도 그날 따라 좋은 싯귀가 떠올라 맨 먼저 답안지를 내고 나오지 않았던가. 그런데 낙방이라니. 믿을 수가 없다. 충격으로 장원급제자가 발표되지 않았다는 것도 보지 못했다.

문수는 유령처럼 비틀거리며 사람들 틈을 빠져나왔다. 그리고는 홀린 듯이 앞으로 걸어갔다. 자기 뒤를 누가 미행하는지도 눈치채지 못했다.

'젠장, 내가 낙방이라니.'

그는 진인사대천명(盡人事待天命) 즉 온 힘을 다해 노력한 뒤에 하늘의 뜻을 기다린다는 마음으로 시험공부를 했다. 소과에 급제할 만큼 공부도 했고 시험문제도 어렵지 않았는데 왜 떨어졌다는 말인가. 이번 시험에 붙어야 내년 식년시에 응시할 자격을 준다.

'다 틀렸다, 다 틀렸어.'

문수는 과거에 뜻을 잃고 포도청 서기로 일한 것이 처음부터 잘못된 일이라고 후회했다. 어린 나이에 초시에 급제한 것에 우쭐해서 옆집 구당 선생에게 일본어와 침뜸을 배운 것도 잘못된 일이었다. 같이 살던 외가 친척들처럼 열심히 과거 공부를 해야 했다. 그들 중 상당수는 생원시와 진사시에 급제해 내년 식년시를 목표로 하고 열심히 공부하고 있지 않은가. 잘못된 것으로 말하자면 삼두매 도둑 연잉군과 한패가 되어 공부할 시간에 일본에 드나들며 첩자가 된 것이다.

'이게 정녕 하늘의 뜻이란 말인가?'

문수는 육주비전을 지나 큰길 뒤에 있는 피맛골에 와있는 자신을 발견하고 술집 안으로 쑥 들어갔다. 그가 안으로 들어가 술을 시키는 것을 본 미행자가 되돌아갔다. 그 미행자 최홍일을 아까부터 미행한 사람이 있었으니 바로 연잉군이었다. 그가 사라지자 연잉군은 술집으로 들어갔다. 안주도 먹지 않고 술잔을 기울이는 박문수 앞자리에 연잉군이 슬며시 앉았다.

"이보시오! 박 어사, 그만 낙담하시오. 다음 기회가 또 있지 않소."

문수는 연잉군이 어떻게 앞에 나타났는지 짐작 못 할 정도로 충격에 빠져 있었다. 술을 대접에 잔뜩 따라 마시고는 흑흑 흐느껴 울기 시작했다. 연잉군은 문수를 달래고 가마를 불러 창의궁으로 데려갔다.

며칠 동안 방 안에 틀어박혀 있던 박문수가 외출한 것은 서장미 때문이었다. 사람을 시켜 사직과로 와달라고 했던 것이다. 낙방의 충격으로 내키지 않은 발걸음이었지만 뜻하지 않은 부름이 의아해 찾아갔다. 사직과로 와서 봉선의 안내로 마루에 놓인 다과상에 앉았을 때 방문이 열리더니 장미가 밖으로 나왔다. 그리고 그 안에서 어떤 댕기머리 처녀가 흘끔 내다보는 것이 보였다.

"어서 오십시오. 박 서기님."

서로 고개 숙여 인사를 나누곤 장미가 먼저 입을 열었다.

"박 서기님, 나으리께 청국 첩자들의 주점에서 봉변을 당했다는 말을 들었습니다. 이제 몸은 어떠신가요?"

"괜찮습니다. 그것보다 과거 시험에 낙방한 것이 더 아픕니다."

문수의 말에 장미가 고개를 끄덕였다.

"그렇지 않아도 나으리가 와서 걱정하고 가셨습니다."

"아씨, 무슨 일로 저를 부르셨습니까?"

문수의 물음에 장미가 자기 방 쪽을 가리키며 말했다.

"얼마 전에 들치기 당하려는 처자를 구해 주신 적이 있지요? 바로 저 처자입니다."

방문이 더 열리면서 아가씨가 환하게 웃으면서 얼굴을 드러냈다. 그때는 술에 취해 제대로 얼굴이 기억나지 않았지만, 자세히 보니 그 여자였다. 예쁘장한 곳 하나 없이 눈이 부리부리하고 광대뼈가 튀어나와 억세게 보이고 나이도 좀 들어 보였다.

"저 아가씨를 이리 불러도 되겠습니까?"

외로운 처지에 빠진 문수가 마다할 리가 없다. 오라고 하자 문을 열고 성큼성큼 걸어오는데 키도 무척 컸다.

"김수진입니다. 그날 고마웠습니다."

낯선 남자에게 당당히 자기소개하는 수진을 보고 문수는 리에를 떠올렸다. 장미가 말하는 것을 들어보니 수진은 조선 명문가인 청풍 김씨 가문의 딸이었다. 얼마나 대단한 가문인가 하면 효종 때 영의정을 지낸 김육을 비롯한 대신들과 대제학에 왕비를 두 명이나 배출했다.

"아가씨! 지나는 길에 도운 것이니 마음에 두지 마십시오."

문수의 말에 수진의 다음 말이 맹랑했다.

"제가 박 서기님을 뵙자고 청한 것은 장미를 중매로 해서 청혼을 하려 하는 것입니다."

뜻밖의 말에 문수는 어리둥절해서 반문했다.

"청혼……이라면?"

"제가 박 서기님과 백년가약을 맺고자 합니다."

"네에?"

그는 실로 엉뚱한 말에 정신이 혼미했다. 김수진이 노론 명문가 청풍 김씨 가문의 딸로 자신을 먼저 만나겠다고 한 것도 있을 수 없는 일인데 시집을 오겠다고 하니 귀신에 홀린 듯한 것이다.

"제 나이는 박 서기님보다 한 살 위이니 늦어도 한참 늦은 혼사이나 그리 결정했습니다."

"그게 무슨 말씀이신지……그쪽은 노론의 명문가이고 나는 소론으로 소과도 급제하지 못한 일개 궁서기일 뿐입니다."

"알고 있습니다. 허나 장미를 통해 일본을 드나들며 큰일을 한 것을 알고 있습니다. 따로 혼인할 여자가 없으시면 저와 혼인해 주셨으면 합니다."

앞에 있는 여자가 조선 여자라고는 도저히 믿어지지 않은 말이라 박문수는 어쩔 줄 몰라 했다. 수진의 말에 의하면 형조판서를 지낸 할아버지 김석연은 물론이고 고모 할머니인 명성왕후(숙종의 어머니)에게 신랑감은 자기가 선택할 것이니 일체 참견하지 말라고 했다는 것이다. 사직과에 온 문수를 몇 번 보았다고 했다.

"그래서 이 나이까지 혼인하지 않고 있었으나 서방님을 뵈오니 천생배필이라는 생각이 들었습니다."

호칭이 서방님으로 변하니 문수는 기가 막힐 뿐이었다. 서장미의 말에 의하면 김수진을 책방에서 만난 이후로 자매처럼 지내왔는데 박문수가 들치기로부터 자신을 지켜 준 뒤에 여러 조처를 마치고 이제야 만남이 성사된 것이라고 했다.

"아가씨가 나를 그리 보아주신 것은 고마우나 저는 마음의 준비가 되어있지 않고 내 신분을 알면 아가씨 집안에서 승낙하지 않을 것입니다."

훌륭한 가문 출신이지만 얼굴이 예쁘지 않아 한 발 빼는 것이다. 서장미도 절세미인은 아니지만, 품위 있고 여성스럽게 생겼다. 그것과 비교하면 앞에 마주한 김수진은 남자처럼 씩씩해서 남장하면 속을 만큼 억세게 보였다. 절대로 명문가의 귀티나는 얼굴이나 가냘픈 몸매가 아니었다. 수진이 입을 살짝 가리고 웃는다.

"호호호 일본을 드나들며 모험을 하신 서방님답지 않군요. 제 용모가 장미보다 떨어진 것이 마음에 안 드시나요?"

문수는 네 그러고 싶었지만 차마 그럴 수가 없어 우물거렸다.

"아, 그게 아니라……생각지도 않은 일이라 그럽니다."

수진이 정색하고 말한다.

"그렇지요? 서방님같이 똑똑한 분이 평생을 함께 살 아내감을 겉모양보고 판단하실 리 없지요."

일방적으로 이렇게 말하고는 말을 이었다.

"제가 당돌하다고 생각하시겠지요. 그렇지만 초례청에서 처음 신랑을 보고 혼인하고 싶지 않았습니다. 서방님이 제가 마음에 들지 않으면 솔직히 말씀해 주십시오."

그녀의 말에 박문수는 겉모양이냐 실리냐를 재빨리 저울질하다가 손사래를 쳤다.

"아, 아닙니다. 제게 과분한 분이라 그런 것입니다. 저는 혼인해서 살 형편이 되지 못합니다. 하나밖에 없는 여동생도 먼 친척 집에 맡겨놓고 있습니다."

"그건 걱정하지 마십시오. 제 이름으로 된 논밭이 많을 뿐 아니라 장미와 함께 사업할 생각도 가지고 있습니다. 여자라고 언제까지나 남편에 의지하고 살 수는 없으니까요."

남녀차별이 심한 유교 국가 조선에서는 쉽게 이해할 수 없는 여자다. 말을 계속하다 보니 겉모양보다 그 안의 내용이 그득하다는 느낌에 매력을 느끼기 시작했다. 한참을 서로 말을 주고받다가 서장미의 중재로 두 사람은 혼인을 전제로 하고 사귀기로 했다. 박문수는 그들의 만남 뒤에 연잉군의 주선이 있다는 것을 몰랐다.

박문수는 김수진과의 만남이 잦아짐에 따라 과거에서 낙방한 침울한 기분을 누그러뜨릴 수 있었다. 얼굴은 못생긴 축에 속했지만 총명하고 책도 많이 읽은 것 같아 점점 마음에 들었다. 불편했던 심기가 안정되자 삼두매의 발자취를 추적해 나가는 척했다. 물론 연잉군이 삼두매가 아니라는 것을 김용택에게 보여주기 위한 것이다. 그래서 연잉군은 이천기를 호위무사로 해서 청국첩자들의 동향을 살피는 일에 전념할 수 있었다.

처음으로 사랑의 기쁨을 맛본 박문수였지만 만날수록 비교되는 신분에 비참한 생각이 들었다. 수진이 활달한 여장부로 꼼꼼하고 소심한 자신의 성격을 보완해 주겠지만, 초시의 초라함은 과거 낙방의 아쉬움과 함께 더욱 깊어졌다.

오늘도 박문수는 홍 도중의 집에서 훔친 물건이 어디로 유통되고 있는가를 살피기 위해 송파시장을 찾았다. 송파장은 종로의 시전에 대항해서 만들어진 난전으로 마포장, 배오개장, 칠패장과 함께 연계해서 그 세력을 키운 곳이다.

박문수는 홍 도중의 집에서 잃어버린 물품의 목록을 머릿속에 떠올리며 이곳저곳을 기웃거렸다. 그가 맡았던 담배냄새로 보아 송파장에서 흔히 거래되는 담배다. 누군가가 박문수의 어깨를 탁하고 쳤다. 뒤돌아보니 최홍일이 입가에 미소를 지으며 서 있었다. 낯은 익었지만, 결코 보고 싶지 않은 사람이다.

"박 서기, 이곳에 무슨 일인가?"

그의 물음에 문수는 어떻게 대답해야 할지 몰라 주저했다.

"홍 도중의 재물을 찾으려는 건가? 그렇다면 주소가 틀렸네. 점심이 가까워지니 배가 출출하군. 국밥이나 말아 보겠나?"

최홍일은 문수의 대답은 들어보지도 않고 성큼성큼 국밥집을 향해 걸어갔다. 할 수 없이 박문수도 뒤를 따랐다. 싸리로 울타리를 친 국밥집에는 사람들이 많았으나 최홍일을 본 주인은 두 사람을 국밥집 뒷마당에 있는 평상으로 안내했다. 주인이 창고의 작은 문을 열고 사발을 꺼내서 가지고 가는 것을 보고 평상에 앉은 홍일이 입을 열었다.

"도둑들은 이런 곳에 물품을 내지 않네. 그리고 도둑맞은 날이 얼마나 지났다고……자네도 그런 것은 알고 있지 않나."

"네. 그래도 너무나 끔찍한 일이라 혹시나 해서 와 보았을 뿐입니다."

이름 있는 도둑은 한참 시간이 지난 후에 서울에서 훔친 물건을 평양이나 의주에 내다 판다. 국내에서 처분할 수 없는 것은 밀수를 통해 일본이나 청국에 판다고 했다. 전에 최홍일의 입에서 직접 들은 말이다. 문수는 담배 이야기는 꺼내지 않았다.

주인이 국밥 두 그릇을 말아오자 둘은 잠시 입을 다물었다. 김이 모락모락 나는 국밥은 입맛을 돌게 했다.

"무슨 일로 이곳까지 나오셨는지요?"

문수는 최홍일이 이곳까지 온 것이 의아했다. 아무래도 뒤를 따라온 것 같았다.

"솔직히 말하자면 창의궁을 떠날 때부터 좌포청 포교가 자네 뒤를 따라왔다네. 송파장으로 간다는 말을 듣고 기다리고 있었어. 이곳의 주인은 좌포청에서 부리는 사람이지."

뜨거운 국물을 떠서 막 입으로 가져가려던 박문수가 수저를 내려놓았다.

"미행하셨군요. 왜 그러셨지요?"

최홍일을 바라보는 눈이 날카로웠는지 그는 고개를 약간 숙였다가 들어 올렸다.

"하하, 자네도 잘 알지 않는가? 자네가 찾는 것은 가짜 삼두매인가?"

"연잉군에 대해 알고 싶으십니까?"

문수의 목소리가 높고 커졌다. 홍일은 어색하게 웃으며 고개를 가로저었다.

"아니네. 삼두매께서는 꼼수가 뛰어난지라……보여줄 것이 있네."

그는 옷 안에서 봉투 한 장을 꺼내더니 불에 탄 종이를 꺼냈다. 문수가 잔뜩 긴장해서 바라보니 별시에 응시했을 때 낸 답안지 아닌가. 대부분 타버렸지만 이름 부위는 또렷하게 남아 있었다.

"답안지를 보관한 창고에 떨어져 있었네. 도둑이 들어와 불에 태우다 교관에게 들키자 도망쳐 버렸다네. 마침 삼두매의 행적을 좇아 성균관에 갔던 좌포청 포교가 타다 남은 걸 가져왔네."

그 좌포청 포교가 실은 최홍일이다. 문수가 답안지를 살펴보니 홍일의 말이 분명했다.

"의심나면 성균관에 가서 확인해 보게. 누가, 왜 이런 짓을 했을까?"

홍일이 히죽 웃었다.

"범인은 자네가 찾아보게. 나는 단정한 사람이 있네만……자네를 낙방시키면 이득을 보는 이가 누구일까? 사면초가에 빠진 사람이 자네의 도움이 필요하다면?"

홍일은 여기까지 말하고 자리에서 일어났다. 박문수는 그가 남긴 답안지 조각을 이리저리 보았지만, 분명히 별시 때 제출한 답안지였다.

박문수가 창의궁에 들어온 날 노론 사대신의 한 명인 조태채의 집에 신출귀몰한 도적 삼두매가 들었다. 곳간을 활짝 열어놓고 검은 복면의 사내들이 각 지역의 수령 방백과 시전, 경강상인들에게 거둬들인 물품을 모두 빼앗아 갔다. 은괴와 수달피 같은 고가품은 물론이고 바짝 마른 황태와 굴비두름까지 몽땅 들고 나갔다. 대담하게 우마차를 끌고 와 곳간을 털 수 있었던 것은 백여 명의 하인 중에 십여 명만 남기고 충청도에 있는 전장에 농사일을 도우러 간 날을 노리고 들어왔기 때문이다. 조태채는 이 사실이 임금이나 소론의 귀에 들어갈까 봐 전전긍긍하면서 우포청에 알려 은밀히 추적했지만 아무런 단서도 잡지 못했다.

이틀 뒤에는 이이명의 쌀 창고로 운반되던 배가 삼두매와 그의 부하들에 의해 통째로 빼앗겼지만, 그 역시 흔적도 없이 사라지고 말았다. 두 곳 모두 삼두매 부적 한 장만 남겼을 뿐이다. 배를 빼앗긴 그날 저녁 동래부에서 도성으로 올라와 고리대금을 하는 최 부자의 집에 삼두매가 들어왔다.

"강 부장, 말도 마시오. 꼭 죽는 줄 알았소이다."

최 부자의 허연 수염이 턱밑에서 덜덜 떨리고 있었다.

"이제 걱정하지 마시오. 우리가 그 도둑놈을 뒤쫓을 거요."

"뒤쫓는다고? 삼두매를 말인가?"

최 부자의 말에 우포청 강호동 부장이 놀라서 되물었다.

"삼두매가 들었다는 말입니까?"

"저기 삼두매 부적이 보이지 않소?"

가리키는 손끝을 보니 대청마루 기둥에 한 장의 부적이 붙어 있었다. 삼두매가 가운데에 그려져 있었다.

"나는 지금까지 살면서 욕먹을 짓을 한 적이 없소. 그런 내게 왜, 삼두매 같은 도둑이 찾아온다는 말이오?"

그는 자신이 얼마나 채무자의 원망을 사고 있는지 모르는 모양이었다. 다행히 어음과 은괴는 전날 지급해서 없었다. 남은 은 몇 덩어리와 안채에 기거하는 부인과 딸의 패물을 몽땅 털어갔다는 것이다. 칼을 목에 대고 위협을 해서 어쩔 수 없이 딸의 혼사를 앞두고 마련한 패물까지 꺼내 주었다는 것이다.

"이상하군. 그자는 그런 식으로 도적질하지 않는데."

고개를 갸우뚱한 강 부장은 마루에 붙은 삼두매 부적을 이리저리 살펴보았다. 떼어서 살펴보니 우포청에 보관한 부적과 같았다.

"도둑의 형상은 제대로 보았소? 어둠 속에서 잘못 본 것이 아니오?"

"무서웠지만 또렷이 봐놓았소. 촛불이 환했는데……세간에서 말하는 삼두매 그 옷이 분명하오."

최 부자는 삼두매의 형상을 자세하게 말했다. 어깨에 활과 활통을 차고 도주할 때는 검은 말을 타고 도주했다는 것까지 일치했다. 강 부장은 박문수가 있었더라면 명쾌한 답을 얻었을 것으로 생각했다. 서기를 시켜 도둑맞은 전후 사정을 상세하게 적고는 우포청으로 돌아왔다.

"하루에 두 번이나 강도질했다는 것인가? 대담한 도둑놈이군."

강 부장을 만난 박문수는 아침과 저녁 동시에 나타났다는 말에 명쾌하게 답했다.

"배를 탈취한 것은 삼두매가 분명한 것 같은데 최 부자의 집에 든 것은 삼두매가 아닌 것 같습니다."

"삼두매가 아니라고? 부적까지 남겼는데?"

문수는 원본 삼두매 부적과 비슷하지만 다른 부분을 찍어 설명했다.

"이런, 가짜로구만. 가짜야."

박문수는 노론의 대신들을 턴 것은 연잉군에게 쏠리는 의심을 없애기 위한 활빈당짓임을 알아챘다. 벌써 가짜 삼두매를 붙잡아두었다고 하지 않은가. 이번에 벌어진 두 건의 강도질도 호위무사인 이천기와 함께 있는 연잉군이 결코 삼두매가 아니라는 것을 노론의 공자들에게 보이려는 수작이다.

'흥! 음흉한 도둑 같으니……나를 부려 먹으려고 답안지를 불태워 낙방시켜? 두고 보자!'

연잉군은 말과 행동이 달라 속을 알 수 없는 인물이다. 박문수는 연잉군이 그런 짓을 저지른 것으로 단정하고 앙심을 품었다.

같은 시각. 김용택의 집에 노론 공자들이 모였다. 그들은 삼두매가 노론 사대신인 조태채와 이이명의 재물을 강탈했다는 소식을 듣고 의논하러 온 것이다. 용택은 자신의 장인인 이이명이 삼두매에게 당할 때에 연잉군이 이천기와 함께 모란 주점을 감시하고 있었다는 것을 알고 있다. 연잉군이 축지법을 쓰지 않는 한 잠깐 사이에 이이명의 배를 탈취할 수는 없다.

"김 교리, 삼두매를 사칭한 자는 가짜요."

"아니요, 그자는 진짜요. 가짜처럼 보이기 위한 것이요. 연잉군에게 죄를 뒤집어씌우는 것이요. 좌포청의 보고문이 있지 않소?"

노론 공자들은 두 패로 나뉘었다. 연잉군이 삼두매라는 것을 둘째로 하고 지금 도둑이 진짜인지 가짜인지 헷갈리는 것이다. 용택은 입을 꾹 다물었다. 좌장인 자신이 연잉군이 삼두매라고 선언한 뒤에 많은 공자가 그의 말을 따랐지만, 지금은 혼자가 되었다.

"이보시오, 김 교리. 말 좀 해 보시오."

용택보다 나이 먹은 공자가 재촉했지만, 그의 입은 여전히 닫혀 있었다.

'아니야, 아니야. 연잉군은 삼두매야. 내 말이 맞아.'

그는 최면이라도 하듯이 자신의 판단이 흔들리는 것을 막았다. 이때 이천기가 도착했다.

좌중은 일제히 연잉군의 측근이 된 그에게 쏠렸다.

"내가 지금 우포도청을 다 다녀왔소."

이렇게 말을 시작한 이천기는 한 장의 익명서를 꺼내 보였다. 우포청에 날라온 익명서에는 자신은 체포당하지 않은 활빈당원으로 몇 년 전부터 삼두매 도둑을 도왔다고 했다. 지금은 그만두려고 해도 포악한 삼두매 두목이 무서워서 자수하지 못하고 있으니 어서 삼두매를 잡아달라는 것이었다.

"맨 나중에 이리 쓰여 있소. 노론 쪽의 재물을 겁탈한 것은 노론 공자 중에 자신들에게 뇌물을 받고 정보를 일러주는 내통자가 끼어 있다고."

그 말에 좌중은 경악했다. 부족할 것이 없는 공자들이 재물을 탐해 배신하다니. 서로 얼굴을 바라보는 눈에는 의심이 가득했다.

"아니오, 난 아니오."

공자들은 서로 손사래를 치며 결백을 주장했다. 왕자에게 도둑의 누명을 씌운 것이 찜찜한 판에 동료 중에 삼두매 패가 있다는 것에 소름 끼쳤던 것이다.

"혹시 연잉군에 대한 말은 없소? 연잉군이 삼두매라던가……"

누군가 그리 묻자 이천기의 눈썹이 위로 치켜 올라갔다.

"아, 아니요. 내 말은 연잉군을 삼두매라고 뒤집어씌우자 이런 말이 없나 이거요."

이렇게 말을 둘러대자 이천기의 눈빛이 사뭇 부드러워졌다.

"연잉군에 대한 말은 한마디도 없었소. 하지만 삼두매 생각에는 연 잉군이 삼두매라고 의심받는 것이 좋겠지. 안 그렇소? 김 교리."

용택은 자신을 바라보는 이천기의 눈에서 질책과 경멸을 읽을 수 있었다. 용택을 바라보는 노론 공자들의 눈이 따가웠다.

이런 움직임을 모르는지 연잉군은 신기전(神機箭)을 복원하기 위해 백방으로 뛰었다. 만약 청국이 조선을 침범한다면 신기전 같은 특수 화약 무기 이외에 대적할 것이 없다. 김포의 유생들에게 활쏘기를 장려하고 문수산과 강변 이곳저곳에 돌무더기를 잔뜩 쌓는 것으로는 부족하다. 청군의 총포는 우수했으며 여러 번의 원정전쟁으로 전투경험이 풍부했다. 신기전같이 파괴력이 엄청난 무기가 없으면 패할 수밖에 없다.

"신기전을 만들어야 하오."

연잉군은 신기전에 대해 기록한 병기도설(兵器圖說)을 간신히 찾았다. 하지만 그것으로 신기전을 복원할 수는 없었다. 성종 때 제작방법을 언문으로 고쳐 장인에게 비밀리에 익히도록 하고 외부에 누설되는 것을 방지했다. 임진왜란 당시 행주산성 방어 때 화차(火車)에 장착하고 사용해 큰 효과를 보았지만, 그 뒤로 창고에 방치되어 형체만 남아 있었다.

"신기전도, 신기전을 발사할 화차도 없으니 포기하는 것이 좋을 것 같습니다."

훈련원 도정으로 자리를 옮긴 이봉상은 연잉군에게 그만두기를 권유했다.

"아니요, 아니요. 청국이 침공해 온다면 막을 방법은 신기전밖에 없습니다."

"그건 압니다만 도면이 없으니……"

"형체만 남았지만, 화차를 복원할 수 없겠습니까?"

"화차를 복원한들 신기전을 만들 수 없으니 어찌합니까. 하지만 이런 소문은 있습니다."

"소문?"

"함경도 지역에서 신기전을 복원했다는 말이 있습니다."

이봉상은 국정을 주도하는 비변사(備邊司)에서 흘러나온 정보를 말했다. 함경도 포수들이 불온한 조짐을 보여 감시 중인데 그들이 신기전을 만들었다는 첩보를 입수했다는 것이다.

"아니, 군인도 아닌 포수들이 어떻게 신기전을 만들 수 있다는 겁니까? 혹 토벌이 두려워 거짓을 퍼뜨리는 것이 아닐까요?"

연잉군은 포수들이 총을 다루는 것과 화약제조에 능하긴 하지만 신기전이나 화차를 만들 수는 없다고 생각했다. 세종 때부터 오랜 기간과 막대한 비용을 들여 만든 최강의 무기 아니었던가. 그걸 일개 포수들이 복원했다는 것은 믿기 어려운 말이다.

"포수 중의 우두머리가 있는데 그 직계 조상이 신기전을 만드는 장인이었다고 합니다."

"그렇다면 헛소문이 아닐 수도 있군요. 그 두령의 이름이 뭡니까?"

"김성주라고 합니다."

이봉상은 연잉군에게 김성주에 대해 말했다. 그는 포수로 사냥을 업으로 하고 있는데 십여 년전 동해안에 들어와 약탈하던 일본 해적들을 쫓아내어 백성의 신뢰를 얻고 있다고 했다. 그러나 그 당시 도망쳤던 관리나 해적에게 협조했던 부호들이 오히려 이들을 역모를 꾀하는 자들이라고 무고해서 곤욕을 치른 후에 외부와 단절된 생활을 한다고 했다.

"지금 한 삼백여 명의 포수들이 오지에 마을을 이루어 모여 살고 있는데 신기전을 갖고 있다며 기세등등하게 관아의 명령을 따르지 않는다고 합니다."

"그렇다면 역모의 조짐이 있다는 겁니까?"

연잉군의 물음에 이봉상은 크게 한숨을 내쉬고 대답했다.

"포수들이 사는 동네가 아주 험하고 외진 곳이라 그 안의 내용은 알 수 없으나 그자들이 함경도 일대에 이상한 바람이 불어넣고 있습니다."

이봉상은 포수들이 사농공상의 신분주의를 부정하며 모든 백성은 평등하다고 외치며 사냥도 공동으로 하고 식량도 배급제로 한다는 것이었다. 그것을 따라 하는 함경도 백성이 점차 늘어나고 있지만, 올해는 가뭄으로 밭농사를 망쳐 굶주리고 있어 도발의 위험이 있다고 했다. 즉 배가 고프니 포수들이 도적 떼로 변신할 수 있다는 것이다.

"음, 심각하군요. 그런 형편에 신기전까지 갖고 있다면 역모를 도모할 수 있겠군요."

"그래서 의금부에서 계속 첩자들을 들여보내지만, 행방불명이 된다고 합니다."

연잉군은 청국으로 해서 골치가 아픈데 또 다른 위험이 도사리고 있다는 것에 마음이 무거웠다. 고민을 해결하려다 고민 하나가 더 늘고 말았다.

"음, 신기전이 없다면……울릉도에서 수거한 기뢰들은 잘 보관하고 있습니까?"

"네. 지금 화기도감에서 그것과 똑같은 기뢰를 만드는 중입니다만 시일이 꽤 걸릴 것입니다."

"시간이 없는데……이 장군, 기뢰를 모두 김포로 옮겨올 수 없겠습니까?"

연잉군이 이봉상에게 그 이유를 설명하자 그가 고개를 끄덕였다.

6

가짜 삼두매

박문수는 창의궁에서 연잉군과 마주치지 않으려 했다. 최홍일이 넘겨준 불탄 답안지 조각을 들고 곧장 성균관의 교관을 찾아갔다. 불태우는 광경을 목격한 그가 범인의 인상착의를 말하는 것을 들으니 연잉군이 분명했다. 구제받을 길을 물으니 이렇게 대답했다.

"시관께 말씀을 올렸지만, 답안지가 없는데 어떻게 평가할 수 있느냐고 들은 척도 안 하더이다."

하긴 그렇다. 박문수가 어떤 답안을 썼는지 모르는데 급제와 낙방으로 나눌 수 있다는 말인가. 성균관에서 창의궁으로 돌아오는 길에 반드시 복수하겠노라 수 없이 맹세했다.

연잉군이 시킨 대로 가짜 삼두매 은신처를 만들어 좌포청이 기습하게 해 거짓으로 꾸며진 문서가 손에 들어가게 하지 않았던가. 우포청에는 노론의 정보를 삼두매에게 알린 것이 공자 중의 한 명이라는 익명서도 보냈다. 그런데 뒤통수를 치다니……가증스럽기 짝이 없다.

"나으리께서 부르십니다."

청지기의 말에 박문수는 갈까 말까 망설이다가 가증스런 위선자가 어떻게 말하는가 꼴을 보려고 사랑채로 갔다. 김광택 대신 호위무사가 된 이천기가 연잉군과 말을 나누고 있었다.

"박 어사! 요즘 삼두매를 추적하느라 고생이 많다는 말을 들었소."

"고생은요, 뭐."

문수는 겉으로 최대한 공손한 표정을 지으며 대답했다. 그러나 속으로는 달랐다.

'흥! 고생한다고? 당신이 내 답안지 태워서 고생시키는 거 아니야?'

문수의 이런 속마음을 알 리 없는 연잉군은 삼두매 도둑이 훔쳐간 물건을 산 장물아비를 우포청에서 잡아다 놓았으니 가서 단서를 잡으라고 말했다. 가짜 삼두매를 김포 별장에 가둬놓고 태연히 거짓말을 하는 것이다.

"알겠습니다. 나으리."

박문수는 두 손을 모아 고개 숙여 절하고 자리를 물러 나왔다.

'당신이 먼저 나를 배신했으니 지금 내가 당신을 배신해도 양심에 부끄러울 것 없어. 눈에는 눈, 이에는 이니까.'

그는 단단히 화가 났다. 오늘 저녁 김일경과 몰래 만나기로 했다. 그렇다고 소론에서 원하는 대로 연잉군이 삼두매라고 말하는 것은 망설여졌다. 박문수는 한참 고민 끝에 사직과에서 공예품을 만드는 김수진을 찾아가 의논을 했다.

"김낭자, 어찌하면 좋겠소?"

그의 하소연을 듣고 있던 김수진은 고개를 가로저으며 뜻밖의 말을 전했다.

"서방님, 그렇게 연잉군과 가까이 있으면서 사람을 모르신다는 말이오? 그분은 서방님이 낙방하는 것을 막아주신 것이요. 소론에서 훼방할 것을 미리 아시고 손을 다 썼소."

"그, 그게 무슨 소리요? 수진 낭자?"

"서방님은 이번 진사시에 장원했다고 하더이다. 그게 어찌된 일인가 하면……"

수진은 연잉군이 교관을 붙잡아 시관을 만나 사실을 고백하게 한 사실을 말했다. 그러니까 장원한 사실을 확인하는 문서까지 받아놓았다는 것이다. 그렇지만 김일경을 속이기 위해 그 사실을 발표하지 않은 것이었다.

"그, 그 말이 사실이요? 나으리가 정말 그렇게 했다는 거요?"

박문수가 털썩 주저앉을 뻔했으나 정신을 차리고 자기 가슴을 쳤다.

"내가 어리석은 자요, 내가."

"서방님, 그리 자책하지 마십시오. 지금이라도 정신을 차리시면 됩니다."

수진은 문수에게 다음에 할 일을 차근차근 말해주었다.

사직과를 나온 문수는 서둘러 김일경과 약속한 피맛골 술집으로 갔다. 그는 이곳에서 십여 명의 자객들이 모여 연잉군을 살해할 음모를 꾸몄다는 것을 모를 것이다. 벌써 김일경과 최홍일은 와 있었다. 그들은 박문수를 보자 일어나서 맞았다.

"어서 오게. 자네가 좀 늦긴 했지만, 본래의 당파로 돌아왔으니 다행이지."

일경은 연잉군을 잡을 대어를 낚았다고 믿었으나 문수의 반응은 예상과 달랐다.

"무엇을 알고 싶습니까?"

문수의 질문.

"그야 연잉군이 삼두매라는 사실이지. 안 그런가?"

일경의 말에 문수는 알 수 없다는 표정을 지어 보였다.

"연잉군이 삼두매라는 말입니까?"

"그럼, 아니란 말인가? 자네야 최측근이니 알고 있지 않은가."

거듭된 일경의 물음에 문수는 고개를 가로저었다.

"무슨 증거로 그리 말씀하시는지 모르겠지만 저는 연잉군이 삼두매 도둑이라고 믿지 않습니다."

문수의 대답에 두 사람은 경악했다.

"뭐야?"

"제가 창의궁 서기이고 연잉군의 측근으로 일본까지 드나들었지만 삼두매 도둑이라는 것은 알지 못합니다."

"이 사람이……"

홍일이 어이가 없다는 듯 당장에라도 불호령을 내리려는 표정을 지었다.

"요즘 삼두매 도둑이 날뛰고 있을 때 연잉군은 집에 계시거나 호위무사 이천기와 함께 청국 첩자들을 잡으러 다닙니다."

"지금 삼두매는 가짜이니 그렇지."

"그럼, 지금 삼두매가 가짜면 예전에 나타났던 삼두매가 진짜란 말입니까?"

박문수는 시치미를 딱 떼고 말했다. 연잉군이 사면초가인 상태에서 자신의 도움을 절실히 필요로 하는 것은 알지만 그렇다고 과거 답안지를 불태울 정도의 악당이 아니라는 것도 안다. 도둑을 목격했다는 성균관 교관의 눈빛과 말투에서 거짓말일 것이라고 의심은 했었다. 그래서 갈등하든 참에 김수진의 말에 배신하려던 마음이 획 돌았던 것이다. 문수는 앞의 두 사람이 자신과 연잉군을 이간시키려는 것을 확실히 깨달았다.

"연잉군이 삼두매라면 왜 총 맞은 자국이 없을까요? 자신을 암살하려는 소론의 집에는 왜 들어가지 않았을까요? 그건, 연잉군은 삼두매가 아니라는 증거입니다."

맞는 말이다. 그러나 예상을 어긋난 반응에 두 사람은 놀랐다.

"허어, 자네가 소론으로 돌아온 줄 알았는데 인제 보니 아니구먼."

일경이 실망한 표정을 지으며 말하자 문수가 대꾸했다.

"저는 소론이고 노론이고 당파에 묶여 있지 않습니다."

"과거 답안지를 빼내 불태운 것이 분하지도 않은가? 자네의 앞길을 막는 연잉군이 밉지 않은가?"

홍일이 문수의 가슴을 칼로 후볐다. 그 말에 문수는 흠칫했으나 이렇게 대답하고 말았다.

"답안지를 태운 것이 연잉군인줄 어떻게 아셨습니까? 혹시 두 분이 시키신 일 아닙니까? 연잉군과 저 사이를 이간하는 것이 성공할 것으로 믿으셨습니까?"

"뭐야? 이 자가."

홍일이 손바닥으로 문수의 얼굴을 후려쳤다. 어이쿠! 하며 쓰러진 박문수를 다시 발로 걷어차자 마루에 굴러떨어졌다. 뒤쫓아가 발길질하는 것을 김일경이 말렸다.

"뼛속까지 연잉군의 주구네. 그만두고 가세."

이들은 박문수가 어떤 사람이라는 것을 몰랐다. 과거급제가 급하고 벼슬자리가 아쉬운 처지이지만 연잉군과 생사를 같이한 동지 사이라는 것을 계산에 두지 못했던 것이다.

그들이 가버리고 마당에서 일어난 박문수는 도포 자락으로 얼굴에 묻은 흙을 닦았다. 눈물이 흘러내렸다. 마지막 순간에 상전을 넘어 동지인 연잉군을 배신하지 않은 것이 자랑스러웠다. 그는 김수진과의 약속대로 연잉군에게는 아무 내색도 하지 않기로 마음먹었다.

오랜만에 연잉군과 박문수가 겸상했다. 평소 연잉군의 밥상답지 않게 성찬이었다. 갈비찜에 전복, 신선로까지 상에 놓였다. 박문수의 눈이 휘둥그레진다.

"나으리, 잔치라도 벌리실 작정이십니까?"

"아, 아니요. 나도 가끔 호사하고 싶구려. 자, 이 사정이 알면 곤란하니 후딱 듭시다."

김광택이 항상 연잉군을 지킨 것과 달리 요즘 이천기는 외출 때에만 찾아와 호위했다. 연잉군이 삼두매가 아니라는 확신이 들자 감시를 포기한 것이다.

"메뚜기가 어서 돌아와야 하는데, 지금 어디에 있지요?"

이천기는 물론이고 박문수가 물어도 메뚜기의 행방은 대답하지 않았다. 그저 먼 곳에서 잘 있다가 돌아올 것이라고만 말했다.

"내, 말해 주리다. 그 애는 지금 바다를 떠돌고 있소."

"배를 타고 있다는 겁니까?"

"그렇소. 그 애가 모습을 드러낸다면 그때는 우리 조선이 위험하다는 뜻이오."

여기까지만 말하고 연잉군은 다시 입을 다물었다. 그만 알아야 하는 비밀인 것 같아 더 캐묻지 않고 말을 돌렸다.

"나으리, 신기전은 다시 복원할 수 있을까요?"

그 물음에 연잉군이 말했다.

"박 어사, 혹시 일원 스님을 아시오? 구당 선생과 동무라 하던데."

"네, 만주어 역관을 하셨다가 출가하신 분 말씀이군요."

"그렇소. 신촌 반야암에 머물면서 내게 우리 배달민족의 정신을 가르쳤소. 홍익인간이라는 말을 아시오?"

박문수가 모른다고 하자 연잉군은 몇천 년 전 압록강 건너 만주 벌판에서 살았던 조상의 넓고 큰마음인 홍익인간에 대한 가르침을 받았다고 했다. 지금 구름처럼 함경도를 떠돌고 있어 활빈당원을 모두 보내 찾고 있다고 했다. 그 스님을 만나면 신기전에 대한 문제가 쉽게 해결될 것이라고 했다.

"박 어사! 수진 아가씨와는 자주 만나오?"

"네, 요즘은 아예 사직과로 거처를 옮긴 모양입니다. 거기서 금속공예품을 만들더군요. 공방을 차려 판매할 것이라 합니다."

공예품을 만드는 것은 천민이 하는 일이다. 조선 최고의 명문가 규수가 그 일을 한다는 것은 서장미가 한과를 만드는 것보다 더 힘든 선택이다.

"역시, 대동법을 밀어부친 김육 대감의 후손답소."

세금을 각 지역의 특산물로 바치는 제도를 쌀로 통일한 대동법은 백성을 위한 법 중에서 으뜸이었다. 지금은 나지 않는 특산물을 나라에 바치라고 하니 다른 곳에서 구해 바치는데 그 중간 상인이나 관리가 몇 배 비싼 가격을 매겨 백성이 괴로워했다. 그것을 모든 지역에서 나는 쌀로 통일해 부당하게 착취당하는 일이 없게 한 이가 김육이다.

"나으리, 아무리 수진 아가씨가 드세다 해도 집안에서 알면 가만있지 않을 성 싶습니다."

문수는 수진이 적극 나서고 자기도 마음에 들지만, 당파가 다르고 가문의 격이 다르니 반대할지도 모른다는 생각이 들었다.

"그런 걱정 마시오. 어제 수진 아가씨의 할아버지인 김석연 대감을 만났는데 박 어사의 사람됨을 물어봅디다. 수진 아가씨가 일단 정한 것은 그 집안 누구도 말리지 못하오."

그제야 박문수는 안도했다. 경오년 말띠생이라 그런지 조금도 쉬지 않고 움직여 일하는 수진을 보면 명문 양반가 집안의 규수 같아 보이지 않았다. 오히려 문수의 부모가 살아계셨다면 혼인을 승낙하지 않았을 것이다. 연잉군은 문수가 김일경을 만난 것을 모르는 모양이다.

"이번 과거에 낙방한 것은 매우 안타까운 일이오. 급제가 충분했을 텐데……그랬으면 내년 식년시에 응시할 수 있지 않소?"

"할 수 없지요."

문수는 김일경이 한 짓이 괘씸했지만, 연잉군을 의심했던 것도 부끄러웠다. 발표는 보류되었지만 언젠가는 장원급제임이 드러날 것이다.

"나으리, 앞으로 어쩌실 셈입니까? 활빈당원을 함경도로 보낸다면 삼두매 역할은 더이상 못하는 것 아닙니까?"

"하지만 어쩌겠소. 내 안위보다 나라의 안위가 더 소중하니."

"나으리, 제게 방법이 있습니다."

박문수는 자신의 계획을 털어놓았다. 이제 과거 문제는 해결되어 시간만 기다리면 되니 그동안 연잉군을 보호하려는 것이다. 연잉군이 듣고 나더니 환하게 웃었다.

"좋소. 낯선 일본에서도 잘해냈으니 꼭 성공할 거요. 자, 식기 전에 듭시다."

두 사람은 오랜만에 화기애애하게 즐거운 식사를 했다.

아침 일찍 호조 판서의 집에 한 대의 마차가 섰다. 마포에 있는 소금가게에서 소금 두 가마니가 배달된 것이었다. 오가는 행인들이 세도가의 집으로 들어가는 선물 보따리인 줄 알고 가자미눈으로 흘겨 바라보았지만, 소금가마니인 것을 보고는 그냥 지나쳤다.

그러나 곁눈질을 하고 지나친 엿장수는 그것이 소금가마니를 위장한 뇌물보따리임을 눈치챘다. 건장한 하인이라면 혼자서도 번쩍 들어 올릴 소금가마니를 네 명이 붙잡아 들어도 쩔쩔맨다는 것은 거기에 소금이 아닌 다른 것이 들어있다는 증거이기 때문이다.

"엿 사려! 고소한 콩엿 사려! 달짝지근 호박 엿 사려!"

엿장수는 가위로 요란한 소리를 내며 호판의 저택을 지나갔다.

사랑방 마루에서 서성거리던 호조판서는 가위 소리를 들으며 대문 쪽을 바라보았다. 하인들이 소금가마니의 네 귀퉁이를 들고 힘들게 가지고 오는 것이 보였다. 그들은 마루 위에 올려놓고 자기 방으로 돌아갔고 청지기만 마루에 올라왔다.

"당진포의 성객주가 특별히 은 칠백 냥을 더 붙였습니다."

"음. 눈치 하나는 빠르군."

판서가 빙긋 웃는다. 따로 만나 당진 지역의 소금 전매권을 줄 것 같은 암시를 주었던 것이다. 청지기가 소금가마니를 열어보니 안에 상자가 들어있고 그 안에 은전이 가득 들어 있었다. 그는 은전을 세어 판서가 내민 상자 속에 넣었다.

또 하나의 소금가마니에는 청국의 말굽 은이 가득 들어 있었다. 청지기는 보는 앞에서 조금씩 날라서 사랑방 병풍 뒤의 나무 궤 속에 넣었다.

철컥

판서는 궤에 자물쇠를 채우고 병풍으로 가렸다.

무려 오천 냥의 은전을 거둬들인 그는 열쇠를 조몰락거리며 흐뭇해했다. 이번 일은 노론 당파에서 모르게 마포 객주들에게 거둬들인 것이다. 기득권을 가진 시전 상인들에 대항하는 신흥 상인들의 움직임을 알고 있기에 비밀리에 손을 뻗은 것이다.

"수고했네."

판서는 말굽은 하나를 청지기에 건네주었다. 청지기가 공손히 절을 하고 물러서자 한 마디 물었다.

"이보게, 삼두매 도둑에 대해서는 무슨 말을 들은 것이 없는가? 누가 삼두매 도둑에게 당했다는 말이 있는가?"

"요즘은 그런 말을 들은 적이 없습니다."

청지기가 물러간 뒤 호조판서는 생각에 잠겼다. 재작년에 연잉군이 삼두매 도둑이라고 소론이 우겨서 얼마나 시끄러웠던가. 결국 연잉군이 도둑이라는 주장은 거짓으로 결론이 났다.

"연잉군이 삼두매가 아닌데 아이들은 왜 저러는 거야?"

호판은 김용택이 연잉군을 의심하면서 협조를 거부하고 있다는 말을 들었다. 여러 가지 정황으로 볼 때 의심스럽다는 것인데 연잉군이 멍청이가 아니라는 것은 분명했지만 그렇다고 왕자가 삼두매일 수는 없다. 한편으론 연잉군에 대한 의혹이 연기처럼 일어났다.

'혹시, 연잉군이 삼두매?'

아니다. 그건 있을 수 없는 일이다. 자신의 생명을 지키고 다음 보위까지 밀어주는 노론 당파를 배신할 리가 없다. 이치에 맞지 않은 일이라 부인해 보지만 소론이 삼두매 도둑을 연잉군으로 지목한 데에는 무슨 근거가 있을 것이라는 생각도 들었다.

'아니 땐 굴뚝에 연기 안 나는 법이지. 하지만 아니야, 아니야. 그럴 리가 없어.'

머리를 흔들어 자신의 불손한 추측을 지워버리고는 방문을 닫고서 재산 기록장부를 꺼내 오늘 들어온 뇌물의 액수를 적어놓았다. 뇌물을 준 자의 이름은 모두 가명이었다. 예를 들면 당진포의 성객주가 추가로 칠백 냥을 보낸 것은 당(唐)을 쓴 다음에 오(伍)를 쓰고 그 옆에 작은 글씨로 칠(七)을 쓰는 것이다. 모두 오천칠백 냥이다.

야옹

그날 밤. 한 마리의 도둑고양이가 담장 위를 기어서 갔다. 그러나 앞에서 담장을 타고 올라오는 몇 명의 그림자를 보고는 황급히 도망쳤다.

야옹

몇 명의 그림자는 촛불이 켜진 사랑방을 향해 고양이 걸음으로 걸어갔다. 자신의 재산기록부를 덮고 막 잠자리에 들려던 호조판서는 촛불이 흔들리자 고개를 돌렸다. 방문이 열리면서 검은 옷으로 뒤덮은 사내가 들어왔다. 매의 머리를 닮은 두건을 쓰고 있었다.

"사, 삼두매!"

놀라서 외쳤을 때 버럭 달려든 사내가 흰 수건으로 그의 코를 막았다. 약초 냄새가 코에 흡입되자 몽롱해졌지만 삼두매의 얼굴은 희미해지는 기억에 뚜렷이 남았다.

그가 정신을 차렸을 때는 몇 시간이 지난 뒤였고 병풍 뒤의 은덩이와 은전은 몽땅 사라지고 없었다. 남은 것은 장부 위에 놓인 삼두매 부적뿐.

삼두매가 다시 의적의 모습을 보이며 나타나자 김일경을 비롯한 소론 당파는 연잉군이 도둑으로 다시 나섰다고 믿었다. 그러나 도성 백성은 삼두매가 연잉군이라는 생각은 아예 하지 못했다. 잘 먹고 잘사는 왕자가 뭐가 아쉬워 백성을 위해 의적이 되겠는가. 연잉군을 미워하는 소론이 퍼뜨린 헛소문으로 받아들일 뿐이다. 그러면서 지금까지 나쁜 짓을 저지른 가짜 삼두매를 진짜 삼두매가 찾아내 죽였다는 풍문에 모두 안도했다. 뒤숭숭한 세상에서 자신들을 보호해 준다고 너도나도 국사당에서 만든 삼두매 부적을 가져다 기둥에 붙였다.

"아씨, 아씨. 큰일 났어요."

"큰일?"

"창의궁에 삼두매 도둑이 들어 지금 난리에요."

"뭐? 삼두매 도둑?"

서장미는 연잉군이 의병을 이끌고 나가던 전날 밤이 머릿속에 떠올랐다. 삼두매는 그녀에게 사랑을 강요했었다.

"그래, 다친 사람은 없다더냐?"

"몇몇 궁노들이 삼두매와 부하들이 휘두른 몽둥이에 상처를 입었다고 하는데 크게 당하지는 않은 듯싶습니다."

"인제 보니 삼두매라는 도둑은 옹졸하구나. 그날 포도청에 넘겼어야 하는 건데."

장미는 삼두매에 대한 미운 감정이 불꽃처럼 일어나는 것을 감출 수 없었다. 그녀는 머릿속에 남은 삼두매의 잔상을 지웠다. 그리고 그날 밤 흉악한 도둑에서 겁탈당하지 않은 것에 안도의 한숨을 내쉬었다.

창의궁과 호조판서의 집에 삼두매 도둑이 들었다는 것이 알려졌다. 부정한 돈을 받은 호조판서는 민망한 얼굴로 이들을 맞았다.

"내가 하인들에게 입을 다물라고 했건만, 어찌 된 일인지 모두 알게 되었소."

입단속을 시켰지만 삼두매는 우포청에 이 사실을 알려 포교들이 몰려오게 했다. 이들에게 수사를 더 못하게 했지만, 저녁때 다른 소론 대신들 집에 투서가 날아들어 비로소 세상이 다 알게 된 것이었다.

"우포청에는 객주들이 조정에 바치는 돈을 잠시 보관하다가 도둑맞은 것으로 해버렸습니다만 소론은 벌써 다 알고 있었습니다."

만약을 대비해서 객주들과 입을 맞추고 문서를 꾸며놓았기 때문에 문제없이 넘어갈 수 있을 줄 알았는데 낭패를 당한 것이다. 그런데 이번에는 도둑으로 의심받았던 왕자의 집에 삼두매가 들었다.

"창의궁은 얼마나 털렸다고 합디까?"

"은덩이 네 상자에 소금을 팔고 받은 어음이 없어졌다는 말을 청지기에게 들었소. 내가 강 부장을 불러 삼두매가 남긴 부적을 가져와 대조해보니 그 도둑이 분명하더이다."

밤에 도둑이 집에서 기르던 개를 독살하고 들어가 은덩이 상자와 어음이 든 궤를 훔쳐서 나가는 것을 발견한 궁노들과 한바탕 싸움이 벌어져서 삼두매와 그 부하들에 의해 부상을 당하고 이 소동으로 근처에 사는 사람들이 나와 마차에 상자를 싣고 도주하는 것까지 보았다는 것이다.

"그 중의 한 자가 삼두매 복장을 하고 있었다고 하더이다. 창의궁 사람들만 아니라 동네 사람도 본 자가 많소이다."

"왕자가 기거하는 창의궁에 도둑이 들다니. 만약 연잉군이 궁에 있었더라면 큰일 날 뻔했소. 조정에 건의해서 범인을 추적하도록 합시다."

"아니요. 그러면 호판의 일도 거론되어 우리가 공격을 받게 되오. 그냥 넘어갑시다."

그렇게 해서 창의궁에 든 삼두매 도둑 사건은 범인을 잡지 못하는 것으로 끝났다. 삼두매 도둑과 싸워 다쳤다는 궁노들도 며칠 뒤에는 일할 수 있게 되어 평상시처럼 되었다. 그러나 이번 창의궁 사건으로 연잉군이 삼두매 도둑일지도 모른다는 소문은 씻은 듯이 사라져 버렸다.

"아니야, 아니야."

그래도 김일경을 비롯한 소론 일각에서는 이것은 연잉군의 수하들이 저지른 자작극이라고 단정했다. 그러나 어쩌겠는가. 연잉군의 일거수일투족이 노론 공자들에 의해 감시되고 있음에도 삼두매는 도성에서 여전히 도둑질하고 있으니. 그래서 연잉군이 삼두매라는 것은 소론이 꾸민 악의적인 소문으로 여겨졌다.

김용택이 노론 공자들을 모두 불러모았다. 이천기에게 창의궁에 삼두매 도둑이 들어가 분탕질한 것에 대한 설명을 듣기 위해서였다.

"이 사정, 진짜 삼두매 도둑이 창의궁에 들었소?"

용택이 조심스럽게 물었다. 연잉군을 삼두매로 의심하고 몽니를 부린 지가 몇 달이나 되었다. 어디론가 가버린 김광택 대신 호위무사를 맡은 이천기와 이 문제로 대립했지만, 점점 자신이 없어졌다. 자그마한 일도 모두 일러바치는 그의 말에서 연잉군이 도둑이라는 증거는 손톱만치도 없었다. 처음에 자기 말에 동조했던 노론 공자들도 이제 콧방귀를 뀌었다.

"물론이오. 그때 연잉군과 나는 비변사에서 장군들과 회의하던 중이었소."

"그럼, 직접 대면한 것은 아니군."

마주치지 않았다면 그자들이 삼두매를 사칭한 가짜일지도 모른다.

"하지만 궁노들의 말을 들으니 삼두매가 틀림없었소. 옷도 삼두매 복장이었다 하오."

"아, 그거야 얼마든지 꾸밀 수 있지 않나? 저번에 우포청에서 잡은 자들도 그리하지 않았던가."

용택은 자신의 판단이 틀렸다는 것을 인정하고 싶지 않았다.

"삼두매 부적도 강 부장이 맞춰보았는데 틀림없이 진짜였다 하오."

그 말에 용택은 입을 다물었다. 가짜로 속이려던 것이 탄로 났으니 진짜 모습을 드러낸 것인가. 어쨌든 연잉군과 이천기가 비변사에 함께 있을 때 창의궁에 삼두매가 침범했다. 연잉군이 삼두매가 아니라는 것이 분명해졌다.

"그것보다 더 큰 일은 박 비장, 아니 박 서기가 살해당했다는 것이요."

"뭐요? 박문수 그 사람이?"

용택은 놀랐다. 그자는 소론이지만 연잉군의 심복이 아니던가. 어떻게 죽었더란 말인가.

"지금 연잉군은 몹시 비통해하고 있소."

"시, 시체는 발견한 거요?"

"그렇소. 우포청에서 붙잡힌 장물아비를 통해 삼두매에 대한 단서를 얻고 곧바로 양주로 갔다 하오. 며칠 뒤에 양주 관아에서 멀지 않은 개울가에서 퉁퉁 불은 시체로 발견되었는데 호패를 확인하고 연락을 해왔소."

이천기의 말에 의하면 양주에서 사람이 왔는데 창의궁의 박 서기가 살해된 시체로 발견되어 시신을 보관 중이라는 말을 전했다고 한다. 놀란 연잉군과 이천기가 급히 말을 타고 양주까지 가서 확인해 보았다고 한다.

"이미 시체가 썩어서 냄새가 고약한데도 연잉군은 직접 시체를 검안하며 확인하더이다. 박문수가 일본에서 가슴 쪽에 칼을 맞은 상처가 있다는데 그것도 확인했소. 어찌나 목을 놓고 우시던지 나도 그만 울고 말았소."

무뚝뚝한 이천기를 울릴 정도면 연잉군이 슬퍼한 강도를 알 수 있었다. 이천기의 말에 의하면 목격자도 있다고 했다. 개울가 가까운 곳에 민가가 한 채 비어 있었는데 두 남자가 다투는 소리에 고기를 잡으러 가던 어부가 안을 들여다보았다 한다.

"박문수와 인상착의가 같은 자가 또래의 사내와 말다툼을 하는데, 창의궁이니 연잉군이니 하는 말을 들었다 하오. 조금 보다가 고기를 잡으러 갔다고 하오. 저녁에 돌아오는 길에 다시 보니 마당에 피가 흥건히 고여있었는데 며칠 뒤에 개울에서 시체가 발견되었다는 말을 들고 관아에 알렸다 하오."

"음, 안 되었군."

김용택은 민가에서 벌어진 끔찍한 살인장면을 머릿속에 떠올렸다. 누가, 왜 그를 죽였는지 궁금해서 물어보니 우포청에서 나가 수사를 하고 시체도 가져갔는데 살인으로 결론이 났다고 했다. 박문수의 시신은 조용한 장례식 후에 고향인 평택으로 옮겨져 묻혔다고 했다.

"김 교리, 이제 연잉군 주위에는 우리 말고 아무도 없소. 오늘도 청국 첩자들을 감시하고 있는데 손이 부족하오. 그러니 나으리께 사과하고 협조해 주시오."

이천기의 말을 들으니 김용택은 자신이 오해했다는 생각이 들었다. 왕자가 무슨 이유로 도둑이 되었겠는가. 더군다나 자신들 노론은 다음 보위에 앉히려는 수호당파 아닌가. 잘못하면 연잉군이 임금이 되었을 때 괘씸죄로 일가가 멸문할지도 모른다.

"그렇다면 연잉군을 돕겠네."

"그것 가지고는 부족합니다. 연잉군이 왜 김 교리나 몇몇 공자들이 돕지 않느냐고 묻길래 솔직히 털어놓았더니 심히 노여워하시더이다. 그러니 가서 무릎 꿇고 사과하여야 하오."

호위무사 이천기의 충고에 용택은 어쩔 수 없다는 듯이 고개를 끄덕였다.

다음날 오후. 창의궁 사랑채 마당에 멍석이 깔리고 그 위에 김용택을 비롯한 노론 공자들이 무릎을 꿇고 용서를 빌었다.

"나으리, 저희의 어리석음을 용서해 주십시오! 다시는 이런 일이 없도록 하겠습니다."

계속 빌었지만, 사랑채 문은 열릴 줄 몰랐다. 거듭 용서를 빌자 한참 만에 문이 열리며 연잉군이 얼굴을 드러냈다. 울었는지 눈이 퉁퉁 부어 있었다. 그 모습을 본 용택과 공자들은 송구스러워 어쩔 줄 몰라 했다.

"알았소. 내 용서하리다. 어명에 따라 이 땅에서 암약하고 있는 청국 첩자들을 모두 잡아내어 나라의 근심을 덜도록 합시다."

이렇게 연잉군과 김용택은 화해했고 노론의 공자들은 청국 첩자들과 한판 전쟁을 벌일 태세를 갖추었다.

이 소식은 김일경의 귀에도 들어갔다. 최홍일은 사이가 벌어졌던 이들이 다시 뭉치는 것이 두려웠다. 이래서는 청의 십사 아거 윤제의 지령을 수행할 수 없다.

"모란 주점과 접촉을 다시 해야겠네."

김일경의 말에 홍일은 주저했다.

"나으리, 지금까지는 무사할 수 있었지만 저들이 합심하면 우리가 내통하고 있다는 것이 들통이 날지 모릅니다. "

"어차피 우리는 불과 물이네. 타협할 수 없다는 것이지. 누가 먼저 칼을 휘둘러 죽이느냐에 달려있어. 아니면 내가 죽는 것이 당파싸움이라네."

김일경은 세자가 쫓겨나지 않고 다음 임금이 되는 것 이외에는 눈에 들어오는 것이 없었다. 그는 자신의 행동이 매국이 된다는 것도 잊은 것이다.

일개 유생인 홍치택이 석중립을 만나는 것은 쉬운 일이 아니었다. 그냥 만나자고 하면 의심을 살 것 같아 우저서원의 교관자격으로 관우회의 책임자에게 면담신청을 했다. 명의 유민들이 함부로 서원 소유의 밭에 가축을 방목했다는 탄원서만 직접 드리고 갈 것이라고 말해 겨우 허락을 받았다.

석중립의 집은 여느 한옥과 다르지 않았다. 다만 접객관은 중국식으로 꾸며져 책상과 의자가 있었다. 김이 모락모락 나는 찻잔을 바라보던 치택은 발걸음 소리가 들리자 소매 속에 감춰둔 종이를 슬쩍 꺼내 만지작거렸다. 면담을 신청하고 신분이 확인된 다음에도 중국 청년은 의심쩍은 눈으로 그의 몸수색을 했다. 물론 양해를 구하긴 했지만.

조금 떨어진 곳에 단창을 든 두 명의 호위와 함께 석중립이 나와 자리에 앉았다.

"나는 석중립이요. 그대가 이번에 진사시에 급제한 우저서원의 교관이라고?"

"네, 홍치택이라고 합니다."

"유민들이 서원의 밭에 방목한다는 말은 처음 듣는 말이오. 그것이 사실이오?"

"네, 여기 피해 목록이 적혀 있습니다."

하고는 종이를 쑥 내밀었다. 석중립의 눈이 휘둥그레졌다.

"아니, 이럴 수가. 피해가 막심하구려. 내 조치하리다. 차나 마시고 돌아가시오."

하고는 탄원서를 들고 안으로 사라졌다. 그러나 그 탄원서는 석정이 쓴 편지였다. 누군가 벽 뒤의 비밀구멍을 통해 엿보는 것 같았지만, 차를 한 잔 다 마셨다. 자리에서 일어나는데 키가 큰 사내가 들어왔다. 그는 치택을 탐색하는 눈으로 바라보더니 다시 안으로 들어갔다.

자리에서 일어나는데 너무 긴장해서 그런지 다리가 후들거렸다.

동대문 밖의 한 주막. 점점 더워가는 날씨이지만 두 남녀가 든 방은 문이 굳게 닫혀 있었다. 새벽에 김포를 떠나 온종일 걸어온 치택은 피곤함에 지쳐 꾸벅꾸벅 졸았다. 그러나 앞에 앉은 석정은 예민하게 귀를 열어놓고 경계하고 있었다.

어디선가 고양이 우는 소리가 들렸다. 길게 두 번, 그리고 짧게 한 번.

치택은 석정이 일어나 호롱불을 끄는 소리에 잠에서 깼다. 어둠 속에서 그림자 하나가 다가왔다. 치택이 몸을 움직이자 석정이 쉿! 하며 조용히 하라고 했다.

"빠바."

치택은 석중립이 왔다는 것을 알았다. 아버지를 중국어로 빠바(爸爸)라 부른다. 석정에게 중국어를 배우기 때문에 안 것이다. 그림자는 안으로 들어와 조용히 앉았다.

"무사해서 다행이다. 석정아!"

두 사람은 들릴 듯 말 듯한 중국어로 귓속말했다. 한참을 그리하더니 자리에서 일어났다.

"고마우이. 우리 조상과 자네 조상이 큰 인연을 맺었는데 오늘 되풀이되는군. 자네 집에 가서 양쪽 조상의 사연이 깃든 보은단을 꼭 보고 싶네. 다음에 보세."

하고는 조용히 밖으로 나갔다.

"석낭자. 무슨 말씀을 나누었소?"

"내일 돌아가서 말씀해 드리지요. 오늘은 피곤하니 빨리 자도록 해
요."

석정이 이불을 펴고 속으로 들어갔다. 치택도 드러누웠지만, 사랑
하는 여인이 옆자리에 누워있으니 잠이 오겠는가. 일어나서 손을 뻗으
려는데 석정이 나직하게 말했다.

"딴생각 말고 어서 자요. 아침에 일찍 일어나야 하니."

머쓱해진 치택이 자리에 누워 뒤척이다가 아침에 간신히 잠이 들었
는데 석정이 몸을 흔드는 바람에 깨어났다. 그녀의 얼굴을 본 치택은

꿈속에서 알몸의 석정을 끌어안은 것이 머릿속에 떠오르자 얼굴이 붉어져서 고개를 돌렸다. 이유를 모르는 석정이 어깨를 으쓱해 보였다.

아침 식사를 하고 김포로 돌아가는 길에 석정은 도둑 방석만과 관우회 고위 간부 사이를 오가는 연락책이 누구인지 알아냈다고 말했다. 둘이 이런 이야기를 주고받을 즈음 석중립은 연락책을 붙잡았다. 그러나 심한 고문에도 입을 열지 않다가 밤에 누군가에 의해 살해당했다.

노론 공자들로 새롭게 방첩조직이 편성된 창의궁은 아침부터 분주했다. 어젯밤에 관우회의 간부 한 명이 독살당했다는 말을 들었기 때문이다. 연락책이 노출되어 붙잡힌 뒤부터 벌어진 연쇄 암살사건이었다.

"우리는 창의궁뿐만 아니라 담장 너머 석중립 장군의 집까지 감시해야 하오."

연잉군의 말에 노론 공자들은 일제히 눈을 모아 석중립의 집을 바라보았다. 마루에서도 담장이 높아 보이지 않았지만, 그들은 그곳에서 나라의 운명이 걸린 사건이 벌어지고 있음을 짐작했다. 김용택이 말한다.

"나으리. 우리 조선이 명 유민을 감싸다 호란을 맞으면 어찌합니까? 차라리 청국의 말대로 송환하는 것이 옳지 않습니까?"

용택은 병자호란 때 남자는 죽고 부녀자는 끌려가서 환향녀의 수치를 당한 사실을 말했다. 조선 사람들은 그런 말은 입에 꺼내지 않지만 모두 같은 마음이었다. 임진왜란 때 명군이 도운 것은 조선을 위한 것이기보다 다음 차례는 자기들이었기에 남의 나라에서 싸운 것이다라는 인식이 있었다. 구원병으로 온 명군의 행패도 심해서 왜군은 얼레빗이요, 명군은 참빗이라는 속담이 생길 정도였다. 그것은 왜군은 남기는 것이 있었지만, 명군은 몽땅 약탈해 갔다는 뜻이다. 그렇다고 명의 구원이 없었다면 조선이 일본에 점령당했으리라는 것에 이견은 없다. 다만 한 줌도 안 되는 명의 유민을 지키기 위해 조선의 백성이 또 고통을 겪을 수 없다는 현실론이 우세한 것뿐이다.

"그렇지 않소. 재조지은의 의리에 앞서 청국이 우리에게 금수의 행동을 강요하고 있기에 우리는 거부하는 것이요."

연잉군은 명과의 의리를 떠나 본토에 남아있으면 생명을 잃을 처지인 사람들이 조선으로 도망쳐 왔으면 마땅히 보호해야 한다고 역설했다.

"이런 마음마저 없다면 조선이라는 나라는 인간의 나라가 아니요. 인간의 나라가 아니면 차라리 망하는 것이 낫소."

김용택이 펄쩍 뛰었다.

"나으리, 지나친 말씀입니다."

그러자 연잉군이 싱긋 웃었다.

"그러니까 우리가 조선이라는 인간의 나라를 지키자는 것 아니요. 누가 망하기를 바란답니까? 청국은 명 유민이나 우리 조선 모두의 위협이니 힘을 합쳐야 하는 것이요."

그 말에 노론의 공자들은 가슴을 쓸어내렸다. 말하는 것으로 보아 명의 유민들을 보호하려는 의지가 강력함을 확인했다.

"자, 금강산도 식후경이라고 했소. 점심을 든든히 먹고 청국의 첩자들을 잡으러 갑시다."

점심상이 사랑채 마루에 차려졌다. 생선회가 올려진 비빔냉면이었다.

"서낭자가 우리를 위해 만든 함경도식 국수요. 많이 먹고 포도청으로 갑시다."

연잉군을 중심으로 환담이 오고 갔다. 연잉군을 삼두매로 단정했던 지난날 분위기는 사라지고 화기애애했다. 후루룩후루룩

"맛이 좋습니다. 아씨는 음식 솜씨도 좋으시군요."

용택은 연잉군이 서장미에게 일편단심이듯이 명 유민을 버리지 않을 것이라고 확신했다. 명 유민의 지도자인 석중립이 바로 옆집에 사는 것만 봐도 이들의 끈끈한 관계를 알 수 있다.

배불리 먹고 막 일어서려는 찰나 요란한 폭음이 터졌다. 쾅

"이게 무슨 소리요?"

노론 공자들은 갑작스러운 굉음에 놀라 우왕좌왕했다. 석중립의 집에서 검은 연기가 피어오르자 노론 공자들은 제각기 무기를 손에 든 다음 사다리를 걸쳐놓고 담장을 뛰어넘었다.

몇 명의 남자가 피투성이가 되어 쓰러졌거나 비틀거리고 있었다. 연잉군이 가까이 가려 하자 이천기가 말렸다.

"스승님은……스승님은?"

연잉군은 쓰러진 사람들의 얼굴을 보기 위해 머리를 젖혔다. 다행히 석중립은 없었다. 쓰러진 사람을 일으키고 물어보니 석중립은 외출 중이었다. 청지기가 죽고 하인 두 명이 크게 다쳤다. 김포의 지도자 편두통이 보낸 기밀보고서가 든 조그마한 궤를 받아두었다. 늘 보던 궤라 받아두고 주인인 석중립이 돌아오면 전달하려고 했는데 집에서 기

르는 개가 궤 쪽을 보고 쿵쿵거리기에 청지기가 열쇠로 여는 순간 폭발했다는 것이다.

"석장군을 노리고 폭탄을 보낸 것이 분명합니다."

김용택이 폭탄 속에 넣은 철 조각을 집어 연잉군에게 보여 주었다. 얼마 뒤 귀가한 석중립이 처참한 광경에 경악했다.

"장군님, 하마터면 큰일 날 뻔했습니다."

김용택은 석중립에 대한 연잉군의 호칭이 바뀐 것을 알았다. 아까는 분명 스승님이라고 했다. 둘의 끈끈한 관계를 숨기려는 것 같았다.

"연잉군, 아니 나으리. 놈들이 움직이기 시작했습니다. 이준구 향주를 암살하려고 자객이 들었다는 보고를 받고 돌아오던 중이었습니다. 친구를 만나 한 시각 늦게 오는 바람에 목숨을 구한 것입니다."

"그래, 이 향주는 무사합니까?"

"자객에게 대거리하니까 도주했다고 합니다."

"음, 연쇄적으로 관우회 간부를 노리고 있군요."

연잉군은 석정에 의해 명 유민 내부에 파고든 간첩이 적발되니 초조감에 과격하게 나오는 것으로 판단했다.

"모란 주점의 동향은 어떤가요?"

"조용합니다. 주목을 받고 있는 걸 아는데 함부로 움직이겠소? 아마도 외부 첩자들 짓일 게요."

김용택은 석중립이 처음에는 나으리라고 하다가 반말 비슷하게 말이 바뀐 것을 감지했다. 석중립은 오늘 처음 보는 사람인데 약간 쉰듯한 목소리가 낯익었다. 어디서 들었더라.

"그렇다면 여기 공자들과 함께 그자들을 잡는 것이 최우선이군요."

연잉군은 뒤처리는 석중립에게 맡기고 노론 공자들을 데리고 집을 나왔다.

우포청과 노론 공자들의 적극적인 방첩활동으로 여러 명의 청국 첩자들이 체포되었다. 연잉군이 도성 안의 오가작통법(伍家作統法)을 잘 활용했기 때문이다. 한성부에서는 방(坊) 밑에 다섯 집을 1통으로 통주(統主)를 해서 범죄자의 색출과 세금징수를 했는데 1675년(숙종 1)에는 '오가작통법 21조'로 조직을 강화하였다. 곳곳에서 자기 통 내의 신원이 불확실한 자들을 신고했기에 몇 명의 첩자들이 체포되고 나머지는 모두 도망쳐 버렸다.

곳곳에서 첩자가 체포되었다는 보고가 강순보에게 들어갔다. 연잉군이 좌우포도청을 지휘하고 사적으로는 노론의 공자들이 가진 인맥을 동원해서 조직을 붕괴시키고 있다는 말에 분노했다. 모란 주점으로 도망쳐 온 첩자들을 모아놓고 외쳤다.

"꼬우딴. 연잉군 이자의 간을 뽑아 씹겠다!"

꼬우딴이란 개새끼라는 뜻이다. 박문수를 바람잡이로 해서 이 방에 들어와 기밀문서를 빼내가지 않았던가. 그자의 말대로 연잉군이 삼두매 도둑이라는 것이 분명했다. 진작 처치해야 할 것이지만 조선의 왕자를 건드렸다가 무슨 질책을 받을지 몰라 망설였던 것이 잘못이다.

"두이를 불러라."

두이는 후레자식을 이끄는 소두목이다. 그는 후레자식의 후예로 강원도 산골에 숨어서 비밀리에 자객들을 기르고 있었다. 어려서부터 버림받은 아이들에게 살인기술을 가르치니 그들의 마음속에는 오직 증오와 살인충동밖에 없었다. 그중에서도 두이는 특출나게 교활하고 흉포함이 더해 순보가 믿는 자이다. 측근인 두일이 안으로 들어와 귓속말했다.

"알았다. 내려가마."

잠시 후 희미한 빛만 들어오는 어두컴컴한 방에 두 사람이 대좌했다.

"우리의 첫 번째 사업이 실패했소."

관우회의 내통자 암호명 '부엉이'의 말에 강순보도 입을 삐죽 내밀었다. 어제의 적과 어렵게 손을 잡고 일을 벌였는데 보기 좋게 실패했다. 석중립을 암살하기 위해 청국에서 만든 특수폭탄까지 반입해 왔다. 김포에서 오는 궤와 똑같은 궤를 부엉이가 건네준 것이고 배달한 자도 명의 유민이었다.

"뒤처리는 잘했소? 배달꾼이 드러나면 곤란한데."

부엉이가 퉁명스럽게 대답했다.

"걱정하지 마시오. 폭탄과 함께 죽었으니. 당신이 말한 후레자식은 어찌 되었소? 그들을 빨리 부르시오."

"그것보다 우리에겐 보살상을 되찾는 것이 시급하오. 당신 말로는 국사당에는 없을 거라지만 나는 그곳을 뒤져봐야겠소."

"아마 없을 거요."

"그걸 어찌 장담하오? 그럼, 보살상의 소재를 알고 있소?"

첨자 두목의 물음에 부엉이는 대답이 없었다. 강순보는 명 유민의 간부들 모임인 관우회에서도 핵심인 이 자의 속셈을 가늠할 수 없었다. 자기 말로는 공을 세워 중원으로 돌아가고 싶다고 했지만 그런 것 같지 않았다. 침묵이 잠시 흘렀다. 부엉이가 단호하게 말했다.

"모르오. 좌포청의 종사관이 삼두매를 유인하는 미끼로 보살상을 썼지만, 벌써 바꿔치기가 되었다는 풍문만 들었소."

"그렇다면 국사당의 무녀가 되찾아갈 수도 있겠구먼."

강순보는 좌포청을 속인 삼두매가 보살상을 국사당으로 돌려보낼 수도 있다고 판단했다. 그러나 부엉이는 반대했다.

"공연히 일을 저질러 시끄럽게 하지 마시오. 그것보다 연잉군을 죽이는 것이 더 급한 일이오."

부엉이는 임금의 명을 받은 연잉군이 노론 공자들과 함께 청국 첩자들을 잡으려 눈에 불을 켜고 있다고 전했다. 그러나 강순보는 연잉군을 죽이는 것보다 문수보살상을 찾는 것이 더 급했다. 윤제가 강력히 원하는 것이기 때문이다. 그리고 보살상을 훔치라고 시켰더니 조선으로 들고 튄 방석만이라는 도둑도 잡아 죽여 입을 막아야 한다.

서장미는 밤새 잠을 이루지 못했다. 박씨부인전(朴氏夫人傳)을 읽었는데 뒷날 청(淸)으로 국호를 바꾼 후금의 침공으로 나라가 풍전등화에 빠졌을 때 소박을 맞은 박씨 부인이 떨쳐 일어나 적국 장수들을 농락하는 내용이었다. 소설 속에 푹 빠져 울고 웃고 한탄하다가 끝을 맺으니 어느새 새벽이다. 억지로 잠을 청하느라 누워있는데 말을 타고 후금의 군사들과 싸우는 박씨 부인의 모습이 그려졌다.

"난, 무언가?"

장미는 이 소설이 청국에 굴복당한 분함을 복수하기 위해 허구로 꾸며진 것을 알고 있다. 가녀린 여자가 도술과 무술로 청국의 장수에 저항한다는 이야기가 비록 거짓이라도 통쾌했다. 그러나 박씨 부인과 비교해서 그녀는 나라를 위해 몸바쳐 싸우기는커녕 유배당한 아버지도 구하지 못하고 있는 처량한 신세 아닌가. 한숨이 절로 나온다.

"나으리는 왜 이렇게 무력하나."

장미는 연잉군이 원망스러웠다. 임금의 총애받는 아들이자 집권당인 노론이 밀지 않는가. 입으로는 귀양살이에서 풀어주지 못해 미안하다고 늘 말하지만 거기서 별 진전이 없었다.

"나으리."

장미는 천진난만하게 웃는 연잉군을 머리에 떠올렸다. 김수진이 박문수와 이곳에서 밀회하는 것을 자주 보니 더욱더 슬퍼졌다.

"나으리, 저를 이렇게 놔두실 건가요?"

장미는 봉선이 빌려 온 언문소설을 많이 읽었다. 어젯밤에 읽은 박씨부인전 말고 춘향전, 숙영낭자전, 구운몽같이 남녀 간의 사랑을 다룬 소설도 읽었다. 그중에서 특히 춘향전에서는 자신이 춘향이라도 된 느낌이었다. 이몽룡은 연잉군 그리고 변사또는 임금이었다.

"차라리 평민의 딸로 태어났더라면……"

그녀는 자신이 명문가인 달성 서씨 집안에 태어난 것을 후회했다. 평민의 딸이었다면 지금쯤 어느 집의 부인이 되어 있을 것이다. 아니,

애 엄마가 되어 있을지도 모르지. 이렇게 혼자 생각에 잠기다가 잠이 들었다.

"아씨, 아씨. 나으리가 오셨어요."

봉선이 호들갑을 떨자 서장미는 자리에서 벌떡 일어났다. 간단히 세수하고 나가 보니 연잉군이 마당을 서성거리고 있었다.

"나으리, 어쩐 일로 이른 아침에 오셨나요?"

"낭자, 그 스님 때문이라오. 안으로 들어가서 이야기하겠소."

연잉군은 봉선에게 아무도 접근시키지 말라 하고 장미의 방으로 들어갔다. 그제 구당 선생의 친구인 일원(一圓) 스님이 불쑥 사직과를 찾아왔다.

"창의궁에서 연잉군을 뵈어야 하나 그럴 형편이 못되어 아씨께 부탁하는 게요."

예전에 신촌 반야암에 있었다는 스님은 편지 한 장을 내놓고 가버렸다. 장미는 이것을 들고 직접 연잉군을 만나 전해주었다. 그때 편지를 읽으면서 얼굴빛이 변하는 것을 보았다.

"그 스님은 중대한 사명을 띠고 온 분이었소. 나 대신해줄 일이 있소. 서낭자."

연잉군은 서장미를 가마에 태우고 청계천 마시장으로 갔다. 수십 마리의 말이 매매되고 있는 가운데 서장미가 마상의 우두머리를 찾아가 이름을 밝히니 한참 만에 만날 수 있었다. 함경도 사투리를 쓰는 그는 의심쩍은 눈빛으로 그녀의 신원을 확인했다. 용건을 묻자 장미는 그에게 연잉군이 쓴 편지를 건네주었다.

후레자식

삼두매가 다시 출현한 이후 도성 안은 그의 이름이 오르내리지 않는 날이 없었다. 국사당은 대굿을 치렀다. 십육 년 전 죽은 장희빈의 기일은 초겨울(음력 10월 8일)이었지만 죄인의 몸으로 죽었기 때문에 그녀를 위한 위령제는 한여름에 슬쩍 지냈다. 이번 굿에서도 당쟁의 틈에 희생된 장희빈의 넋을 위로하는 굿이 마지막에 끼어 있었다.

대굿이 끝난 뒤 용화부인은 제자 무당들과 함께 몸주인 하느님(천신)을 비롯한 여러 신에게 두루 기도를 올리고 난 뒤, 차와 과자를 앞에 놓고 대굿의 성과와 국사당 운영에 대한 의견을 듣는 자리를 마련했다. 제자들은 평소 그랬던 것처럼 이런저런 의견을 내놓았는데 용화부인은 만족하지 않은 표정을 지었다.

"그런 이야기는 입에 발린 말로 쓸모없다. 너희 가슴 속에 묻은 걸 꺼내 보아라."

그녀의 말에 제자들은 서로 얼굴을 마주 보며 눈으로 이야기를 나누다가 누군가 말을 했다.

"시중에 이런 말이 돌고 있습니다. 재작년 국사당에서 생긴 일이……"

끝말을 흐렸지만, 그것이 무슨 뜻인지 좌중은 다 안다. 국사당에서 벌어진 끔찍한 살인 사건은 국사당이나 포도청이나 쉬쉬했지만, 시간이 지남에 따라 말이 퍼지기 시작했다. 그러나 유언비어라는 것이 늘 그렇듯이 전파되는 과정에서 엉뚱하게 변질되었으니 악신이 무뢰배에게 혼이 씌워 용화부인을 해치려고 했는데 천신(하느님)의 보호로 피하고 제자 무당들이 대신 칼을 맞고 죽었다는 것이었다. 이런 소문은 용화부인에 대한 신도들의 믿음을 더해 주었지만, 진실을 알고 있는 제자들은 달랐다.

"왜 우리 동무들이 죽었어야 했나요? 왜 그걸 미리 막지 못하셨습니까?"

제자의 목소리 억양이 높아졌다. 좌중에 앉은 제자들 누구나 묻고 싶었던 말이었다.

잠시 침묵이 흘렀다. 신단 위를 밝히는 두 개의 촛불 그림자가 무신도(巫神圖)에 어른거렸다. 용화부인의 얼굴이 창백해졌다. 다른 제자가 입을 열었다.

"어머니는 그때 눈이 가려져 있었다고 말씀하셨는데……그건, 천신께서 벌을 내리신 것이 아닙니까?"

그 말에 좌중은 찬물을 끼얹은 듯 조용했다. 제자로서 스승에게 하지 못할 말이다. 용화부인이 총애하는 독갑이 눈을 크게 치켜뜨고 소리쳤다.

"어머니께 그게 무슨 망발인가?"

독갑이 꾸짖자 용화부인이 손을 들어 제지하고는 천천히 입을 열었다.

"천벌. 그렇지 하느님께서 내게 벌을 내리셨네. 맞는 말이야."

그녀는 고통스러운 표정을 지었다.

"나와 자네들 모두 무당이네. 하늘이 선택한 자랑스러운 핏줄이지만 이 땅 고려 오백 년, 조선 이백 년 지금은 혹세무민하는 천류가 되었네."

그 말에 동조라도 하는 듯 촛불이 확 불타올랐다.

"왜 그런지 아는가?"

얼굴을 휘이 돌리며 제자들에게 물었지만 아무 대답도 듣지 못했다.

"우리의 믿음은 죽은 뒤에 어찌 되는가의 물음에 답해 주지 못했기 때문에 불교에 무시당했고, 세상의 옳고 그름을 분별해 주지 못했기 때문에 선비들에 의해 신당이 부서지고 신령님이 모욕당하고 있다네."

푸 하고 한숨을 내리 쉬더니 말을 이었다.

"이제 우리가 해야 할 일은 삼두매가 이 땅에 나타날 수밖에 없는 하늘의 뜻을 세상에 널리 알리는 거야. 백성의 정신을 깨우치는 것이지."

"어머니는 혹시 삼두매가 누구인지 아십니까?"

어느 제자의 물음에 모두 긴장했다. 용화부인을 가끔 찾는 연잉군

이 삼두매라는 소문을 알기 때문이다. 용화부인이 잠시 생각을 하다
가 입을 열었다.

"말할 수 없네. 아니, 모르네. 다만 아는 것은 삼두매는 어떤 한 사
람을 지목해서 부르는 것이 아니라는 것이네."

"한 사람이 아니면, 삼두매가 여러 사람이란 말이에요?"

"그래. 위아래 신분차별이 없는 세상, 부정부패가 없는 세상, 굶주리
고 병든 이가 없는 세상, 다툼이 없는 평화로운 세상을 만들려고 하
는 이는 모두 삼두매라고 하셨네."

이 말을 하면서 기쁨에 찬 용화부인의 얼굴에 빛이 환하게 났지만,
제자들은 그 말뜻을 이해하지 못했다. 지금 의적이라 칭하는 삼두매
도둑은 한 명이 아니던가.

쿵쾅쿵쾅

밖에서 요란한 발소리가 들리더니 망을 보고 있던 막둥이가 뛰어
들어왔다. 열두 살의 막둥이는 신 내림을 받고 국사당에 들어와 허드
렛일을 하는 아이다. 큰 제자가 야단을 친다.

"방정맞지 못하게 이게 무슨 짓이냐?"

허둥대는 막둥이에게 야단치자 아이는 손가락으로 밖을 가리키며
수상한 사람들이 국사당을 향해 몰려오고 있다고 말했다. 좌중의 무
당들이 당황해 하는데 용화부인이 손을 들어 제지했다.

"나를 잡아가려는 불온한 자들이다. 하지만 잡아가지는 못할 것이
다."

그녀의 말에 좌중은 다시 조용해졌다. 막둥이가 문을 닫으려고 하

는데 벌컥 문을 열고 한 무리의 후레자식들이 쳐들어왔다. 독갑이 벌떡 일어나 소리쳤다.

"무슨 짓이요? 여기는 신령님을 모시는 신당이요. 썩 물러가시오."

키가 작고 눈이 옴폭하게 들어간 두이가 앞에 나섰다.

"우리는 후레자식이다. 요망한 늙은 계집을 잡으러 왔다. 누구냐?"

독갑이 눈을 치켜뜨고 대꾸한다.

"신당에 요망한 계집은 없소. 댁을 잘못 찾아온 게 아니요?"

그 말에 무당들이 폭소를 터뜨렸다. 후레자식이라고 하면 무서워 벌벌 떨 줄 알았다. 뜻하지 않게 망신을 당한 두이가 이를 악물고 소리친다.

"용화부인인가 뭔가 하는 무당 말이다!"

신단 밑에 용화부인이 자리를 잡고 앉아있는데도 두이를 비롯한 후레자식들의 눈에 보이지 않는 모양이었다.

"그분의 얼굴을 알고나 계시오?"

"물론이지."

"그러면 찾아보시오. 혹 이 안에 계실지 모르니……"

그 말에 후레자식들은 무당들을 헤집으며 용화부인을 찾았지만 그들의 눈에는 보이지 않았다. 두이가 화를 벌컥 내며 소리쳤다.

"용화부인은 어디 있느냐? 내놓지 않으면 너희 모두 죽이겠다."

후레자식들이 제가끔 무기를 꺼냈다. 칼과 낫에 망치까지 들고 위협했지만, 무당들은 꼼짝도 않았다. 신단 앞에 용화부인이 돌부처처럼 꼼짝 않고 있는데도 보지 못하는 후레자식들을 두려워할 이유가 없다.

"좋다. 그 계집이 어디에 있는지 불게 해주마!"

두이가 곁에 서 있는 후레자식의 손에서 방망이를 빼앗아 독갑을 후려치려 했다.

"네 이놈, 네가 감히 국모에 손찌검하려 드느냐?"

두이는 바로 앞에 있는 무당의 얼굴이 다른 여자로 바뀌자 후려치려던 방망이를 내려놓았다.

"나는 세자의 어미 희빈 장씨다. 애비없는 후레자식이라고 하더니 너희가 진짜 그 못된 놈들이로구나."

독갑의 질타에 두이가 정신이 아득해지면서 방망이를 떨어뜨리고는 쓰러졌다. 놀란 후레자식이 그를 붙잡아 일으켰다.

"저리 가! 저리!"

흰 눈동자를 드러낸 두이가 손사래를 쳤다.

"두목, 왜 이러십니까?"

"매다, 머리가 셋 달린 매가 부리로 날 쪼려 한다. 저리 가, 저리!"

두이가 입에서 게거품을 풀고 기절하자 후레자식들은 서둘러 업고 신당 밖으로 나갔다.

하하하.

후레자식들이 허둥지둥 국사당 밑으로 줄행랑치자 무당들은 일제히 폭소를 터뜨렸다. 용화부인도 웃음을 참지 못했다. 하하하.

"보았느냐? 우리의 하느님은 이렇게 영험하시다."

제자 중에 한 사람이 조심스럽게 묻는다.

"어머니, 시중에 떠도는 소문으로는 곧 청국과 전쟁이 벌어진다는데 어찌 될까요?"

용화부인의 입가에 미소가 스쳤다.

"조선은 하늘의 뜻을 받들고 있으니 저자들은 하는 것마다 실패하고 조선이 승리할 것이다."

신단 위에서 불타고 있는 황초가 옳은 말이라는 듯 촛불이 훅하고 타올랐다.

강순보는 국사당을 쳐들어갔다가 쫓겨온 후레자식들을 마주 대하자 부엉이 말대로 공연한 짓을 했다고 후회했다. 그가 한 말이 귓가에서 맴돈다.

'문수보살상은 연잉군이 갖고 있소. 우리가 얻은 정보로는 김포의 별장에 숨겨놓고 있다고 하오. 보살상은 우리가 찾을 테니 당신은 연잉군이나 죽여주시오.'

그가 관우회의 핵심 간부이니 석중립과 긴밀한 관계가 있는 연잉군의 동정에 대해서도 어느 정도는 알고 있을 것이다.

'그렇다면 연잉군을 먼저 손봐야겠군.'

첫 과업을 보기 좋게 실패한 강순보는 이를 갈았다. 청국에 있을 때 으뜸가는 첩자였다. 그의 공작에 얼마나 많은 반청복명의 인사가 체포되었던가. 그래서 아버지가 태어난 조선에 파견되어 온 것인데 처음에는 잘 되는 것 같더니 연잉군이 끼어들면서 어긋나기 시작했다.

"두이, 연잉군을 없애야겠다."

김포현감 김덕재는 연잉군과 노론 공자들이 김포로 온다는 말에 당황했다. 음탕한 심지영과 정분이 나서 사복 차림으로 거의 주막에서 살다시피 하고 있기 때문이다. 산전수전 다 겪고 많은 남자와 잠자리를 통해 체득한 방중술은 호색한 김덕재를 사로잡았다. 지영도 남자가 없으면 잠을 이루지 못할 정도로 뜨거운 몸을 부족하나마 식혀줄 젊은 사내요, 명 유민과 연잉군의 동정을 알 수 있는 덕재와의 만남은 행운 그 자체였다.

"호호, 현감 나으리! 이렇게 매일 오시면 관아 일은 어찌해요?"

"쉿! 남이 들으면 어쩌려고. 모레부터는 오지 못할 거야."

"왜요?"

"그건, 말할 수 없어. 나만 알고 있어야 하니까."

덕재가 입을 다물려고 했지만 지영이 그것을 놓칠 여자가 아니다. 뾰로통해서 휙 돌아 누우니 연잉군이 노론 공자들과 함께 김포별장으로 온다는 말을 하고야 말았다. 누구에게도 말하지 말라고 하면서.

이틀 뒤. 마포를 떠나 아라뱃길을 통해 염하강으로 빠진 배에는 선비로 변장한 연잉군과 노론 공자들이 타고 있었다. 명 유민 중에 청국의 첩자가 침투되었다는 것을 알았으니 배로 염하강의 대명포구로 가기로 한 것이다.

창의궁에서 떠난 패는 두 패로 나뉘어 이천기와 몇 명은 빈 가마와 함께 양촌을 지나 김포 쪽으로 가고 김용택은 연잉군과 함께 아라뱃길로 가서 배를 띄운 것이었다. 대명포구에 도착하면 편두통이 부하들을 데리고 와서 모셔가기로 했다.

"김 현감과 이 사정이 잘하고 있을까요?"

연잉군은 김용택에게 너무 위험한 일이 아니냐고 걱정했다. 청국의 앞잡이 후레자식들은 물불 가리지 않는 독종들이라는 말을 들었기 때문이다.

"걱정할 필요 없습니다. 이 사정이 어떤 사람입니까? 그놈들 열 놈이 한꺼번에 달려들어도 거뜬히 해치울 사람입니다."

"그건 그렇소만."

"이럴 때 박 서기가 있었으면 나으리에게 큰 힘이 될 텐데."

박문수를 입에 올리자 연잉군이 한숨을 푹 내쉬고 말한다.

"그러게 말이요. 차디찬 시체가 되어 땅에 묻힐 줄 누가 알았겠소. 혼인도 못해 보고 몽달귀신이 되었으니 그저 불쌍할 뿐이오."

용택이 괜히 말을 꺼냈다 싶었다. 김포 초입에서 뚫린 아라뱃길은 일직선으로 만들어진 인공운하이다. 뱃길로 들어서자 활력을 되찾은 연잉군이 중국의 운하에 대해 신이 나서 떠들었다. 그는 아라뱃길을 통해 김포 사람들이 먼 바다로 나갔으면 한다는 소망도 말했다. 그러나 해금정책을 펴는 조선에서는 어림없는 말이다. 배가 염하강으로 들어가서 대명포구에 가까워지자 용택은 안도했다.

"아무 일 없이 도착해서 다행입니다."

용택은 연잉군이 항상 양천을 지나 김포로 들어갔기에 그쪽을 노리고 있을 것이라고 믿었다. 그러나 그것은 성급한 판단이었다. 연잉군이 고개를 쑥 내밀고 앞을 주시하더니 말했다.

"김 교리, 저 앞의 배가 수상하지 않소?"

몇 척의 배가 다가오는 것이 보였다. 언뜻 보면 염하강에서 낚시하는 배로 보였으나 어딘가 수상했다.

"나으리, 저 어선들이 좀……"

김용택이 말을 마치기도 전에 낚시 배에서 화살이 쏟아져 날아오는 것이 아닌가. 깜짝 놀란 연잉군과 공자들이 재빨리 엎드렸다.

픙픙픙

갑판에 꽂힌 화살을 피하는데 연잉군이 몸을 일으키려다 옷에 화살이 꽂혀 움직이지 못하고 있었다.

"나으리, 어서."

김용택이 갑판에 놓인 판자를 밀어주자 연잉군이 얼른 들어 몸을 가렸다. 후드득하는 소리와 함께 화살이 판자 위에 꽂혔다. 노론 공자들은 정신을 추스르고 활을 집어 대응을 했다. 후레자식들을 실은 배가 점점 가까이 다가왔다.

"이놈들아! 어림없다!"

용택이 공기총으로 후레자식들을 향해 쏘았다. 하지만 그들은 철편을 입힌 판자 뒤에 숨어서 계속 활을 쏘았다. 노론 공자 한 명이 어깨에 화살을 맞고 나동그라졌다. 위기의 순간이 었다.

"배를 물목으로……물목으로."

연잉군이 다급하게 외치자 사공들이 배를 파도가 거친 물목으로 향했다.

"나으리, 물살이 급합니다. 왜 그곳으로 들어갑니까?"

용택이 말렸지만, 연잉군은 거친 물살로 배가 갸우뚱거리는데도 사공을 재촉했다. 후레자식들은 그들이 도주하는 것으로 판단하고 급히 배를 저어왔다.

와지작

선도의 배가 암초에 걸려 부서졌다. 그러자 후레자식들은 노 젓는 것을 멈추고 말았다. 연잉군의 배도 거친 물살에 휩쓸려 전복될 것 같았다. 소매에 화살이 박혀 움직이지 못했던 연잉군은 소매를 잘라낸 다음 바가지를 강물에 던졌다.

"사공, 저 바가지를 따라가면 되오."

연잉군이 이렇게 말하자 사공들은 부지런히 바가지가 흘러가는 대로 배를 움직였다. 후레자식들은 더 추적하지 못하고 되돌아가는 것이 보였다. 김포 맞은편 강화도에 도착해 보니 노론 공자 한 명이 어깨에 화살을 맞고 사공도 허벅지에 화살을 맞았을 뿐이다. 연잉군의 순발력이 아니었더라면 배에 탄 사람들은 모두 죽었을 것이다.

"후레자식들이 어떻게 우리가 이쪽으로 올 것을 눈치챘다는 말인가?"

연잉군은 응급처치를 받는 부상자들을 보고 중얼거렸다. 여러 척의 배가 다가오고 있었다. 연잉군의 눈에 먼저 띈 것은 유민의 우두머리 편두통과 석정이었다.

"나으리, 무사하십니까?"

털보 편두통이 걱정스러운 눈빛으로 연잉군의 안부를 챙겼다. 연잉군이 소매가 찢어진 손을 치켜들고 크게 웃었다.

"하하하 편선생. 내 명이 얼마나 긴데 여기서 저자들에게 죽겠소? 그런데 어찌 습격당할 것을 알았소?"

편두통이 석정을 손가락을 가리키며 말했다.

"정이가 거동이 수상한 배들이 조강에서 내려갔다는 말을 듣고 급히 알린 덕분입니다."

보살상 도둑을 잡아야겠다는 것에 집착한 석정이 치택과 함께 조강포에 갔다고 한다. 그녀는 낚싯배 사람들이 강 언저리에 수상한 자들이 어슬렁거리는 것을 보았다는 말에 정탐을 가서 후레자식임을 확인했다. 그러자 급히 전령을 보내 편두통에 알렸다는 것이다.

"내가 육로가 아닌 강으로 온다는 것을 아는 이는 편선생과 석낭자, 김포현감뿐인데 어찌 된 일일까?"

김용택이 주먹을 부르르 쥔다.

"이 바보 멍청이 녀석이 흘린 것이 틀림없습니다. 내가 가서 알아보겠습니다."

김용택이 김덕재의 뒤를 캐다가 주모가 자객인지 모르고 통정하는 것을 알았고 그 뒤에 최홍일이 있다는 것도 알아냈다. 김용택이 당장 주모를 잡으려 했으나 연잉군이 말렸다. 대신 기회가 왔을 때 이용하기로 하고 중요한 말은 김덕재가 알지 못하게 했다.

"정말 무서운 놈은 스승님 가까이에 있네."

이천기는 연잉군으로 가장하고 육지로 가다 후레자식들의 습격을 받았다. 처음에 매섭게 공격하다 연잉군이 아닌 것을 확인하고서야 후퇴했다는 것은 모란 주점 두목이 양쪽에서 정보를 받았다는 것이다. 강으로 간다는 것을 김덕재가 누설했다면 다른 하나는 연잉군이 육지로 간다는 것을 통보받은 관우회의 고위 간부일 것이다.

강순보는 후레자식들이 연잉군을 습격했지만, 실패로 끝났다는 보고를 듣고 화가 머리끝까지 치솟았다. 순보는 암살에 실패한 것보다 그릇된 정보를 받은 것에 화가 났다. 부엉이는 연잉군이 가마에 타서 신분을 숨기고 육지로 간다고 했지만, 최홍일은 염하강으로 간다고 하지 않았던가. 두 패로 나눠 습격했지만 결국 홍일이 제공한 정보가 맞았다.

"믿을 수 없는 놈이야."

명 유민의 핵심간부가 왜 갑자기 마음이 바뀌어 조직의 기밀을 일러준다는 말인가. 강순보는 이것이 석중립의 농간일지 모른다는 생각이 들었다. 배신한 것처럼 속여 믿게 한 다음에 결정적인 순간에 뒤통수를 치려는 것인지 모른다. 두일을 시켜 부엉이와 만나자고 전했다.

그날 밤. 어둠 속에서 달빛을 피해 부엉이가 모란 주점의 뒷문으로 들어왔다.

"미안하오. 놈들이 나를 잡으려고 함정을 판 모양이요."

부엉이는 첩자 두목 앞에 서자 사과부터 했다. 순보는 역정보일지도 모른다는 생각도 해 보았지만, 소모품인 후레자식 몇 명을 잡기 위해 그런 공작을 펼 리가 없다.

"포위망이 좁혀지고 있으니 특별한 조처를 해야 하오."

"그것이 무슨 말이오?"

"몰라서 묻소? 압록강은 왜 안 건너는 거요?"

부엉이는 압록강 변에 있는 청국이 조선으로 들어와 명 유민을 끌고 가기 바라는 것이 분명했다.

"정성공의 잔당들과 내통했다는 증거를 못 잡았소."

강순보는 양 녹사를 통해 대보단에서 구원병을 보내준 명 신종과 마지막 황제 의종의 제사를 지냈다는 문서는 확보했지만, 그것 가지고는 조선을 침공할 명분이 없었다. 게다가 압록강 변에는 전염병이 심해 도강할 수도 없다. 강순보가 퉁명스럽게 묻는다.

"속셈이 뭐요? 우리 청군이 들어오면 당신이 제일 먼저 죽을지 모르는데."

부엉이가 얼굴빛이 변하더니 자신이 관우회의 기밀을 알려주는 것은 석중립이 모은 재산을 갖고 싶다는 것이었다. 부엉이는 명 유민의 정착에 쓰기 위해 모은 재물이 탐이 나서 조직을 배신한 것이다. 문수보살상과 그것을 훔친 도둑 방석만도 넘겨주겠다고 했다. 모든 것이 명쾌하게 밝혀지자 부엉이의 진의를 믿게 되었다.

"좋소, 이번에 알려주겠다는 기밀이 뭐요?"

"연잉군의 별장에 정성공의 부하들이 오래전에 들어와 숨어 있었소."

"사실이오?"

강순보의 눈이 커졌다. 정성공의 부하들이 분명하다면 김포로 그들이 들어올 수도 있다.

"정성공의 부하들은 모두 일곱 명으로 수뇌급이라고 하오. 이들을 처치하면 당신의 공을 인정받을 것이오. 나도 실수를 만회하는 것이고."

부엉이는 실패를 거듭하는 첩자 두목이 모처럼 체면을 세울 수 있도록 해주고 떠났다.

연잉군의 별장에는 지하감옥이 있다. 빛이라고는 송곳만큼도 들어오지 않지만, 곳곳에 등잔불이 환하게 켜져 있어 사람의 얼굴은 구별할 수 있을 정도다. 커다란 감옥이 두 곳이었는데 한쪽은 유도에 들어왔다가 포졸과 명 유민에게 사로잡힌 해적들이었고 다른 한쪽을 가짜 삼두매와 함께 움직였던 부하들이었다. 두목으로 내세워 이용했던 가짜 삼두매만 빼고 활빈당원에 의해 모두 붙잡혀 왔다.

"저, 저놈들 봐라. 돼지 새끼처럼 우걱우걱 처먹네."

도둑들이 해적들을 보고 비아냥거리자 해적들이 먹던 것을 멈추고 노려보았다. 조선말은 모르지만, 자기들에게 욕하는 것은 알기 때문이다.

"꺼우짜이즈(개새끼)!"

이렇게 대꾸하고는 돼지고기가 든 볶음밥을 맛있게 먹는 것이었다. 이들이 감옥으로 끌려올 때 참수될 줄 알았는데 뜻밖에도 좋은 음식과 침구를 제공해 주는 것이었다. 비록 햇빛은 보지 못하지만 매일 좋은 음식을 먹으며 편하게 있으니 살이 찌고 해풍에 그슬려 시커먼 얼굴이 뽀얗게 변했다.

"이놈들이 왜 이래? 무슨 수작이야?"

처음에는 변발을 자르고 청나라 옷 대신 명나라 옷을 입히는 것이 몹시 불안했다. 몇 번을 물어도 간수는 대답해 주지 않았다. 머리카락이 어느 정도 자라자 명나라 사람처럼 쪽을 지게 했다. 그리고는 엄중한 감시 속에서 제사 지내는 예절을 가르쳤다. 불길한 예감에 이유를 알아야겠다고 일곱 명이 식사를 거부하자 간단한 답이 돌아왔다.

"명나라 사람으로 바꾸어 조선에 정착시키는 중이다."

이 말에 해적들은 속으로 비웃으면서도 겉으로는 고맙다고 했다. 명나라 사람이 되어 풀려나는 순간 이들은 기회를 틈타 배를 타고 바다로 도망치려는 계획까지 짰다. 이에 반해 반대편 감옥에 간힌 일곱 명의 도둑들은 활빈당원에 붙잡혀 눈을 가린 채 이곳으로 끌려왔다. 꽁꽁 묶여 수레를 타고 강에 와서 배를 타고 다시 내려서 감옥에 간힐 때까지 이들은 아무것도 보지 못했다. 그래서 이곳이 어딘지 모르고 왜 왔는지도 모른다.

"제기, 이게 뭐야? 우리는 꽁보리 주먹밥인데……"

도둑들은 보름 동안 꽁보리 주먹밥만 먹었다. 건너편 떼놈들의 정체는 알 수 없지만 매일 쌀밥에 고기 먹는 것이 부러웠다. 욕으로 생각되는 말을 기억했다가 해적들에게 소리쳤다. 타마더. 네 어미와 붙어먹을 놈으로 해석되는 더러운 욕이다.

"타마더?"

해적들이 도둑이 하는 욕을 듣고는 수저를 내려놓고 일제히 도둑을 향해 욕을 했다.

"왕빠딴!"

욕 중의 욕이라고 부를 정도로 심한 욕이다. 도둑들은 그 말이 무슨 뜻인지 모르지만, 욕이 분명했기에 자기가 알고 있는 모든 욕설을 퍼부었다. 지하감옥은 이들의 욕설로 가득 찼다. 이때 지하로 내려오는 발소리가 있었다.

"웬 소란이냐? 어서 준비해라!"

편두통의 말에 따라 간수들은 식사를 채 마치지 못한 해적들을 옥

밖으로 끌어냈다. 그리고는 계단을 따라 지상으로 올라갔다. 두어 시
간 뒤에 도둑들도 옥에서 풀려나왔다.

후레자식들은 어둠 속에서 숨을 죽이고 있었다. 염하강에서 연잉군
암살에 실패한 후에 토막집에 숨어 있었다. 한 칸 방에서 일곱 명이 거
처하기에는 비좁았지만 어쩔 수 없었다. 낮에는 서로 살을 맞대고 잠
을 자고 이슥한 밤에 마당으로 나오기를 며칠 동안 반복하다가 드디어
출동한 것이다. 왜소하지만 잔인한 두이가 후레자식들에게 말했다.

"지금까지 우리들의 실패를 만회할 기회가 온 것이다. 오늘 실수란
있을 수 없다."

이들은 몰래 반입한 화승총과 활을 들고 달빛 하나 비추지 않는
길을 일렬로 걸어갔다. 이들이 도착한 사당에는 곳곳에 등이 환하게
켜져 있었다. 조선 옷을 입은 사내들이 빗자루를 들고 마당을 쓸거나
제기(祭器)를 나르고 있었다. 아마도 연잉군의 궁노일 것이다.

"한 놈도 살려두어서는 안 된다."

두이의 말에 후레자식들은 눈빛을 교환했다. 자칭 명사수요 살인청
부업자들 아닌가. 또 시간이 흐르자 명나라 옷을 입은 풍채 좋은 이
들이 하나둘 얼굴을 드러내며 사당 안으로 들어갔다. 두이가 손짓을
하자 후레자식이 활을 겨누어 쐈다. 사당 밖에 서 있던 사내 셋이 목
에 화살을 맞고 쓰러졌다. 이것을 신호로 후레자식들이 사당을 향해
짓쳐갔다.

편두통이 몇 번이고 연습시킨 대로 제사에 열중하던 해적들은 난

데없이 나타난 후레자식들의 칼에 목숨을 잃었다. 몇 명이 제기를 던지며 항거했지만 모두 죽임을 당했다.

탕탕탕

요란한 총성이 울리자 도주하던 해적과 도둑들도 모두 비명을 지르며 자빠졌다.

"됐다. 모두 죽였으니 어서 가자!"

두이는 만족한 웃음을 지었다. 김포에 있는 명의 마지막 황제 숭정제를 모신 사당에서 제사를 지내던 반청복명의 정성공 부하들이 정체 모를 자들에 의해 몰살당한 것이다. 후레자식들은 해변으로 가서 준비한 배에 올라탔다. 이들의 배는 조강을 거쳐 한강으로 가서 도성으로 들어가고 모란주점의 강순보는 모처럼의 전과에 보고서를 써 청국에 보낼 것이다.

후레자식들이 사라진 뒤에 연잉군과 편두통이 명나라 복색을 입고 온통 피를 흘린 채 죽어 자빠진 해적과 궁노 옷을 입은 도둑들을 보았다. 이날을 위해 연잉군이 이들을 옥에 가두고 사육했던 것이다.

"이것으로 강순보에게 정보를 넘겨주는 관우회 간부의 윤곽이 드러났소."

연잉군이 편두통에게 세 명의 이름을 말하고 그 중 한 명이 배신자라고 단정했다.

"나으리, 이 사람들은 오랫동안 따거에게 충성을 다하고 있습니다."

편두통은 믿지 못하는 눈치였다. 이들 세 명이야말로 핵심 중의 핵심 아니던가.

"그들의 속셈이 어디 있던 정성공의 부하들이 내 별장에 있다는 소문을 들은 자는 이 세 사람뿐이오. 그리고 편선생 당신이 포함되는군."

그 말에 편두통의 얼굴이 새파랗게 질렸다. 자신도 배반자로 의심받아 목록에 올랐었기 때문이다. 연잉군이 히죽 웃는다.

"편선생이 배신자라면 이들이 왜 죽었겠소? 스승님께 전하시오. 세 사람을 의심하고 있으니 그들하고는 중요사항은 의논하지 말라고."

편두통은 고개를 끄덕이고 부하들을 시켜 죽어 자빠진 자들의 시체를 치우게 했다. 연잉군의 계략으로 모란 주점과 내통하는 관우회 간부의 윤곽이 점차 모습을 드러냈다.

최홍일은 우포청에 소속된 밀대를 만나 수상한 정보를 얻었다. 요즘 다시 활발하게 움직이는 삼두매의 행적이 수상하다는 것이었다. 예전에는 집권파인 노론의 가문이나 그들과 유착된 시전상인들을 털었는데 요즘은 새로 일어나는 마포와 칠패의 상인들을 털고 있다고 한다. 그 뒤에서 감싸는 소론의 가문도 여럿 털렸다.

"가짜야, 가짜."

연잉군의 동선을 감시하는 김일경은 이렇게 단정했지만, 좌포청의 보고를 들으면 재작년 북촌의 노론 세도가들을 겁에 질리게 한 그 삼두매가 분명했다.

"이보게, 청국의 첩자를 돕는 것은 이쯤 해두고 삼두매를 추적하게."

소론들이 피해를 보자 김일경은 최홍일을 도성으로 불러들여 가짜 삼두매를 추적하게 했다. 그들은 연잉군이 가짜 삼두매를 내세워 속이고 있다고 단정했다. 그래서 그가 좌포청 포교인 장일두의 도움으로 피해자들을 일일이 찾아가서 확인해 보면 남겨두고 간 삼두매 부적이나 체구, 말씨, 행동 등에서 가짜라는 징후는 발견하지 못했다.

"그럴 리 없어."

홍일은 삼두매가 연잉군이 분명하지만, 청국의 첩자들을 붙잡으러 다니는데 전력을 다하는 그가 삼두매 도둑활동을 할 수 없다는 것에서 부닥쳤다. 분명 연잉군을 흉내낸 도둑이라고 생각하는데 우포청의 밀대에게서 쓸만한 정보를 얻은 것이다.

첫째는 활빈당이 가짜 삼두매 일당을 소탕했다는 암흑가의 소문과 둘째는 박문수의 행적이다. 그가 그렇게 비참하게 타살되었는데도 여동생이나 그와 사귀고 있는 청풍 김씨 따님에게서 비통함을 찾아볼 수 없었다는 것이다.

"뭔가 있어, 뭔가."

최홍일은 이렇게 중얼거리며 박문수가 죽었다는 양주를 다시 찾아갔다. 그가 박문수가 누군가와 다투는 것을 목격했다는 어부를 찾아갔다. 흔히 볼 수 있는 용모의 남자였다.

"아, 네. 종사관이셨군요."

홍일이 자신의 신분을 밝히자 입을 열지 않던 어부는 금세 수그러지며 싸우던 장소로 그를 데리고 갔다. 그곳은 다 쓰러져가는 초가집이었다. 홍일이 안에 들어가서 흔적을 찾았지만, 아무것도 찾아낼 수 없었다.

"종사관, 무얼 찾으셨는가?"

그가 밖으로 나오자 어부의 말투가 바뀌고 표정도 바뀌었다. 그의 뒤에는 칼과 화승총을 든 사내 셋이 서 있었다.

"배신자! 뻔뻔스럽게 이곳에 나타나다니."

홍일은 그들이 활빈당원임을 눈치챘다. 역시 가짜 삼두매는 이들에 의해 진짜처럼 꾸며진 것이다. 목숨이 경각에 달렸지만, 그는 태연함을 가장하며 도망갈 틈을 노렸다.

"당수님은 안녕하신가? 연잉군이 새 당수가 되었다는 말을 들었네만……"

홍일의 말에 어부가 피식 웃었다.

"이제 나이를 먹으니 귀까지 이상해졌군. 연잉군은 활빈당이 아니네."

"그렇겠지. 가짜 삼두매를 내세운 삼두매 도둑이니까."

그가 소매 춤에서 연막탄을 슬며시 꺼내는 순간이었다.

평

화승총이 가슴을 향해 불을 뿜자 최홍일은 뒤로 벌렁 자빠졌다. 그리고는 활빈당원들에 의해 복날 개 끌려가듯 질질 끌려갔다.

8

왕보다 높은 칙사

청국의 사신들이 오고 있다는 소식에 도성은 들끓었다. 먼젓번에 온 사신이 조선이 명의 유민, 정성공 잔당들과 손잡고 청국을 칠 것이냐고 따졌다고 하더니 이번에는 임금을 문책하러 온다는 말이 돌았기 때문이다.

"아니, 청나라 황제가 왜 우리 임금님을 꾸중한다는 말이냐?"

백성은 모욕감에 분개했지만 어쩔 수 없었다. 병자호란으로 큰 피해를 본 것이 팔십 년이 지난 지금까지 그 상처가 남아 있기 때문이다. 분노 뒤에 곧 전쟁이 날것이라는 두려움이 엄습하자 피난 보따리를 준비했다. 조정도 들끓었는데 노론이 강경책을 주장했지만, 소론은 현실론을 주장했다. 벼슬이 정3품 당상관인 도승지였지만 지금은 종6품 부사과(副司果)로 곤두박질한 김일경이 상소를 올렸다.

"청국이 조선의 원수이긴 하나 강대국이니 그들의 요청에 따라 명 유민들을 돌려보내야 합니다."

대강 이런 내용이었는데 평소 같았으면 조정이 격론을 벌일 텐데 이번에는 쥐죽은 듯이 조용했다. 청국의 군대가 압록강 가까이 주둔 하고 있는데 평안도의 전염병도 없어졌다니 마음만 먹으면 언제라도 쳐들어올 수 있다. 입을 잘못 놀렸다가는 청군이 압록강을 건너 단숨 에 도성에 들어올 것이다.

청국의 사신이 도성을 향해 오고 있다고 하자 세자가 이들을 영접 하기 위해 영은문(지금의 독립문 자리)까지 나갔다. 으레 있는 일이지만 이번에는 왕실의 종친들과 더 많은 벼슬아치가 마중을 나갔다. 홍제원 까지 오고 있다는 전령의 보고에 아직 추위가 가시지 않았음에도 많 은 사람이 옹기종기 몰려있는데 연잉군이 김일경을 보고는 슬며시 옆 으로 갔다.

"부사과, 어찌 이리 나오셨소? 청국 사신들에게 명 유민들을 잡아 가라고 요청하시려 하오?"

느닷없는 말이 귀를 울리자 놀란 김일경이 고개를 돌렸는데 연잉군 임을 보고는 깜짝 놀랐다.

"뭘 그리 놀라워하오? 부사과의 상소는 조선을 위태롭게 한다는 것 을 잊지 마시오."

김일경이 냉소한다.

"그러면 나으리께서 명 유민들을 감싸는 까닭이 무엇입니까? 그건 우리 조선을 안전하게 하는 것이랍니까?"

연잉군의 대답.

"그들은 조선에서 대를 이어 산 사람들이니 이미 조선 사람들이오. 내 나라 백성을 버릴 수는 없소. 한 가지 물어보겠소이다. 소론은 왜 청국의 앞잡이가 되려는 거요?"

그 말에 김일경이 잠시 낯을 찌푸리더니 히죽 웃으며 말했다.

"나으리도 아시지 않습니까? 세자저하를 보호하려는 것임을."

"정말 그리 생각하오?"

연잉군의 목소리에 가시가 돋쳤다.

"물론이지요."

연잉군은 싱긋거리는 김일경의 낯짝에 침이라도 뱉고 싶었지만, 꾹 참았다. 일경의 속을 뒤집어놓으려 했지만, 청국의 칙사들이 다가오자 슬며시 뒤로 물러났다. 연잉군은 칙사 중에 정사(正使)인 통정사 뒤에 있는 두등시위(頭等侍衛)를 보았다.

"두등시위라면 부사를 말하는 것이 아닙니까?"

김용택의 말에 연잉군이 고개를 끄덕였다.

"그렇소. 칙사들의 별단을 보니 이름이 각라라고 되어 있지만 이 사람이 사 아거 윤진이 틀림없소. 당당한 저 모습을 보시오."

석중립의 딸 석정이 보내온 인상서를 내려다보며 말했다. 강희제의 넷째 아들인 윤진은 열넷째 아들인 윤제와 생모가 같지만 차기 황제 자리를 두고 형제간의 암투가 심하다고 했다.

"그런 사람이 왜 신분을 속이고 조선으로 왔을까요?"

노론 공자 중의 누군가 묻는다.

"그걸 알아내는 것이 우리의 임무요."

연잉군이 이리 말했지만, 그 의도를 알고 있었다. 윤진은 선바위에 묻혔던 문수보살상을 찾으러 온 것이다. 그러나 그는 보살상에 대해서는 입 밖에도 꺼내지 않는다고 했다.

"남별궁은 우포청에서 감시하고 있으니 우리는 여럿으로 나뉘어서 모란 주점의 움직임을 살피도록 합시다."

김용택을 비롯한 노론 공자들은 조를 만들어 번갈아서 공인된 청국 첩자 소굴인 모란 주점의 동태를 감시하기로 했다.

숭례문이 바로 보이는 곳에 있는 남별궁을 바라보며 좌우포도청에서 차출된 포장들이 서성거리고 있었다. 우포청에서는 강호동 부장이, 좌포청에서는 장일두 부장이 포졸들을 데리고 남별궁을 감시하는 것이다. 두 사람은 당파가 다른 포청의 소속이기도 하지만 개인적으로도 앙숙이었다. 그러나 두 사람은 속마음을 숨기고 겉으로는 다정한 척했다.

"강 부장, 비록 대립하는 당파의 윗분을 모시고 있지만, 우리끼리야 그럴 필요가 있겠소? 모두 나라를 위한 일인데. 서로 믿고 삽시다."

장일두 포교는 이렇게 운을 떼며 우포청의 정보를 캐내려 했다.

"장 부장 말이 맞소. 그렇지만 다른 건 몰라도 사대교린 문제는 예조의 담당으로, 예조판서님이 소론 아니오. 아무래도 우리보다 잘 알고 있지 않겠소? 그쪽에서 많이 도와주시기 바라오."

강 부장도 이렇게 받아치며 서로 탐색했다.

"남별궁 안에서 일하는 일꾼들을 우리 좌포청에서 부리고 있기는 하지만 돈에 매수되는 자들도 있으니 좌포청을 위해 일하는 척하면서 실제로는 우포청의 밀정인 자도 있지 않겠소?"

"그럴 리가. 그랬다가는 당장 좌포청에 끌려가 목이 졸리는 형벌을 당할 텐데. 우린 그저 청국 사신들이 변장하고 빠져나와 정탐하는가 감시하라는 명만 받았소."

이때 남별궁의 문이 열리면서 한 사내가 나타났다.

"염려 마시오. 저자는 숙수요. 꼴을 보니 시장에 가는 모양이요."

"그렇다 해도 안심할 수는 없지요. 뒤를 밟아도 되겠소?"

"맘대로 하시오."

숙수가 좌포청의 밀대임을 확신하는 장일두가 선뜻 허락했다. 좌포청의 정보로는 잡물을 사들이는 관노가 우포청의 염탐꾼이라고 했으니 그자만 아니면 굳이 간섭할 필요가 없다고 판단한 것이다.

강 부장은 포졸에게 자신의 자리를 맡기고 숙수의 뒤를 따랐다. 숙수는 칠패장으로 걸어갔다. 등에 지게를 지고 가는 모양새가 보통 사람과 다를 바 없으나 강 부장은 곧장 장으로 가지 않고 자주 멈춰서 좌우의 채소가게를 살피는 것이 수상쩍게 보였다. 그 채소는 청국인들이 먹지 않는 고추와 미나리였기 때문이다.

느릿느릿 걸어가던 숙수가 어물전 앞으로 가더니 생선값을 물어보는 선비 옆에 나란히 섰다. 강 부장이 가까이 가서 보자 그가 김일경임을 알고는 놀라 발을 멈췄다. 담장 뒤에 숨어서 가만히 엿보고 있는데 누군가 툭 어깨를 친다. 연잉군이 이천기와 함께 서 있었다.

"강 부장, 고생이 많소."

허리 굽혀 인사하려는 것을 말리며 연잉군이 싱글싱글 웃더니 턱으로 숙수를 가리킨다.

"저자는 청국 사신이 보낸 자요."

"장 포교 말로는 좌포청의 수하라는데, 아닌가요?"

"그쪽에도 정보를 제공하지요. 꼭 필요한 정보만 부사과에게 전달하겠지만."

둘이 뭐라고 속삭이더니 숙수가 품속에서 편지로 보이는 것을 슬며시 전해주었다. 김일경은 뒤돌아서서 횡하니 칠패장을 빠져나갔다. 숙수는 어물전의 상인과 흥정을 하고 있었다.

"지금 오고 간 것은 무엇일까요?"

"아마도 청국 사신의 전언이 아닐까 생각되오."

"그럴 리가……"

강 부장은 자신의 귀를 의심했다. 이것은 국법으로 있을 수 없는 일이다.

"모른 체하시오. 윗분들이 하는 일에 끼어들면 크게 다칩니다."

"아, 그렇지만……"

생선을 산 숙수가 셈을 치르고 지게를 지고 걸어갔다.

"강 부장, 어서 뒤따라가시오. 장 포교가 의심할지도 모르니."

"나으리께서는?"

"나는 북어 한 쾌만 사 가지고 가려 하오. 오한이 나니 북엇국이 먹고 싶구려."

연잉군은 이렇게 얼버무리고는 숙수가 다녀간 어물전으로 갔다. 강 부장은 황급히 숙수의 뒤를 따라갔다. 연잉군은 어물전의 주인에게서 북어 한 쾌를 사 들고 창의궁으로 돌아갔다.

창의궁에 노론 공자들이 모였다. 연잉군은 이중첩자인 숙수가 북어 대가리에 넣어 몰래 넘긴 종이쪽지를 펴 보였다.

"내가 포섭한 첩자의 비밀쪽지요. 읽어보시오."

공자들이 쪽지를 돌려가며 읽었다. 이번 칙사의 목적이 바다를 표류하고 있는 정성공의 후예들이 조선으로 들어와 명 유민과 반청세력을 만드는 것을 추궁하려는 것이라는 것을 알았다. 김용택이 묻는다.

"나으리, 이 사람들 생각대로 정성공의 후예들이 조선으로 들어옵니까?"

연잉군이 명 유민의 지도자인 석중립과 사제지간임을 알게 된 용택은 직설적으로 물었다.

"아니요. 석장군에게서 그런 말은 듣지 못했소. 그건 마나베 아키후사가 청국과 조선을 이간하기 위해 퍼뜨린 왜곡된 정보요."

연잉군은 도쿠가와 요시무네에게서 들은 말을 전했다. 석중립의 말에 의하면 청의 수군에게 쫓기고 있는 정성공의 후예들은 멀리 남쪽 나라의 섬으로 가서 정착할 것이라고 했다.

"그렇다면 안심이군요. 이제 명 유민들 문제만 해결하면 될 터인데……"

용택이 말꼬리를 흐렸다. 명 유민을 옹호하는 연잉군이 절대 포기할 사람이 아니기 때문이다. 이천기가 옆에서 말을 거든다.

"명나라 유민 중에 칙사들을 죽여 조선으로 하여금 결전을 벌이게 하자는 주장이 있다고 합니다."

다른 공자가 말한다.

"아까 성균관을 지나오다 보니 유생들이 예조에 가서 시위할 것이라고도 하더군요."

연잉군은 어두운 표정으로 이들의 말을 듣기만 했다. 유민 강경파의 주장과 유생들의 시위는 조선의 문제를 해결하는 것이 아니라 전쟁으로 몰아가는 것이기 때문이다. 실력 없이 오기만 가지고 국방이 되는 것이 아닌데 명분을 내세워 그러는 것이다.

성균관의 유생들은 식당에 한 사람도 보이지 않았다. 식사를 거부하는 것은 동맹휴학을 알리는 신호로 그 시각에 유생들은 광화문 앞 예조 앞에 몰려들기 시작했다. 십 대 소년에서부터 머리가 허연 중년에 이르기까지 삼백여 명의 유생들이 유건을 쓰고 있었다. 성균관의 유두(儒頭)가 앞에 나서서 미리 준비한 글을 읽어 내려갔다. 얼굴이 벌게져서 격앙된 목소리로 명 유민을 지키겠다는 결의와 함께 주권을 위협하는 청의 칙사와 이에 동조하는 소론 당파에 대해 맹비난을 퍼부었다. 남별궁으로 가는 길이 갑사들에 의해 철저히 막히자 방향을 틀었다.

"대궐로 가자!"

어두워지자 유생들은 솜방망이에 불을 붙이고 줄을 지어 창덕궁으로 향했다. 예조 앞에서 성균관 유생들이 시위를 벌일 때부터 행인들이 몰려들더니 대궐로 향하는 유생들의 뒤를 따랐다. 궁을 지키는 갑사들이 이들이 접근하는 것을 막자 유생들은 미리 준비한 돗자리를 펴고 상자에서 의식용 도끼를 꺼내 앞에 놓았다.

유두가 대궐을 정면으로 바라보고 상소문을 읽어 내려갔다. 마치 임금이 바로 앞에서 듣는 듯했다. 주위에 모인 백성은 모두 귀를 기울였다. 상소문이 끝나자 유생들은 무기한 단식에 들어갔다. 유생들의 시위를 보고 들은 백성들에 의해 소문은 삽시간에 퍼졌다. 성균관 유생들의 단식농성이 사흘째 되자 추위와 굶주림으로 쓰러지는 유생들이 속출했다.

도성 안이 이렇게 시끄러운데 연잉군은 태평하게 보였다. 김용택이 창의궁을 찾았을 때 그는 매를 조련하고 있었다. 호위하고 있는 이천기에게 슬며시 다가가 속삭였다.

"이보게, 이런 어지러운 형편에 나으리는 매사냥 나가려 하나?"

못마땅한 어투로 묻자 천기가 나직하게 대답한다.

"아니요, 두등시위 각라를 만나기 위해 남별궁에 가실 것이오."

"넷째 황자 말인가? 나으리께서 왜 그 사람을 찾아가나?"

놀란 용택에게 천기가 히죽 웃고 나서 대답했다.

"해동청 보라매를 청황실에서 구한다는 핑계로 매에 대해 잘 아는 이를 찾는데 나으리께서 자원을 하셨소."

무언가 냄새가 난다. 용택은 코를 쫑긋하고는 천기를 바라보았다.

"냄새가 난다 이거요? 나도 그리 생각하오."

두 사람은 매를 매개체로 해서 명 유민의 보호자로 알고 있는 연잉군과 문수보살상을 찾기 위해 신분을 감추고 들어온 사 아거 윤진이 해결책을 의논하려는 것으로 파악했다.

달랑달랑

궁노가 꼬리에 작은 방울 두 개를 달았다. 매가 꿩을 낚아채서 숲 속으로 떨어지면 그 위치를 잘 알 수가 없기에 꽁지에 달린 방울이 울리는 소리를 찾아가는 것이다.

달랑달랑

가운데 깃 뿌리 부분에 방울을 매달고, 꼬리 부분에 매 주인의 이름을 쓴 꼬리표를 단다. 이 꼬리표는 쇠뿔을 얇게 깎아서 만든 것이어서 각(角)이라고 하기도 하고 시치미라고도 한다. 시치미 뗀다 하는 말은 남의 매에서 시치미를 떼고 자기 것인 양 말하는 것에서 유래되었다. 모든 작업이 끝나자 연잉군이 만족스러워하며 멀리서 지켜보는 두 사람을 손짓해 불렀다.

"김 교리, 마침 잘 왔소. 우리 셋이 남별궁으로 갑시다. 옷을 바꿔 입으시오."

연잉군의 말에 용택은 어리둥절했다. 그러자 연잉군은 이천기는 호위무사로, 김용택은 매를 다루는 궁노로 변장하자고 말했다.

"궁노로 취급받는다고 기분 나빠하지 마시오. 김 교리가 나와 자연스럽게 함께 있으려면 이 방법밖에 없다오."

그 말에 오만한 김용택도 따르지 않을 수 없었다. 매를 다루는 궁노로 변장하고 함께 창의궁을 나와 남별궁으로 향했다. 남대문과 가까이 있는 궁 주위에는 갑사들이 철통같이 지키고 있었다. 유생들이 몰려와 시위하는 것을 막으려는 것이다. 호위무사인 이천기가 왕자의 신분을 밝혔지만, 정문 앞까지 오기까지 시간이 꽤 걸렸다.

"궁노 따위가 감히…… 너는 여기 머물러 있거라!"

궁노라고 신분을 밝힌 김용택은 갑사의 호통에 얼굴이 벌게졌다. 연잉군이 매를 잘 다루니 안으로 들여보내 달라고 부탁하자 겨우 안으로 들어갈 수 있었다. 객실에 안내되고 얼마 되지 않아 두등시위 각라가 통역과 함께 모습을 드러냈다. 서른아홉의 나이치고는 훨씬 나이 들어 보이는 얼굴이었다. 소문처럼 냉혹하고 차가운 모사꾼이기보다는 독서에 몰두하는 조용한 학자처럼 보였다. 그의 어투는 정중했다.

"왕자님, 이리 오시라 해서 미안합니다. 양해해 주십시오."

그가 만주어로 말하면 통역은 조선어로 옮겨 말했다. 통역의 조선 말이 서투른 것으로 보아 정식 통역이 아닌 듯했다. 처음에는 황실에 보낼 보라매에 관해 이야기하다가 차츰 현안 문제로 바뀌었다.

"연잉군은 우리 청국이 백 년이 되면 망할 것으로 보오?"

윤진은 처음에 보여주었던 정중함 대신 하대를 하기 시작했다. 연잉군은 빙긋이 웃고나서 대답했다. 병자호란의 치욕을 당한 후에 조선의 지식인들은 호운불백년(胡運不百年)을 입에 올렸다. 즉 중원을 점령했던 오랑캐들이 백 년을 넘기지 못한 역사적 사실로 위안 삼았다. 명을 무너뜨리고 칠십 년이 지났으니 삼십 년이면 청국이 망할 것이라고 굳게 믿고 있었다.

"글쎄요, 그건 청국의 기량이겠지요."

연잉군은 부글부글 끓는 속을 억지로 달래며 내뱉듯이 말했다. 청국이 망하기는커녕 강희제는 주변을 공략해 한족이 만든 나라보다 몇 배 크게 영토를 넓혔다.

"조선은 일본과 칠 년을 싸워 물리쳤는데 우리 청국과는 겨우 석 달도 못되어 굴복한 이유가 어디 있다 생각하오?"

윤진의 물음에 연잉군은 언뜻 대답이 나오지 않았다. 청군의 막강한 숫자였던가 아니면 너무나 빠른 진공이었던가.

"그건 우리가 첩자를 보내 조선의 속셈을 꿰뚫고 있었던 것과 조선 백성의 마음이 왕실이나 사대부와 달랐기 때문이오. 보시오, 왜군이 몰려왔을 때 불같이 일어났던 의병이 왜 안 일어났던 거요?"

그제야 연잉군은 말뜻을 알아들었다. 청군이 기습적으로 한양으로 달려오고 강화도로 가는 길목을 차단한 것도 있지만, 의병을 일으키려는 마음도 막고 있었다. 즉 임진왜란 때 의병장으로 활약했던 김덕령이나 곽재우 같은 이를 죄주어 죽이거나 내쳤기 때문이다. 나라를 지킨 공이 반역으로 의심되어 처벌을 받게 되니 누가 나라 지키는 것에 앞장서겠는가.

"예부터 우리 만주족은 일만의 군사만 모이면 천하무적이라고 했소. 안에서 다툼이 있더라도 일단 위계가 정해지면 그대로 따르고 똘똘 뭉치는 것이 우리의 힘이요. 그렇지만 조선은 그런 대의가 있소? 허구헌날 편을 갈라 당파싸움한다고 들었소. 우리가 찰흙이라면 조선은 모래와 같소."

윤진의 말은 어느덧 만주어에서 중국어로 바뀌고 있었다.

"조선은 개국조 이성계가 나라를 세운 후로 명나라에 사대하면서 스스로 허리를 굽혀왔소. 천하를 휩쓴 몽골과 사십 년 싸운 기백은 다 어디 갔단 말이오?"

윤진의 눈이 무섭게 빛나고 있었다.

"당신들은 숨기고 있지만, 태조의 피에는 우리 여진족의 피가 흐르고 있소. 함경도에서 세력을 키운 것은 다 우리 여진의 도움이 있었던 것이고. 그뿐이 아니지. 거슬러 올라가면 조선과 청은 뿌리가 같소. 핏줄이 같고 함께 살았다는 말이오."

연잉군의 얼굴이 벌게졌다. 조선의 역사와 사정에 정통한 그의 앞에서 대꾸할 말을 잃었다.

간신히 어지러운 마음을 가라앉히고 반박을 했다.

"사 아거님, 우리가 그렇다고 해도 이웃 나라를 침략하는 것이 옳은 것은 아니잖습니까?"

"그렇지 않소. 내가 앞집과 생사를 걸고 싸우고 있는데 앞집의 은혜를 입은 친척이 내 뒤통수를 치지 않는다고 누가 단정할 수 있겠소?"

윤진의 말에 연잉군은 할 말이 없다. 청국과 양다리 외교를 하던 광해군을 쫓아낸 반정공신들은 우리나라가 망해도 명을 구원해야 한다고 허세를 부리지 않았던가. 아무 대비도 없이 멋대로 대처했다가 크게 다친 것이 병자호란이다.

"조선은 어리석음을 되풀이하고 있소. 당신 할아버지 태종은 중화의 주인은 고정된 것이 아니라 지배자가 곧 주인이라고 했소. 그런데 어찌 당신들은 옛 조상만도 못하오? 우리 청국을 지난날 수렵이나 하던 미개민족으로 얕보았던 것이요? 가난한 이웃이 부유해지니 아니꼬운 거요? 어째서 망해서 사라진 명나라에 의지하려는 게요?"

윤진이 싱글거리며 청을 야만시하고 명에게 사대한 것을 조목조목 들추자 연잉군은 물론이고 김용택과 이천기도 얼굴이 벌게졌다.

"어떻소? 지금 조선은 현명한 광해군을 따를 것인가 어리석은 인조를 따를 것인가 기로에 서 있으니."

하하하

연잉군이 크게 웃었다. 그러자 윤진이 당황하더니 이내 얼굴빛이 화난 표정으로 바뀌었다. 한참 웃고 난 연잉군이 비웃는 표정을 지으며 말했다. 완벽한 중국어였다.

"사 아거님! 우리의 좁은 소견을 탓하시기 전에 사 아거님의 생명이 위태롭다는 것을 모르십니까?"

윤진에게 통역하던 중년 사내가 큰소리로 외쳤다.

"어디서 감히! 지금 조선 땅에 있다고 아거님을 협박하는 건가? 칙사로 왔지만, 조선의 임금보다 더 높은 분인 것을 모르오?"

그 말에 발끈한 이천기가 앞으로 나서며 눈을 부라렸다. 분위기가 험악해서 당장에라도 칼부림이 날 것 같았다. 윤진이 손을 들어 통역을 말렸다.

"그만두시오. 김사부. 말이나 들어봅시다."

흥분이 가라앉자 연잉군이 품 안에서 한 장의 문서를 꺼내 건네주었다. 이것을 받아든 윤진은 조금 전에 보여주었던 당당함이 사라지고 당황해 했다.

"이 편지를 어디서 얻었소?"

윤진의 목소리는 놀라움과 분노로 떨리고 있었다.

"어디서 얻은 것이냔 말이요?"

재차 물었지만, 연잉군은 모란 주점에 들어가 훔친 것이라는 말을 하지 않았다.

"사 아거님! 그 당시 우리 조선이 그랬을 것입니다. 왜란으로 초토화된 나라에서 또다시 여진족의 위협을 마주 대하니 얼마나 두려웠겠습니까? 우리가 여진부락을 침범했던가요? 여진족 사람들을 괴롭혔던가요? 우리 민족은 지금껏 한 번도 이웃 나라를 침략한 적이 없소이다."

"정말로 그리 생각하오? 니탕개를 정벌한 역사를 모르오?"

"사 아거님! 조선이 그를 친 것은 국경을 넘어와 성을 점령하고 백성을 괴롭혔기 때문입니다. 청국의 기록은 침략자가 피해자로 바뀌어 있습니까?"

조선 왕자의 반박에 청국의 사 아거는 말문이 막혔다. 연잉군이 목소리를 낮추어 말했다.

"사 아거님! 우선 자리를 피하셔야 합니다."

윤진은 자신을 독살하려는 음모를 모르고 남별궁에 머물렀던 것에 소름이 오싹 끼쳤다. 지금 피하지 않으면 사흘 안으로 차디찬 시체가 될 것이다. 목소리에 힘이 빠졌다.

"내가 지금 어디로 갈 수 있다는 말이오?"

"우리 집으로 피신하시지요. 그리고는 해동청 보라매를 구하기 위해 김포로 간다고 하십시오. 그동안에 우리가 자객들을 처리하겠습니다."

윤진은 통역의 팔을 끌고 안으로 들어가서 의논을 했다. 만주어이기에 연잉군과 두 사람은 알아들을 수 없었지만 때때로 고성이 들리는 것이 보통 통역이 아님을 알 수 있었다.

"저 사람은 사 아거에게 시를 가르치는 선생이라오. 이름이 김상명인데 할아버지가 호란 때 끌려갔지요."

석정을 통해 입수한 정보를 두 사람에게 귀띔해 주었다. 한참 만에 두 사람이 다시 모습을 드러냈다. 통역은 밖으로 나가고 윤진이 연잉군에게 말했다.

"좋소. 내일 우리 일행이 삼전도로 가니 그때 보도록 합시다."

연잉군이 앞으로 한발 나서며 만류했다.

"안 됩니다. 여기서 독살을 기도할지 모릅니다."

모란 주점에서 훔친 편지에는 남별궁이나 접대장소에서 독살을 기도하고 여의치 않으면 후레자식들을 동원하라고 씌어 있었다. 다시 들어온 통역 김상명이 말했다.

"걱정마시오. 앞으로 사 아거님의 식사는 내가 검식 하겠소."

"보이지 않는 곳에서는 그리할 수 있을지 몰라도 공식적인 자리에서는 어려울 것입니다."

연잉군의 만류에도 김상명은 공식자리에서도 자신이 검식하겠다고 우기고 윤진도 그의 말을 따랐다. 방에 모인 다섯 명은 내일 있을 행사에서 어떻게 윤진을 보호할 것인가를 의논했다.

뿌우~

나발 소리가 요란했다. 신호가 떨어지자 칙사 일행은 송파 삼전도를 향해 길을 나섰다. 청국에서 데려온 화공을 따르게 하며 풍경을 그려나갔다. 스무 명에 불과하지만 호기만발하게 길을 나선 이들의 목적은 삼전도의 굴욕을 상기시켜 호란의 위협과 명 유민을 내치기 위한 것이었다. 길가에 구경 나온 행인은 없었다. 이번에 온 칙사들이 조정을 추궁하기 위해서 온 것이라는 소문에 분개한데다 자칫하면 청나라가 쳐들어온다는 두려움 때문이었다. 모두 집안에 틀어박혀 문틈으로 이들을 지켜볼 뿐이었다.

길가의 허름한 주막 방에서 밖을 내다보던 강순보가 욕을 내뱉었다. 두등시위로 위장한 윤진의 음식에 독을 넣으려던 계획이 무산되었기 때문이다. 요란한 칙사 일행이 지나가자 측근인 두일이 순보 앞에 모습을 드러냈다.

"두목님! 준비를 끝냈습니다."

그렇지만 첩자 두목은 앞만 바라보고 있었다. 눈치를 살피던 두일이 조심스럽게 말한다.

"이번은 틀림없습니다. 사 아거가 술을 꼭 마셔야 하는 행사거든요."

두일은 비록 남별궁에서의 독살기도는 실패했지만, 이번에는 성공할 것이라고 몇 번이고 강조했다. 계획을 들은 순보가 의심쩍은 목소리로 묻는다.

"이상하군. 주전자의 술을 모두 마시는데 어떻게 사 아거의 술잔에만 독을 탈 수 있다는 거냐?"

"방법이 있습니다."

두일이 귓속말로 말하자 순보가 고개를 끄덕였다. 그래도 두목으로서는 실패를 염두에 두어야 한다.

"지금 우리는 죽고 사는 도박을 하는 거다. 사 아거를 없애지 못하면 우린 모두 죽어야 한다."

"네, 알고 있습니다. 두목님!"

두 사람은 더 말하지 않아도 알고 있다. 윤진은 조선 땅에서 반드시 죽어야 한다. 대청제국의 황제 자리를 두고 경쟁 중인 동생 윤제는 조선이 청의 황자를 죽였다는 명분과 형의 복수를 하겠다는 개인적 이유로 조선을 침공할 수 있으니 일석이조란 이럴 때 쓰는 말이리라.

뿌우~

나발 소리가 들리자 길게 늘어진 행렬은 멈추었다. 그들이 선 곳은 삼전도비(三田渡碑) 앞이었다. 조선의 임금 인조가 한겨울에 포위된 남한산성에서 나와 청태종에게 세 번 절하고 아홉 번 머리를 조아리는 치욕을 당한 것을 기념한 비석이다. 높이 395cm, 너비 140cm로 세워진 청태종공덕비(清太宗功德碑)에는 앞의 왼쪽은 몽골 문자 오른쪽은 만주 문자로 그 내용이 적혀 있다. 뒤쪽은 한문으로 새겨져 있다.

이들의 행렬을 멀리서 조선의 백성들이 지켜보고 있었다. 청국에서 데려온 화공들은 부지런히 손을 놀리고 있었다. 그림이 완성되면 강희제에게 바칠 것이다. 치욕스러운 역사를 이들 칙사가 되새기고 있었다. 임진왜란 칠 년 전쟁에도 없었던 임금의 항복은 백성에게는 크나큰 아픔이었다. 남자들은 끌려가 노예가 되고 여자들은 정조를 유린당하고 첩이나 시녀가 되었다. 끌려간 이들을 되찾기 위해서는 돈을 내야 했고 여자들은 환향녀 혹은 화냥년이라는 이름으로 멸시당했다. 또 이들이 잉태한 오랑캐의 씨들은 후레자식이 되어야 했다.

삼전도비가 세워지던 해 태어난 아이는 팔십 노인이 되어 백발이 되었지만, 그때의 굴욕과 아픔, 두려움은 생생한 현실이었다. 조선이 북벌을 한때 주장했지만 끝내 공허한 메아리가 될 정도로 청국은 크고 넓어졌다.

정3품 당상관 훈련원 도정 이봉상이 칙사 일행을 영접했다. 그는 백성이 몰래 비석에다 분뇨를 뿌리는 일이 빈번해지자 칙사들이 입경하기 전에 군졸로 하여금 지키게 했다. 칙사 일행이 도착할 즈음 미리 온 청국 군졸들이 경호와 음식준비를 마치고 있었다.

칙사의 우두머리는 정사(正使)임에도 부사인 두등시위 각라에게 먼저 자리를 양보했다. 눈치 없는 자라도 부사가 정사보다 높은 직위에 있다는 것을 금세 눈치챌 정도였다. 그러나 윤진은 사양하며 정사를 앞세웠다. 스무 명이 넘는 칙사 일행은 삼전도비 앞에서 태종을 추모했다. 화공들은 이 모습을 그림에 담았고 추모가 끝나자 일행은 조선 조정에서 미리 마련한 장막으로 들어갔다. 음식과 술이 마련되어 있었다. 모두 청나라의 요리와 술이었다.

이들이 자리에 앉았을 때 김상명이 들어와 정사 앞에 부복하고 아뢴다.

"흠차 대신. 조선의 왕자가 정사를 뵙기 원합니다. 안으로 들라 할까요?"

정사가 낯을 찌푸리더니 묻는다.

"조선의 왕자가 왜 나를 보자는 건가?"

하면서 부사를 흘끔 바라보았다. 부사가 고개를 끄덕이자 이내 얼굴빛을 바꾸고는 안으로 들어오게 했다. 연잉군은 팔뚝에 매를 얹은 매잡이로 변장한 김용택과 호위무사 이천기와 함께 안으로 들어왔다. 예로 인사를 하고 입을 열었다. 통역은 김상명이 했다.

"조선의 왕자 연잉군이 황실에 바칠 매를 잡으러 김포로 가던 중에 상국의 칙사께서 납시었다는 말에 인사를 드리러 왔습니다."

정중하다 못해 아첨에 가까운 어조로 시작한 말은 청국을 우러러 보는 내용으로 가득 채워졌다. 이것을 듣는 이봉상은 미리 귀띔은 있었지만, 연잉군의 비루한 행동에 못마땅한 표정을 지었다. 그러나 정사는 기분이 매우 좋아져서 자기 옆자리에 앉으라고 했다.

"연잉군, 내 술잔 받으시오."

정사와 부사 사이에 낀 연잉군은 정사의 술잔을 받고는 단숨에 비우고 잔을 채워 돌려주었다. 그러나 정사는 잔을 들지 않고 부사인 각라를 흘끗 보더니 그에게 술을 권하라고 했다.

연잉군이 술주전자를 들고 어이없다는 듯이 말한다.

"허어, 청국에서는 아랫사람이 윗사람보다 먼저 술잔을 받는 예가 있습니까?"

정사가 당황해서 어쩔 줄 모른다. 여기서 윤진의 정체를 밝힐 수는 없었기 때문이다.

"그게, 그게 아니라……"

"청국의 예가 그렇다면 강대국 청국이 약소국 조선을 압박하는 이유를 모르겠소이다. 청국이 조선을 떠받들어야 하는 것이 아니요?"

연잉군이 이렇게 말하자 통역인 김상명은 말을 전하지 못하고 쩔쩔맸다. 다만 이봉상만 빙긋 웃었을 뿐이다. 하하하. 연잉군이 통쾌하게 웃고 나서 말한다.

"김사부. 내가 한 말은 그대로 전하지 말고 청국의 예가 아랫사람을 이리 챙기니 상국으로 작은 나라인 조선을 잘 배려해 달라고 말씀하시오."

그제야 김상명은 가볍게 한숨을 내쉬고는 연잉군이 말하는 대로 통역을 했다. 술잔이 몇 번 오가며 분위기가 무르익자 대기하고 있던 기생들을 불러 춤을 추게 했다. 청국에서 데려온 시녀들이 이리저리 옮기며 술을 따랐는데 여흥이 한참 무르익자 하인이 봉인된 항아리의 술을 가져와 주둥이가 석 자쯤 되어 보이는 주전자에 옮겨 담았다.

"왕자, 조선의 임금이 내린 하사주요. 이것으로 마지막 술잔을 채우려 하오."

정사는 조선의 왕자가 직접 찾아와 아첨을 떠는 것이 기분 좋은 모양이었다. 연신 싱글벙글 웃으며 술잔을 들이켰다. 청국에서 온 시녀가 주전자를 들어 빈 술잔에 한 잔씩 따랐다. 정사가 황제를 위해 술잔을 들면 모두 강희제의 만수무강을 기원하며 술을 마시기로 되어 있었다.

정사를 비롯한 좌중이 술잔을 들며 황제에게 축원하려는 순간 김용택의 팔뚝에 앉아있던 매가 쏜살같이 날아와 연잉군의 술잔을 후려쳤다.

"이런, 이런."

엎어진 술잔을 치우려다 쿵쿵 냄새를 맡고는 옆에 앉은 부사의 손을 쳐서 술잔을 떨어뜨렸다. 그것을 본 시녀의 얼굴이 새파래졌다.

"이게 무슨 짓이요?"

부사가 불끈 화를 내자 연잉군이 소리쳤다.

"술잔에 독이 들었습니다."

시녀가 휙 돌아 도망치려 하자 이천기가 재빨리 그녀의 팔뚝을 붙

잡았다. 그 순간 시녀는 입에서 시뻘건 피를 토하며 쓰러졌다. 어느 틈에 독약을 입에 넣은 것이다. 삽시간에 좌중은 아수라장이 되었다. 정사의 얼굴이 허옇게 변했다.

"정사, 저기 쓰러진 계집이 내 잔과 부사의 술잔에 독을 넣었소."

일행 중의 한 명인 의원이 술잔에 독이 들어있음을 확인했다. 그러자 부사 즉 윤진이 정사를 향해 꾸짖었다.

"이게 무슨 해괴한 짓이란 말인가? 감히 대청제국 아거인 내 목숨을 노리다니……저 계집은 정사가 추천한 아이가 아니오?"

그 말에 정사가 윤진 앞에 무릎을 꿇고 애원했다.

"아거! 저는 정말 모르는 일입니다. 맹세합니다."

연잉군이 옆에서 소리친다.

"이건 칙사를 조선에서 암살하려 했다는 누명을 씌우려는 불온한 자들의 짓이오."

김상명이 통역하자 정사는 거의 넋이 나간 표정이 되었다. 자신의 정체를 주위에 드러낸 윤진은 김포로 매를 구하러 가겠다고 선언하고는 말에 올라탔다. 김용택과 이천기도 연잉군을 호위하며 길을 나섰다. 윤진은 분노를 억누르며 팔뚝에 얹은 매를 어루만지며 말했다.

"이런 흉악한 일이. 연잉군! 나를 죽이라고 시킨 놈이 누군지 아오? 바로 같은 뱃속에서 나온 열넷째 동생이오. 세상에 이런 나쁜 놈이 있소?"

모란 주점의 비밀 금고에 숨겨있던 윤제의 비밀지령문을 보고 반신반의했던 윤진은 그제야 연잉군의 말을 믿게 된 것이다. 이제 그의 말대로 목숨이 바람 앞의 촛불처럼 위태로운 지경이니 연잉군을 따라 김포로 피신하는 방법밖에 없다.

"그 계집이 그때 독을 탄 것은 어찌 알았소?"

윤진은 여러 번 술을 따른 시녀가 그때 독을 탄 것을 어떻게 알았을까 궁금했다. 연잉군은 청국 정사를 놀라게 한 돌발 언사로 조선말을 알아듣는 청국 시녀를 파악했다. 그리고 그녀가 술을 따르는 것을 눈 밝은 김용택과 이천기가 감시하다가 소매 속에 숨긴 약을 타는 것을 보고 얼른 매를 날린 것이었다.

조선을 모욕주는 삼전도 행사에서 부사로 위장해 입국한 윤진이 독살당할 뻔한 정보는 곧 후레자식들에게 들어갔다. 독살에 실패하자 두이의 움직임이 빨라졌다. 두이는 후레자식 중 일급 자객인 키다리와 난쟁이가 머리를 맞대고 의논을 했다.

"좋아, 이번에는 안 될 거다."

두이의 장담에 키다리 검객은 연잉군의 유인책에 말려드는 것을 우려했다.

"연잉군이 독살을 예방했다면 우리의 기습도 대비할 것이요. 군졸들이 많으면 우리 힘으로는 어렵소."

그의 걱정에 키가 작은 두이는 올려다보며 눈을 깜빡거렸다.

"김포로 향하는 일행은 일곱 명이라는데? 호위가 아니라 유인이라고. 우리와 한판 맞붙고 싶은 거야."

두이는 연잉군이 세상에서 말하는 멍청이가 아니라 그 유명한 도둑 삼두매라고 확신했다. 그는 자객을 피해 달아나는 것이 아니라 덤비기를 기다리고 있다고 판단했다. 별명이 고양이인 난쟁이가 최근 개량한 조총을 들어 보이며 말했다.

"왕자가 도둑이든 뭐든 간에 기회를 잘 잡으면 단방에 끝장낼 수 있습니다."

"그래, 녀석이 싸움을 걸어왔으니 피할 수는 없다. 안 그러냐?"

두이의 말에 난쟁이가 킥킥 웃었다. 그의 총에 많은 사람이 죽었다. 대부분 암흑가의 싸움에 껴들었지만 돈 많은 장사치도, 샛서방을 둔 계집의 청탁으로 죽은 서방도 여럿 되었다.

"나도 쏘겠다. 번갈아 쏘면 그 중의 한 발은 안 맞겠느냐?"

예리한 칼을 잘 쓰는 키다리는 입이 튀어나왔다.

"그럼, 나는 뭔가?"

자객 질도 총에 밀려 별로 일거리도 없는데 여기까지 와서 난쟁이 조총수의 뒤치다꺼리나 해야 하는 것이 분했다. 그는 난쟁이의 총에 윤진이 쓰러지기 전에 자기가 먼저 공을 세워야 한다고 마음을 굳혔다. 그런 속셈을 모르고 두이는 연잉군이 왕자와 도둑을 넘나들며 변신을 할 정도로 배짱이 있으므로 매복을 두지 않았을 것으로 확신했다. 그들은 매복지점에 일행이 나타나기를 기다렸다.

한편 연잉군은 세 명의 하인에게 짐을 지게 하고 윤진을 가운데 두고 호위하며 앞으로 나갔다. 나무 그늘 밑에서 잠시 쉬어갈 때 연잉군이 김용택의 귀에다 속삭였다.

"지금까지는 아무 일 없이 왔지만, 후레자식들이 어디선가에서 기습을 해올 거요."

그 말에 용택이 펄쩍 뛴다.

"나으리, 그런 일이 있을 것 같으면 군사들과 함께 가야 하지 않습니까?"

"아니요, 그러면 놈들이 우리를 습격하지 않을 것 아니요?"

용택은 기가 막혔다. 윤진까지 있지 않은가. 자객들이 노리고 있는데 노출지점이 많은 곳에 간다는 것은 있을 수 없는 일이다.

"염려 마시오. 사 아거를 모시고 가면 이 조총수가 그들을 찾아 선제공격할 것이요."

연잉군은 윤진에게는 알리지 않고 궁노로 변장한 조총수를 데리고 탐색하기 위해 앞으로 나갔다. 김용택과 이천기는 윤진 곁에 바짝 붙어서 호위했다.

연잉군과 조총수는 매복지점을 찾아 나섰다. 지리에 밝은 연잉군이 자객이 매복할 장소를 꿰뚫고 있었다. 그러나 매복 예상 지점에는 행인들로 들끓었다.

"아무래도 사람들 틈에 끼어 있어 접근하지 못하는 모양이다. 놈들을 유인하자꾸나."

연잉군은 행인이 많은 곳에서 벗어나서 한적한 길로 옮겨갔다.

멀리서 지켜보며 기회를 노리던 두이가 비로소 움직이기 시작했다. 연잉군의 가는 길을 앞질러 가서 사당에 몸을 숨긴 난쟁이가 연잉군이 지나가기를 기다렸다. 두이는 키다리와 함께 뒤이어 오는 윤진을 공격하기 위해 근처에 매복하고 있었다.

"나으리, 저쪽 앞의 사당에서 슬슬 냄새가 납니다."

활빈당원인 조총수 말에 연잉군도 고개를 끄덕였다. 그는 사당과 자신이 있는 거리를 순간적으로 측정했다. 다섯 발짝 정도 더 가면 사정거리에 도달한다. 총소리와 함께 어디로 굴러야 할까 가늠을 하며 걷는데 요란한 말발굽 소리가 들려왔다. 탕하는 소리와 함께 연잉군이 몸을 날렸다. 자객의 총을 맞은 것은 급히 말을 몰고 지나가던 남자였다.

"나으리!"

조총수가 연잉군에게 달려갔을 때 또 다른 방향에서 총탄이 날아왔다.

탕

총알이 연잉군의 바로 옆에서 튕겼다. 두이가 쏜 조총이었다. 뒤이어 사당에서 난쟁이가 뛰쳐나오더니 조총을 발사했다. 탕

조총수가 연잉군을 손으로 밀쳐 아슬아슬하게 피할 수 있었다.

이번에는 두이가 나무 뒤에서 조총을 겨누었다. 탕

두이가 정신을 차렸을 때 두 사람의 모습은 보이지 않았다. 화살이 날아오는 것을 보고 피하려 했으나 팔뚝을 스치고 나무에 박혔다. 저쪽에서 연잉군이 활을 들고 있는 모습이 보였다. 난쟁이는 조총수와 조총을 붙잡고 뒤엉켜 있었다. 이럴 때 뛰쳐나와야 할 키다리는 보이지 않았다.

"이런 망할 자식!"

두이가 욕을 하고 있는데 또 한 자루의 화살이 머리 위로 날아갔

다. 얼굴을 들면 화살에 맞을 것 같아서 고개를 들지 못했다.

난쟁이와 조총수의 대결은 연잉군이 쏜 화살로 끝장났다. 목덜미에
화살을 맞은 난쟁이가 나동그라지고 두이는 연잉군이 활로 대적하는
것을 보고 사태가 그른 것을 알았다. 조총을 내던지고는 언덕 아래로
뛰어 쏜살같이 도망쳤다. 또 한 자루의 화살이 그의 곁을 지나친 것을
마지막으로 더는 화살이 날아들지 않았다. 연잉군이 키다리의 공격으
로 위기에 처한 조총수를 구원하러 갔기 때문이다.

연잉군이 키다리를 향해 화살을 겨눴지만, 재수 없게도 툭 하고 활
줄이 끊어져 버리는 것이 아닌가. 얼른 버리고서 재빨리 단도를 꺼내
들고 달려들었다. 키다리가 허벅지에 칼을 맞고 쓰러진 조총수를 칼
로 후려치려는 순간 연잉군이 달려들며 막았다. 챙 하는 소리와 함께
불꽃이 튀었다. 키다리 자객의 긴 칼이 연잉군의 목을 베려고 달려들
었다.

두 개의 크고 작은 칼날이 공중에서 춤을 추었다. 단도를 가진 연
잉군이 절대적으로 불리했으나 매가 자객의 얼굴을 쪼는 바람에 역전
이 되었다. 억 하는 소리와 함께 키다리 자객이 단도에 찔려 쓰러졌다.
연잉군의 얼굴이 땀범벅이었다.

옷을 찢어 피 흘리는 조총수의 허벅지를 동여매고 있는데 윤진 일
행이 말을 타고 달려왔다. 멀리서 뒤따라 오는데 갑작스러운 칼싸움에
도망치는 행인들에 의해 위치를 확인하고 황급히 달려온 것이었다. 이
천기가 다급하게 묻는다.

"나으리, 어디 다치셨습니까?"

"아니요, 이 사람 덕분에 간신히 목숨을 구했소이다. 자객 두목이 도망치고 있으니 어서 쫓아야겠소."

연잉군은 부상당한 조총수를 김용택에게 맡기고 이천기 등과 함께 말을 타고 자객 두목 두이가 도망친 곳으로 질주했다. 멀리 배 한 척이 정박한 것이 보였고 쪽배를 탄 두이가 그쪽으로 도망치는 것이 보였다.

"이 사정, 활을 쏘시오, 활을."

연잉군의 재촉에 이천기가 활을 쏘았지만, 노를 젓는 사공을 스쳐지나가고 두 번째 화살은 아예 미치지도 못했다. 두이가 소리쳤다.

"연잉군! 내 꼭 복수하겠다."

쪽배는 서서히 멀어졌다. 이천기가 활을 내동댕이치며 욕을 했다. 연잉군이 다시 돌아와 보니 조총수가 들것에 실려 옮겨지고 있었다. 연잉군이 윤진에게 말했다.

"사 아거님! 매복한 자객들을 물리쳤으니 이제 안심하십시오."

자객을 물리친 이들은 김포까지 무사히 갈 수 있었다.

간신히 목숨을 구한 두이는 강순보 앞에서 부들부들 떨었다. 김포에서 정성공의 부하들을 쉽게 처치한 것 빼고는 하는 일마다 실패했으니 무사할 수 없음을 알기 때문이다. 그러나 예상과 달리 첩자 두목의 표정은 부드러웠다.

"차라리 잘 되었다. 지금 조선의 왕자를 죽였다가는 화살이 우리에게 날아올지 모른다. 겁만 주어도 된 것이다."

그 말에 놀란 것은 두이였다. 암살에 실패한 책임을 묻지 않는 것이 의아했지만 무사하게 되었다는 마음에 안도의 한숨을 내쉬었다. 순보가 옆에 놓은 바라 같이 생긴 것을 치켜들자 마치 초파일에 절에 걸어놓는 주름등처럼 변했다.

"하지만 다음번에는 꼭 성공해야 한다. 그래서 이걸 준비했다."

"그것이 뭡니까?"

"황궁에서 만들어 보낸 것인데……어떻게 사용하는지는 모르겠다."

위아래를 금속테로 두른 주름등은 끈이 달려 있었다. 두이가 들어올리며 말했다.

"모자모양이군요. 제가 한번 써볼까요?"

순보가 허락하자 두이가 주름등을 머리에 뒤집어썼다. 천에 가려 얼굴이 보이지 않았다.

"이게 뭔지 모르겠네요."

두이가 말하는 순간 강순보가 주름등에 붙은 끈을 확 잡아당겼다. 픽 하는 소리와 함께 목이 잘린 두이가 바닥으로 쓰러져 버둥거리더니 피를 뿜었다. 후레자식들은 경악하고 순보는 두이의 목이 들어있는 혈적자를 들고 소리쳤다.

"이제 이것이 어떤 것인지 똑똑히 알았느냐?"

후레자식들이 일제히 무릎을 꿇었다.

"이것이 십사 아거가 내려주신 혈적자다. 이제부터 소임을 다하지 못하는 자는 이렇게 죽게 될 것이다."

끈을 늦추자 두이의 목이 툭 하고 밑으로 굴러떨어졌다. 순보는 후레자식들을 향해 버럭 소리를 질렀다.

"이 후레자식들아! 그래, 자객질로 사는 놈들이 그렇게 어처구니없이 당해?"

두이의 목 잘린 시체를 흘끔 본 후레자식들은 벌벌 떨었다.

"하긴, 네놈들이 어디 제대로 된 칼잡이를 상대해 봤겠느냐?"

순보는 이들이 자객이라고 자처해도 시중의 장사치, 시골 부자 따위나 해쳤을 뿐이라는 것을 잘 알고 있다. 애당초 암살에 성공하리라 믿지 않았다. 그럼에도 이들을 사지로 몬 것은 다 이유가 있었다. 의문의 사나이 부엉이와 의논한 결과 윤진을 독살하지 못하면 김포로 도망치게 하기로 했다.

'김포에 모여 있는 명 유민들을 보면 사 아거의 마음이 움직일 거요.'

서로 죽이고 죽임을 당하는 원수 사이가 손을 잡은 것은 공통의 이익이 있기 때문이다. 부엉이는 엄청나게 몰려있는 명 유민을 보고 위협을 느끼게 하려는 것이고 순보는 김포로 들어가면 보살상을 찾게 될 것이니 그때 윤진을 죽이고 그것을 탈취하자는 동상이몽이었다. 정성공 부하들이 제사를 지내는 것을 기습해 학살했지만 실은 해적과 도둑이었다는 것을 뒤늦게 알았다. 연잉군에게 철저하게 농락되어 성과를 올린 것처럼 청황실에 보고했기에 이 사실이 알려지면 황제 기망죄로 죽음을 면치 못할 것이다.

"두, 두목! 그러면 어찌해야 우리가 목숨을 보전할 수 있습니까?"

열 명의 후레자식을 대표한 두삼이 머리를 조아리며 목숨을 구걸했다. 후레자식들이 모란 주점의 간첩에 고용된 것은 조선에 대한 증오와 함께 일이 성공하면 청국으로 데려간다고 약속했기 때문이다. 그런데 지금은 자칫하면 목과 몸뚱이로 토막 날 판이다.

"이제 김포로 간다. 거기서 마지막 결전을 벌이자. 어서 서둘러라!"

강순보의 말에 두삼을 비롯한 후레자식들은 일제히 복종했다. 두이의 시체는 동료였던 후레자식들에 의해 끌려나가 땅에 파묻혔다.

거대함선의 출몰

　김포에 정착한 명의 유민들은 부지런했다. 대부분 청국의 통치 아래에서는 살 수 없는 사람들이었다. 임진왜란 때 구원병으로 왔던 장수들의 자손이거나 반청복명을 꾀하다가 쫓기는 자가 많았지만, 청국의 통치가 싫은데다 명의 문화를 계승했다는 소중화(小中華)를 자부하는 조선이 좋아서 건너온 자들도 많았다. 이들 중에는 솜씨가 뛰어난 의원이나 발명가들도 다수 포함되어 수차를 만들어 농업에 이용하고 인삼도 재배했다. 중원의 넓은 땅에서 배우고 본 것이 많은 이들은 조선에 건너와서도 계속해서 많은 것들을 발명했다.

　연잉군의 별장을 중심으로 가구를 형성해 수십 명에 불과했던 명의 유민들은 점점 숫자가 늘어나 삼백 명이 되었다. 게다가 곳곳에 흩어져 있는 명 유민을 불러모으니 이제는 천 명이 넘게 되었다. 정착에 성공하자 일부 청년들은 아라뱃길을 통해 바다로 나가 인삼으로 밀무역하고 싶다는 자도 생겼다.

별장에 도착한 연잉군은 우선 윤진과 김상명을 쉬게 했다. 나이가 많은 김상명은 피곤했는지 병이 났지만, 윤진은 매막에서 잡은 매를 보자고 했다.

"매는 동산 위에 있습니다. 내일 사냥을 나갈 것입니다."

연잉군은 윤진을 안내해서 언덕 위로 갔다. 둘 다 중국어가 능통한 것이 드러났기에 통역은 필요 없었다. 호위로 나서는 이천기도 김상명과 함께 멀리서 지켜보기로 하고 단둘이만 매방으로 갔다. 매의 날갯짓이 요란했다. 시치미를 붙인 매는 얌전히 통홰에 앉아 있었다. 눈빛이 게슴츠레하니 잠을 자지 못한 모양이다.

"조선도 매를 조련할 때는 잠을 재우지 않는구려."

"당연하지요. 사 아거님."

매사냥하기 전에 보통 사흘 정도 매를 굶기고 잠도 재우지 않는다. 배가 부르면 사냥을 하지 않기 때문이고, 잠을 재우지 않는 것은 신경을 곤두세워서 매를 사납게 만들기 위해서다. 배가 부른 매로 사냥하게 되면 꿩을 보고도 쫓지 않고 하늘을 빙빙 돌다가 멋대로 날아가 버린다. 배가 고파야 잡은 꿩을 오랫동안 뜯어 먹고 있지, 그렇지 않으면 꿩을 잡았다 해도 눈알이나 빼먹고 도망가 버린다. 이렇게 잡은 매를 길들이기란 여간 어려운 일이 아니다. 연잉군은 윤진에게 조선의 매사냥법을 설명하고 나서 말한다.

"굶주리게 하고 잠을 재우지 않을 때는 미안하지요. 그래서 저희는 일 이 년 정도 지나면 하늘로 돌려보낸답니다."

윤진이 피식 웃으며 말했다.

"우리 청국에 비하면 아주 온순한 방법이오. 우리는 그렇게 기다리지 않는다오, 막대기로 때려 전혀 잠을 자지 못하게 하기를 닷새 정도 하면 매의 야성이 죽게 되지. 기를 죽이는 방법은 인정사정없는 폭력이 최고라오. 매는 죽어서야 인간의 손을 떠나게 되지. 그렇게 사납게 조련하는데도 조선의 매보다 용맹함에서 뒤떨어지니 알 수가 없소."

궁노가 매에게 산 닭을 먹이로 주었다. 윤진이 닭을 사납게 물어뜯는 매를 보고 말했다.

"연잉군, 조선의 조정도 저 매처럼 근성이 있소?"

윤진이 불쑥 내뱉는 말에 연잉군이 고개를 가로젓는다.

"어째서 그리 생각하십니까?"

"우리 청국은 조선을 단숨에 휩쓸어버릴 태세가 되어 있는데 조선은 천하태평이니 말이오. 무슨 신병기라도 있소?"

윤진이 히죽 웃으며 묻자 연잉군도 마주 보며 웃었다.

"있지요. 청국을 물리칠 신병기가 있습니다."

"오호, 그 신병기가 무엇인지 말해줄 수 있겠소?"

윤진이 닭을 파먹는 매를 보며 다시 물었다.

"홍익인간 이화세계라는 말을 아시는지요?"

"홍익인간 이화세계? 그게 무슨 소리요?"

연잉군이 홍익인간 이화세계(弘益人間 理化世界)에 대해 차근차근 말했다. 그 뜻을 널리 사람을 이롭게하라는 뜻으로만 해석해서는 안 된다. 홍(弘)에는 크다는 뜻도 있으니 인간만을 위한 것이 아니라 우주와 자연의 순리와 이치대로 크고 넓은 세계를 만드는 참된 사람, 사랑이 많은 사람이 되라는 뜻이다. 연잉군이 그 뜻을 설명했다.

"좋은 말이요. 연잉군이 평소 생각해둔 말이요?"

"아닙니다. 우리의 먼 조상 단군시대부터 전해 오는 말입니다. 단군은 웅녀와 환웅이 혼인해서 낳은 분이지요."

연잉군이 이 말을 하면서 윤진의 눈치를 보았다. 윤진은 자신도 웅녀에 관한 이야기를 안다고 했다. 만주족의 설화라는 것이다.

"사 아거께서는 청과 조선이 같은 뿌리라고 하면서 이렇게 다를 수 있나요? 조선은 아직도 홍익인간으로 평화롭게 살려 하는데 청은 눈에 핏발을 세운 싸움닭으로 변했으니까요. 하하"

뼈 있는 말이었다. 같은 민족이라면서 어찌 같은 민족에게 이렇게 험악하게 대한다는 말인가 하는 항의였다.

"아거 말씀대로 형제 청은 중원의 커다란 땅을 차지했고 우리는 이 작은 땅으로 건너와 홍익인간, 커다란 정신을 지켰습니다. 사 아거께서 아무리 비웃어도 우리는 옳은 길을 갔으니 후회는 없습니다."

그의 말에 윤진은 아무 대꾸도 하지 못했다. 언덕 위에서 내려다보니 명의 유민들이 열심히 일하는 것이 한눈에 보였다. 연잉군이 윤진을 이리로 데려온 것은 조선 땅에 들어온 명 유민이 청국을 위협하는 존재가 아니라는 것을 보여주기 위함이었다.

보름달도 환했지만, 군데군데 횃불을 켜놓아 서로의 얼굴을 뚜렷이 확인할 수 있었다. 바닥에 깔린 멍석에 앉은 명 유민들은 중국어와 조선말이 뒤섞여 시끌시끌했다. 조선말을 잘할수록 건너온 지 오래된 유민들이다. 그들의 앞에는 무대가 있었고 흰 무명천으로 앞이 가려져 있었다. 명 유민들이 만든 경극(京劇)이었다.

명나라 때 베이징에서 시작한 연극이라고 해서 경극이라고 하는 이것은 명청시대에 인기있는 오락거리였다. 조선으로 온 유민 중에 경극에 대해 아는 자가 있어 극을 꾸미고 배역을 맡겨 공연하게 된 것이다.

"오늘 경극은 서유기인가, 삼국지인가?"

"아니, 새로 만든 연극인데 조선인도 나온다는군. 그렇지만 무술은 없다는데…… 대신 춤과 노래는 있다는군."

신명 나는 무술이 빠졌다는 말에 실망했지만 그래도 좋은 밤일 것 같았다. 추위 때문에 군데군데 화톳불도 놓았고 뜨거운 죽을 떠먹었다.

쨍쨍쨍

악기 소리가 요란하면서 등장한 배우는 갓 쓰고 도포 입은 조선인이었다. 배경은 명나라에 간 조선인 역관이 기루(妓樓)를 찾는 것에서부터 시작되었다. 역관의 이름은 홍순언이었다. 나이 어린 기생은 상복을 입고 있었다. 그것을 이상하게 여긴 순언이 이유를 물으니 류씨 성의 기생은 아버지가 공금횡령으로 감옥에 갇혔다가 옥사하고 어머니마저 죽었는데 장례를 치를 비용이 없어 기생으로 나왔다는 것이다. 순언은 그것을 가엾게 여겨 삼천 금이라는 거액을 주고 기루를 나왔다.

쨍쨍쨍

작은 바라 소리가 요란했다. 막이 바뀌어, 기생을 돕는 바람에 공금횡령으로 감옥에 갇혔던 순언이 풀려나와 명나라로 가게 된다. 태조의 아버지가 역적 이인임으로 잘못 기록된 것을 고치러 가게 된 것이다. 선조가 이것을 해결하지 못하면 수석 역관을 죽이겠다는 말에 놀란 역관들이 돈을 거두어 공금을 갚아주었던 것이다.

쨍쨍쨍

이백 년 가까이 풀지 못한 외교 일을 어찌 풀 것인가. 죽음을 각오한 순언을 예부시랑(지금의 외무부 차관) 부부가 마중 나와 있었다. 류씨가 예부시랑 석성의 후처가 되었고 그 사정을 안 석성은 홍순언을 의인으로 부르며 오기를 기다렸던 것이다. 그의 주선으로 태조 아버지의 이름을 이자춘으로 바로 잡았고 류부인은 손수 비단 백 필을 짜서 귀퉁이에 報恩緞(보은단)이라고 새겨 귀국하는 홍순언에게 준다.

쨍쨍쨍

이 극적인 상황을 명 유민들은 숨죽이며 보았다. 몇 년이 지난 뒤 일본이 조선을 침공하자 홍순언이 명나라로 갔고 병부상서 석성이 파병을 강력히 주장해서 명군 오만명이 파견되어 일본군을 물리치게 된다. 할아버지가 조선인인 이여송이 자청해서 명군을 총지휘했고 홍순언은 통역을 맡았다.

쨍쨍쨍

세월은 바뀌어 모함을 받은 석성이 옥사하면서 류부인에게 아들과 함께 조선으로 망명하라고 한다. 아들 둘과 조선으로 온 류부인은 조선 조정의 보호 아래 이 땅에 정착해서 살게 되었으니 해주 석씨의 시조가 된다.

극이 끝나 막이 내려지자 명의 유민들은 눈물을 흘렸다. 홍순언의 의로운 행동에 대해 류부인의 은혜 갚음과 석씨가 조선에 건너와 살게 된 과정에 감동했던 것이다.

"석성 병부상서의 후손이 바로 석중립 장군이라네"

유민들은 자리를 떠나지 않고 자신들을 조선에서 기꺼이 받아준 인연에 관해 이야기했다. 임진왜란 때 구원병을 보냈다는 것은 알고 있지만, 그 배경에 대해 서는 잘 몰랐기 때문이다.

두 사람이 밤길을 걷고 있었다. 늙수그레한 남자가 앞에서 등을 들어 어둠을 밝혔다. 유민들 틈에 끼어서 극을 본 윤진이 성난 어조로 따졌다.

"연잉군! 내게 이따위 극을 보이기 위해 김포로 가자고 했던 거요?"

연잉군은 둘러대지 않고 곧바로 대꾸한다.

"네, 조선과 명나라는 이런 아름다운 인연이 있습니다. 이런 만남이 어찌 하늘의 뜻이 아니라고 하겠습니까? 사 아거님, 여기에 있는 유민들은 조선의 땅으로 건너와 조선인으로 평화롭게 살고 싶은 마음뿐입니다."

연잉군이 간절한 어조로 말했지만, 윤진의 반응은 차가웠다.

"석중립이라는 자는 관우회라는 반청복명 결사의 우두머리 아니요?"

"관우회를 이끌고 있기는 하지만, 그것은 유민들을 보호하려는 모임이지 반청복명은 아닙니다."

윤진이 발걸음을 멈추고 연잉군을 또렷이 노려보며 묻는다.

"어찌 그걸 아오?"

"그건, 석장군의 집이 창의궁의 옆집이고 제게 무술을 가르쳐준 사부이기 때문입니다. 제게 말하기를 명 유민들을 조선에 동화시키는 것이 최우선 목표라고요."

"그럼 두 번째 목표는 무엇이오? 힘을 길러 조선의 북벌론자들과 함께 청국을 치겠다는 것이오?"

윤진의 목소리가 크고 높아졌다. 연잉군이 손사래를 쳤다.

"아, 아닙니다. 중원을 청에 내 준 것은 명의 부패와 무능 때문이고 청국이 원나라와 달리 한족을 동등하게 대하니 이제 반청복명의 덫에서 벗어나자고요."

연잉군은 숙종 즉위 초 오삼계의 난으로 청국이 어지러울 때 남인 윤휴를 중심으로 북벌을 논의했던 것을 말했다. 그때 관우회의 간부들이 중원에서 활동하는 비밀결사가 보낸 정보를 임금에게 알려 북벌 논의를 중지시켰다고 말했다.

"관우회에서는 청국의 정세와 위력을 정확히 조정에 전해 전쟁을 막았던 것입니다."

윤진은 잠시 침묵하다가 입을 열었다. 그 당시 조선에서 암약하던 첩자들은 조선의 북벌논의가 갑자기 수그러진 것에 대한 이유를 밝히지 못했다고 했다.

"사 아거님, 사냥꾼의 총을 피해서 품 안으로 들어온 사슴을 어찌 내칠 수 있겠습니까? 유민들은 이 땅에서 조용히 살고 싶어합니다. 결코, 전란에 빠져 불행을 자처하지 않습니다. 그러니 황제께 이런 사정을 알려 주십시오."

윤진이 잠시 생각하더니 이내 고개를 끄덕이고 나서 나직하게 말했다.

"연잉군의 뜻은 알았소. 돌아가서 이야기합시다."

윤진이 다시 길을 걷자 연잉군이 뒤를 따랐다. 그들은 아주 가까이에서 방석만이 이들의 말을 엿듣고 있으리라 짐작하지 못했다. 그는 소리 없이 미행하는 기술을 익히고 있었다. 그의 손에는 괴자총이 들려 있었다.

'흥! 역시 연잉군이 걸림돌이로군.'

방석만은 윤진이 김포로 왔다는 말을 듣고 연잉군을 계속 미행했다가 오늘 그들의 이야기를 엿들은 것이다. 아까부터 총구가 연잉군과 윤진을 왔다갔다했다. 다음 발사에 시간이 걸리니 한 명 밖에 사살할 수 없기 때문이다. 누굴 죽여야 하나?

'석정, 그 계집이 나를 추적하는 것도 골치 아픈데……하지만 보살상을 찾으려면 어쩔 수 없지.'

관우회의 그분은 연잉군이나 윤진을 죽이라고 명령했지만, 이천기의 엄중한 경호 때문에 틈이 없었다. 둘 중 한 사람을 죽일 기회는 바로 지금뿐이다. 쏘고 번개처럼 도망치면 된다. 그는 괴자총을 쏘려는 순간 손을 멈췄다.

'아니지, 아니야. 우선은 보살상을 찾아야 한다.'

황금빛이 찬란했던 문수보살상이 머릿속에 떠올랐다. 모두 죽일 수 있다면 모를까 그렇지 않다면 지금은 적당한 때가 아니다. 그는 괴자총을 옷 안에 감추고 어둠 속으로 사라졌다.

우저서원에 도포 차림의 선비들이 줄을 이어 들어갔다. 홍치택이 유생들과 함께 문 앞에서 낯선 사람의 출입을 통제하고 있었다. 낯선 가마 한 채가 서원 앞에 서자 유생 한 명이 가로막았지만 이내 안으로 들어갈 수 있었다. 연잉군이 돈을 내어 지은 별채로 들어간 가마에서 윤진이 내렸다. 비좁은 가마가 힘들었는지 하늘을 바라보고 크게 숨을 내쉬었다.

"사 아거님! 이렇게 모셔와서 죄송합니다."

연잉군이 정중하게 사과를 하고 유생으로 변장한 김상명과 함께 안으로 들어갔다. 객실은 보료 대신 의자와 탁자가 놓여 있었다. 그가 자리에 앉자 뒤이어 석중립 부녀가 안으로 들어와 공손히 예를 올렸다.

"그대가 석성의 후손 석중립인가?"

"네, 사 아거님! 저는 조선에서 무관 벼슬을 지냈고 이 아이는 제 딸 정입니다."

허벅지가 드러난 청국의 옷을 입은 석정이 크게 절을 올렸다. 연잉군을 통해 부녀의 신상을 미리 알고 있는지라 윤진은 고개를 까닥했다.

"내가 듣기로는 그대가 정성공의 잔당들과 힘을 합쳐 청국을 공격할 것이라고 했는데, 사실인가?"

윤진의 질책 어린 말에 석중립이 완강히 부인했다.

"아닙니다. 저희는 중원을 청에게 내 준 것이 천명이라고 믿습니다."

윤진이 만주족의 의상을 입은 석정을 흘끗 보고는 큰 소리로 외쳤다.

"천명? 그런 자들이 양쪽 나라를 드나들며 음모를 꾸미고 있다는 말인가?"

"반청복명을 꾀하는 것이 결코 아닙니다. 조선에 있는 명 유민의 안전을 위해 그리고 청황실의 오해를 사지 않기 위해 첩보를 입수하는 것일 뿐입니다. 여기 이 증거가 있습니다. 정성공 쪽에서 보내온 편지입니다."

석중립은 자그마한 나무함에서 편지 몇 장을 꺼내 보여주었다. 거기에는 같은 형제인 조선의 관우회가 반청복명을 꾀하지 않는 것을 질책하는 내용이 쓰여 있었다.

"청국이 예전의 원나라처럼 억누르고 숨통을 조였으면 저희도 들고일어났을 것입니다. 그러나 한족과 만주족이 하나가 되어 평화롭게 사는데 왜 소란을 피우겠습니까? 명이 망한 것은 황실과 사대부가 민생을 외면하고 부패했기 때문입니다."

석중립은 필사적으로 윤진을 설득했다. 병자호란의 원인이기도 했던 명 유민들의 상당수가 청국으로 쇄환되어 처형당하지 않았던가. 오삼계의 난이 진정된 이후 쇄환 요구는 없었지만 지금 명 유민을 잡아가기 위한 군대가 압록강까지 와 있다는 정보를 입수했기 때문이다. 이들이 강을 건너지 않은 것은 아직 황제의 명령이 떨어지지 않았기 때문이다. 윤진도 물론 이 사실을 알고 있다. 석중립은 탁자에 머리를 쿵쿵 찧으며 애원했다.

"사 아거님! 명이 망한 뒤에 조선으로 넘어와 사는 유민과 후손이 모두 수만 명에 이르렀으나 깊은 산골이나 어촌에서 고기 잡으며 살

고 있으니 어찌 청국을 거스를 마음을 가질 수 있겠습니까? 부디 헤
아려 주시기 바랍니다."

쿵쿵쿵

머리를 찧자 이마가 터져 피가 흘렀다. 그러자 윤진의 표정이 복잡
해졌다. 조선이 명 유민을 통해 표류하는 정성공의 잔당들과 함께 청
국에 반역할 의사가 없음이 확인된다면 굳이 침공할 필요가 없다. 한
때 북벌을 주장했고 명의 황제를 추모하는 대보단을 만든 것은 조선
왕조를 유지하기 위한 정치적 수단으로 이해할 수 있다.

"알았네, 지금 그 말은 내가 부황에게 올리겠네. 대신 나를 위해 할
일이 있소."

윤진은 석중립의 이마에 난 피를 닦는 딸 석정을 흘끗 바라보고는
헛기침을 했다. 그리고는 말했다.

"문수보살상을 내게 돌려주시오. 그걸 가지고 못가면 부황께서는
내 말을 믿지 않으실 것이요."

윤진은 자신이 책임지고 있는 황실 수장고에서 신출귀몰한 도둑에
의해 국보를 잃어버리는 바람에 반대 정파에 의해 집중 공격당하고
있는 사실을 털어놓았다. 연잉군이 석중립 부녀를 밖으로 내 보낸 뒤
에 작은 목소리로 말했다.

"사 아거님! 제가 그 문수보살상을 보관하고 있습니다. 도둑이 국사
당 선바위 밑에 묻은 것을 무당이 찾아내고 이것을 소론에서 살인 강
도질로 빼앗아 간 것을 다시 훔쳤습니다."

윤진의 얼굴이 파르르 떨렸다. 첩보를 통해 연잉군이 삼두매 도둑

이라는 말은 들었지만, 이렇게 본인의 입을 통해 들을 줄 몰랐다.

"사 아거님이 알고 계시듯이 저는 왕자이지만 도둑입니다. 백성을 위해 스스로 의적이 되었습니다. 이제 문수보살상을 아거님께 바쳐 조선을 구할 것입니다."

침묵이 흘렀다. 자신이 삼두매임을 밝히고 진정성을 보인 것에 윤진의 마음이 누그러졌다.

"고마운 일이요, 나도 온 힘을 다해 조선이 딴 마음이 없음을 부황께 말씀드리겠소. 웅녀에 관한 이야기를 말씀드리면 조선과 만주족이 한 뿌리임을 아시고 군대를 철병하실 것이요. 그리고 명 유민들도 조선에 그냥 살도록 약속하겠소."

"고맙습니다. 사 아거님!"

밖에서 이들의 말을 엿듣고 있던 석중립 부녀의 눈에서 눈물이 주르르 흘러내렸다.

"연잉군! 한 가지 물어볼 말이 있소. 내가 듣기로는 삼두매에게 피해당한 노론 쪽은 세자를 폐하고 그대를 세자로 옹립하려고 한다던데 어찌 그리하오?"

"그것은 노론이 백성의 피를 빠는 흡혈귀이기 때문입니다. 그리고 저는 목숨 바쳐 세자 형님을 지킬 것입니다."

윤진이 작은 소리로 형님? 하더니 이내 고개를 끄덕이고 말했다.

"내 듣자니 세자와 그대는 이복이라고 들었소. 그럼에도 형제간 우애가 남다르다고 한 것이 사실이구려."

그가 허탈하게 웃고 말을 이었다.

"열넷째는 낳아준 어머니가 같소. 그럼에도 나를 죽이려고 안달을 부리니 창피하오."

윤진은 동복 소생인 윤제가 차기 황제 자리를 두고 암투를 벌이고 있는 사실을 고백했다. 아버지인 강희제는 자신의 얼굴을 쏙 빼닮은 윤제에게 마음을 두고 있으며 어머니도 그쪽 편이라 고립무원이라고 했다.

"나는 황제계승은커녕 목숨보전도 힘든 지경에 이르렀소. 문수보살 상도 열넷째가 도둑을 시켜 훔쳐내 나를 곤란하게 만든 것인데 나는 여태껏 누명을 벗지 못하고 있소."

"그 도둑을 지금 찾고 있습니다. 그자를 잡으면 십사 아거의 사주를 밝혀낼 것입니다."

연잉군의 말에 윤진이 눈을 크게 떴다.

"그것이 사실이오? 그렇다면 그자를 빨리 잡아 주시오."

"이곳 김포 유민 틈에 끼어 있어 석장군의 딸이 추적하고 있습니다."

연잉군은 석정이 청국과 조선을 드나들며 청국의 동정을 살피는 한편 조선에 정착한 명 유민의 보호에 큰 힘이 되고 있다고 했다. 지금 연잉군 별장에 기거하는데 도둑 방석만에게 피습을 당한 뒤로 김포를 샅샅이 뒤져 그를 찾고 있다고 말했다.

모든 것이 술술 풀리고 있었다. 석중립을 만난 윤진은 연잉군과 함께 별장으로 돌아왔다. 이제 남은 것은 연잉군이 문수사에 감춰두고 있는 문수보살상을 건네주고 남별궁까지 무사히 보내주면 된다. 아무리 윤제의 명을 받은 첩자라 해도 국보인 보살상을 되찾은 황제의 아들 윤진에게 더는 위해를 끼칠 수는 없을 것이다. 그러나 이러한 희망은 하루 만에 깨지고 말았다.

우르르 쾅

김포의 밤하늘이 찢어지면서 천둥벼락이 요란했다. 무시무시한 굉음에 사람들은 잠에서 깨어나고 잠을 이루지 못했다. 비가 억수로 쏟아졌기 때문이다.

번쩍

여기저기서 번개 불빛이 요란했다. 그 사이를 뚫고 거대한 괴물이 대명 포구 앞에 모습을 나타냈다. 괴물은 포구 앞에 밧줄에 묶인 채 흔들리는 작은 배들을 부숴버렸다. 쿵

요란한 소리와 함께 괴물은 암초에 걸려 몸을 옆으로 기울였다. 괴물은 거대한 함선이었다.

"배다! 배가 좌초했다!"

어선을 보호하기 위해 비를 뚫고 포구로 나온 어민들이 소리쳤다. 그중에는 많은 수의 명 유민들이 섞여 있었는데 그들은 커다란 배가 바다를 떠도는 정성공의 잔당임을 금세 알아챘다. 배에서 변발하지 않은 사람들이 내리는 것을 보았기 때문이다.

이 소식은 금세 연잉군의 별장에 알려졌다. 이천기가 급히 잠자리에 든 연잉군을 깨웠다.

"이 사정. 무슨 일이요?"

잠자리에서 일어나 옷을 입는 연잉군에게 호위무사 이천기가 말한다.

"아주 커다란 배가 대명 포구 앞에서 좌초되었다고 합니다. 감역의 말에 의하면 명의 유민으로 보입니다."

대명 포구에서 염전과 새우젓 생산을 담당하는 감역이 급히 달려와 보고를 한 것이다. 연잉군이 급히 말을 타고 염하강 변을 따라 대명포구로 달렸다. 그동안에 비는 그쳐 아침 햇살이 오른쪽 뺨에 부딪혔다.

'다 된 죽에 코 빠뜨렸군. 도대체 이게 무슨 일인가?'

연잉군은 커다란 배가 청의 수군이 추적하고 있다는 정성공의 배임을 직감했다. 석정의 말에 의하면 정성공의 후예들은 남쪽 나라 자와 섬으로 간다고 하지 않던가. 그들은 거기에 정착해서 살기로 하고 선발대까지 보냈다고 하는데 왜 이곳 대명포구로 왔다는 말인가.

연잉군이 도착했을 때 소식을 듣고 석중립이 와서 수습하고 있었다. 반쯤 기울어진 배에서 내려 한군데 모여 있는 사람들은 한족이 분명했다. 옷차림새나 머리 모양이 명나라 사람 그대로다. 석중립이 침통한 표정으로 말했다.

"연잉군! 낭패를 당하게 되었소."

그가 선장을 데리고 왔다. 건장한 체격의 선장이 심하게 푸젠(福建) 방언을 써서 알아듣기 어려웠으나, 자와섬으로 가는 길이 차단되어 도주하다가 태풍을 피해 조선으로 들어왔다는 말은 분명했다.

"십사 아거가 선단을 이끌고 이곳으로 오고 있다고 하오. 이걸 어쩌면 좋소?"

석중립의 말에 연잉군도 하늘이 무너지는 것 같았다. 이곳에 윤진이 없다면 유민들을 숨기기라도 할 수 있건만 도둑질하러 들어갔다가 주인과 딱 마주친 꼴이 되었으니 낭패가 아닐 수 없다.

"이것이 하늘의 뜻이라면 어쩔 수 없습니다. 십사 아거가 추적해 온다니 방어준비를 서둘러야겠습니다."

연잉군은 이런 다급한 상황을 조정에 알리도록 명령했다. 전쟁이 난다는 소문은 순식간에 김포를 공포로 몰아넣었다. 너도나도 보따리를 싸고 피난 갈 채비를 차렸다. 이런 움직임을 별장에 머물고 있는 윤진이 모를 리 없다. 연잉군이 그를 찾았을 때 윤진은 노여움에 가득 찬 눈을 하고 소리쳤다.

"연잉군! 뻔뻔스럽게 내 앞에 나타나다니……또 무슨 거짓말을 하려 하오?"

윤진이 몰아치자 연잉군은 잠자코 듣기만 했다. 한참 퍼붓던 윤진은 연잉군이 반응을 보이지 않자 김상명에게 짐을 꾸리라고 명령했다. 그제야 연잉군이 입을 열었다.

"사 아거님! 오해이십니다. 선장을 추궁하니 그 배의 행선지는 이곳이 아니라 남쪽 자와라는 섬이었다고 합니다. 십사 아거가 이쪽으로 배가 오게끔 내몰았다고 합니다."

자와는 인도네시아의 자바섬을 말한다. 연잉군이 전후 사정을 말하자 이성을 되찾은 윤진이 김상명을 시켜 사정을 알아오도록 명령했다. 그가 나가자 연잉군은 이번에 온 유민들이 청국에 반항하지 못하도록 조선에 동화시키겠다고 몇 번이고 다짐했다. 돌아온 김상명이 연잉군의 말이 사실임을 말하자 윤제의 속셈을 파악한 윤진은 오해를 풀었다.

"좋소. 하지만 열넷째가 이들을 추적해서 이곳으로 들이닥칠 것이니 어쩔 셈이요? 그 아이는 이것을 기화로 조선이 정성공의 잔당들과 손을 잡았다고 할 거요."

그 말은 맞다. 조선이 뭐라고 하든 좋은 핑곗거리가 되었으니 이들을 잡겠다고 할 것이다.

"그 배에 타고 있던 자들을 내놓기 전에는 그냥 돌아가지 않을 것이요. 어쩌겠소?"

윤진이 빙긋이 웃어 보였다. 이들을 윤제에게로 보내지 않으면 조선이 침략을 당하는 위기를 맞게 된다. 이럴 때 이 조선의 왕자는 어떤 결단을 내릴까 궁금했기 때문이다. 연잉군이 단호한 어조로 말했다.

"매를 피해 들어온 비둘기를 내줄 수는 없습니다. 그리고 명 유민을, 매사냥하듯 내버려 둘 수는 없습니다."

"우리 청국에서 매를 기르는 방법을 말하지 않았소? 기다려 주지 않소. 내가 알기에 열넷째의 함대에는 화포도 많고 수군도 많소. 조선군이 깨지는 것은 보나 마나요."

"싸움이라는 건 겨뤄봐야 아는 거지요."

"동해에서 해적을 물리친 것은 알고 있소. 하지만 그자들은 일개 도둑떼이고 청국의 수군은 천하무적인데……그냥 내주는 것이 좋겠소. 내가 여기 있는 걸 알면 더욱 사납게 달려들 거요."

연잉군은 곤경에 빠진 윤진이 김포를 빨리 벗어나고 싶어하는 것을 눈치챘지만 그대로 보낼 수는 없었다. 여기서 윤제를 꺾는 모습을 보아야 조선을 침공하려는 마음을 먹지 못할 것이기 때문이다. 그는 윤진의 속을 뒤집어 놓으려 마음먹었다.

"사 아거님! 전투가 두려우시면 도성으로 돌아가셔도 됩니다. 저는 김포 백성과 한마음이 되어 싸우겠으니."

겁쟁이라고 비웃는 어투에 노련한 윤진이 발끈했다.

"두렵다고? 내가?"

"이곳 김포에 있다가 십사 아거님의 오해도 살 수 있습니다. 조선과 같은 편이 되었다는 모함도 받을 수 있고, 전투가 격렬해지면 목숨 보전도 어려울 것입니다. 사 아거인지 저의 손님인지 어찌 알겠습니까? 그러니……"

그의 말이 채 끝나기도 전에 윤진이 발끈해서 소리쳤다.

"무슨 말인가? 나는 여기서 열넷째의 침공을 막는데 한몫을 하겠네. 어차피 그놈은 나를 죽이려 할 것이니."

연잉군은 속으로 옳다구나 했지만, 겉으로는 한번 튕겨본다.

"사 아거님이 무인도 아니신데 어찌 도움을 주실 수 있겠습니까? 김포에 계시다는 것을 아직은 십사 아거가 모를 것이니 얼른 돌아가시지요."

"싫네. 내가 그깟 놈이 무서워 도망을 치다니……이번 기회에 혼쭐을 내겠소. 김사부! 청국 수군에 대해 협조를 하시오."

윤진은 김상명이 문관이지만 청국 수군의 전술전략에 관한 책을 퍼넬 정도로 해전에 밝은 사람이라는 소개를 했다.

"이곳의 지도를 보고 방어를 준비하는 것이 좋을 거요. 자, 서두릅시다."

이번 일에서 슬쩍 몸을 빼려던 윤진은 황위 경쟁자인 윤제가 온다는 말에 연잉군보다 더 설쳤다.

편두통은 명의 유민과 새로 들어온 도망자들을 한곳으로 모아놓고 청국 수군을 막을 방도를 찾았다. 김포에 살고 있던 유민들은 잔뜩 긴장했지만, 동중국해에서 여러 번 청국의 수군과 접전을 해 본 정성공의 후예들은 달랐다. 반청복명의 의기 넘치는 투사들이지만 때로 해적질도 했던 거친 자들이라 칼과 창을 마구 흔들며 항전을 결의하는 것이었다.

"쥐새끼도 구석으로 몰리면 고양이에게 대드는데 우리가 여기서 이렇게 죽을 수는 없다!"

이들의 움직임을 살피고 있는 무리가 있었으니 천둥고개 주막에 숨은 첩자들이었다. 조선인으로 변장하고 연잉군과 윤진을 죽이려 들어왔는데 뜻밖의 일이 벌어진 것이다.

"이런, 이런. 이제 김포가 불바다가 되겠구먼. 쯧쯔."

안됐다는 것인지 고소하다는 것인지 모를 말을 중얼거리며 첩자들은 안방에서 나오는 주모 심지영을 흘끔흘끔 바라보았다. 터져 버릴 것 같이 풍만한 유방을 흔들거리며 걸으면 손님들의 시선이 모두 그녀에게 집중되었다. 첩자 중의 한 명이 입맛을 쩍 하고 다시더니 손을 아랫도리에 가져간다.

"저 계집이 배꼽 밑에서 잠든 할아범을 벌떡 깨나게 하네."

건너편의 사내가 히죽 웃더니 나직하게 말했다.

"늦었어, 벌써 두목 계집이야. 자칫하다간 그 할아범이 영원히 잠들겠군. 흐흐."

음탕한 자객 지영은 마지막 결전을 위해 첩자들을 이끌고 온 강순보와 첫날 눈이 맞았다. 주모는 오랜만에 정력 좋은 사내와 만난 것도 좋았지만, 협조하면 청국에 건너가 살 수 있다는 달콤한 말에 끌려 기꺼이 옷고름을 풀었던 것이다.

"두목? 아까 젊은 놈이 안방으로 들어가는 것을 봤는데……"

"우리에게 귀한 정보를 알려주는 놈이지. 김포현감이라고."

그제야 무릎을 쳤다. 주막은 도성과 김포를 오가는 길목이므로 이곳에 모든 정보가 모인다. 주모가 청국 첩자의 앞잡이인 줄 모르는 얼빠진 자들에게서 기밀을 빼낼 것이다.

"저것 보게."

첩자가 손으로 가리키는 것을 보니 심지영과의 질펀한 낮거리로 아랫도리에 힘이 빠진 김덕재가 말에 올라타려고 했다. 주막 일꾼인 한신선이 덕재를 붙잡고 말에 태우려 했지만, 번번이 미끄러지는 것이었다.

"나으리, 제 팔을 꼭 잡으세요."

"허벅지에 경련이 나서. 아이쿠!"

호색한인 덕재가 오늘은 주모에게 항복 선언을 받기 위해 세 번이나 내리 달려들었지만 결국 실패하고 기(氣)만 잔뜩 빼앗겼다. 몇 번을 시도하다가 밑으로 구른 덕재는 결국 가마를 부를 수밖에 없었다.

"쯧쯧쯧, 현감이나 되어 저게 무슨 꼴이람. 그러니 조선이 우리 청나라 손에 놀아나는 것이지."

기를 빼앗아 활기에 찬 주모가 손님들 사이를 돌아다니며 아양을 떠는 모습을 보고 첩자가 말했다.

"두목도 저놈처럼 다리가 후들거리는 거 아니야?"

"천만에. 저번에 보니 어기적거리고 나온 건 저 계집이라네."

"흐흐흐, 뛰는 계집 위에 나는 사내가 바로 두목이로군. 어라? 주모가 이리 오는군."

첩자들이 머물고 있는 방으로 뛰어오다시피 한 심지영이 눈꼬리를 치켜들고 소리쳤다.

"이 밥벌레들아. 여기서 말뚝박고 있을 거야? 어서 일어나지 못해?"

"왜, 왜 이러는 거요?"

영문을 모르는 첩자들이 되묻자 앞섶을 환히 드러낸 주모가 윤제의 선단이 정성공의 잔당을 추적해 김포로 향했다는 말을 했다. 그제야 첩자들이 벌떡 일어났다. 두목 강순보의 말대로 윤제가 사냥감을 김포로 몰아오는 데 성공한 것이다.

문수사(文殊寺)는 문수산의 험지에 자리 잡은 작은 절이다. 예부터 산 정상은 군사요충지다. 유사시에는 정상에 문수산성을 지키는 군사들이 올라와 감시할 수 있는 초소도 있으나 사찰이 그 역할을 대신하기도 했다. 스님들은 그곳에서 항상 머물러 살기 때문에 김포로 들어오는 배들의 움직임을 가장 빨리 포착할 수 있기 때문이다.

삐걱

대웅전으로 석중립과 주지 스님이 들어왔다. 석가모니불 좌우로 문수보살과 보현보살이 협시로 좌정하고 있다. 절을 올리고는 주지가 말했다.

"문수보살님을 재작년에 보수한 적은 있습니다."

주지의 말에 의하면 연잉군이 문수사를 찾아와 개금(改金)하라고 보시를 했다고 한다. 나무를 깎아 만든 문수보살상은 외관상으로 이상한 점은 없었다. 석중립은 문수보살상을 들어 올리자 묵직한 것이 그 안에 뭔가 들어있는 것이 분명했다. 조심스럽게 내려놓고 뒤를 뜯으니 금빛 찬란한 문수보살상이 모습을 드러냈다. 주지가 놀라 눈을 크게 뜨더니 합장했다.

"연잉군이 이곳에 모신 것입니다."

석중립이 허리춤에서 흰 보자기를 꺼내 바닥에 내려놓고 문수보살상을 집어넣었다. 그리고는 나무 보살상을 번쩍 들어 원위치시킨 다음에 보자기를 어깨에 메었다. 그리고 석가모니불을 향해 합장하고는 전각을 나섰다. 문밖에 공양주가 서 있었다.

"따거, 공양하셔야지요."

관우회 간부가 천거해서 한 달 전부터 공양주 노릇을 하는 유민이었다. 늘 웃는 낯으로 신도를 응대해서 평이 좋았다.

"아니네. 어서 가야 하네."

석중립이 손을 흔들어 상냥한 공양주의 친절을 거절하고는 편두통을 비롯한 유민들이 기다리고 있는 언덕길로 발길을 돌렸다. 조용한 사찰에 사람들이 들이닥쳐 시끄럽게 해서는 안 된다고 산 위에 머물게 했던 것이다. 이때 거친 목소리가 들려왔다.

"따거, 가더라도 보살상은 놔두고 가시오."

중립이 뒤돌아보니 공양주가 상냥한 미소 대신 냉소를 지으며 노려보고 있었다. 그의 손에는 괴자총이 들려 있었다.

"그 자리에 보자기를 내려놓으시오."

"위에 편두통이 있다는 것을 알고 있나?"

중립의 목소리는 흔들림 없이 침착했다. 공양주로 변신한 방석만이 냉소를 지었다.

"알고 있소. 그래도 목숨을 건지려면 내놓는 것이 좋을 거요."

"내가 너의 말에 따르지 않는다면?"

"할 수 없지."

방석만이 괴자총의 방아쇠를 잡아당겼다. 보살상을 빼앗은 다음 쏜살같이 산밑으로 도주하면 총소리를 들은 편두통과 그의 부하들이 쫓아와도 이미 그는 사라지고 없을 것이다.

철컥.

펑하고 불꽃 튀는 소리 대신 방아쇠 공이가 헛도는 소리만 들렸다. 석중립이 혀를 찬다.

"쯧쯧쯧. 저런, 저런. 사전에 점검했어야지."

철컥, 철컥, 철컥.

"등에 진땀이 흐르겠군. 그만 손들지그래."

중립의 비아냥에 당황한 방석만이 총을 버리고 도망치려고 할 때였다. 휙 하고 화살이 날아오더니 장딴지에 콱 박히자 앞으로 고꾸라졌다. 해우소 뒤에서 활을 든 석정이 모습을 드러냈다.

"흥! 이때가 오기를 기다렸다."

방석만은 화살 맞은 다리를 부여잡고 고통스러워했다. 석중립 부녀가 이런 함정을 파놓을 수 있었던 것은 연잉군 덕분이었다. 연잉군이 문수보살상이 문수사에 있다는 것을 슬쩍 흘린 뒤에 도둑 방석만을 공양주로 끌어들인 것이다. 그가 지난 한 달 동안 공양주로 일하면서 문수사를 샅샅이 뒤졌지만, 대웅전 문수보살상 안에 숨긴 것을 찾을 수는 없었다.

석중립 부녀는 기회를 엿보다가 문수보살상을 찾기 전에 몰래 숨겨놓은 괴자총을 찾아서 총알을 빼낸 것이다. 석정이 편두통이 기다리고 있는 곳에다 소리 나는 효시를 쏘았다.

퓨웅. 화살 소리에 편두통과 부하들이 내려왔다가 화살을 맞은 방석만을 보고 모두 놀랐다. 석중립은 이들을 시켜 문수보살상 도둑놈을 연잉군의 별장으로 끌고 가게 했다.

10

심리전쟁

"이 사정, 내 급히 다녀올 데가 있소."

호위무사 이천기의 만류를 뿌리치고 혼자 전류포구로 말을 달렸다. 그가 도착한 곳은 봉성산 산등성이에 있는 작은 기와집이었다. 서장미가 연잉군을 맞았다.

"오늘 새벽에 도착해서 쉬고 있습니다."

연잉군이 방안으로 들어가자 너부러져 있던 포수들이 일제히 바라본다. 자세는 엉망인 듯 해도 연잉군이 집안으로 들어올 때 예민한 청각이 이들을 깨워 각자 무기를 손에 잡고 있었다.

"나는 연잉군이요. 두령이 누구시오?"

그러자 정좌하고 있던 거구의 포수가 일어나며 말했다. 마흔쯤 되어 보이는 나이다.

"왕자님, 밤새 강변을 따라 걸어와 무례를 범했습니다. 용서하십시오"

연잉군보다 한 뼘은 더 커 보이는 두령이 고개 숙여 절했다.

"고맙소. 이렇게 멀고 험한 길을 와주다니."

"별말씀을 다하십니다. 왕자님이 아니셨다면 우린 모두 굶어 죽었을 것입니다."

포수들도 자리에서 일어나 모두 좌정하고 있었다. 앞에는 화승총과 활이 가지런히 놓여 있었다.

"일원 스님은 왜 오시지 않았소?"

"잠잠했던 역병이 도져 그들을 구원하기 위해 머물고 계십니다."

이때 방문 밖에서 장미가 말한다.

"나으리, 점심참을 준비했습니다."

문이 열리며 두 명의 궁노가 커다란 교자상을 들고 안으로 들어왔다. 포수들은 상 위의 푸짐한 고기보다 농마국수에 놀랐다.

"나으리, 농마국수를 못 먹어본 지 한 달입니다. 그런데 여기서 농마국수를 먹게 되나니……"

농마국수란 감자의 전분으로 만든 국수로 요즘 먹는 함흥냉면의 원형이다. 두령이 감탄하자 몇 명이 따라서 말하다 얼른 입을 다물었다. 평안도 사투리를 쓰는 두령과 달리 이들은 심한 함경도 사투리를 썼다.

"자, 나는 이만 나가 보겠소. 궁노가 지키고 있으니 편히 먹도록 하시오."

연잉군이 밖으로 나와 궁노들에게 엄중히 지키라고 했다. 방에서는 찐한 함경도 사투리와 웃음소리가 터져 나왔다. 서장미가 연잉군에게 묻는다.

"나으리, 분부대로 농마국수를 만들었긴 했지만……저 사람들 함경도 포수지요?"

"그렇소. 이 사실이 밖에 알려져서는 절대 안 되오. 절대로."

연잉군은 몇 번이나 강조했다. 포수들을 접대하기 위해 장미에게 함경도 출신 숙수에게서 농마국수 만드는 법을 배우게 했다. 그뿐이 아니다. 한적한 곳에 기와집을 사들여 이들의 숙소를 마련했다. 장미는 의문이 많았지만, 연잉군은 나중에 알게 될 것이라고만 말했다.

"나는 다시 돌아가겠소. 두령이 부탁하는 대로 성의껏 해주시기 바라오."

장미는 평소와 달리 심각한 표정의 연잉군을 의아하게 바라봤다. 우차에 잔뜩 실은 가마니 속에 들어있는 쇳덩이의 정체도 의심스러워 이리저리 살펴보았다.

퓩퓩퓩

우저서원에서는 유생들이 사대 앞에서 활을 쏘고 있었다. 의병장인 조헌 선생의 유지를 받들어 서원 소속의 유생들은 모두 활의 명인이 되어야 했다.

퓩퓩퓩

뒤이어 이 고장에 사는 선비들도 모두 과녁을 맞혔다. 평소 활쏘기로 심신을 단련한데다 연잉군이 특별히 장려했기 때문이다. 홍치택은 증조할아버지인 홍여실(洪汝實)이 병자호란 당시 장군으로 이곳을 방어하다가 힘이 부치자 문수산으로 옮겨 유격전을 펼쳤다는 말을 들었기에 막중한 책임감을 느끼고 있었다. 활쏘기가 끝나자 치택은 유생들을 모아놓고 연잉군이 보낸 지도를 펼쳤다.

"자, 우리 김포는 반도이지만 아라뱃길이 뚫렸으니 섬이 되었어. 청군이 들어온다면 강의 어느 쪽으로 들어오는가에 승패가 달려있으니…… "

유생들이 치택의 작전에 귀를 쫑긋하고 있을 때 반대편의 전류포구에서는 편두통이 커다란 원통에 감긴 쇠사슬을 풀어 어선에 싣고 있었다. 그 배가 한강 건너편 파주목(坡州牧)을 향해 가자 쇠사슬이 요란한 소리를 내며 풀리더니 강물에 잠겼다.

철컥철컥

명의 유민들이 엄중한 경계를 하고 있었는데 이들은 쇠사슬이 어떤 용도로 쓰이는지 몰랐다. 배가 건너편에 도착하고 강물 밑으로 쇠사슬이 가라앉자 이들은 원통에 풀과 잔가지를 촘촘히 쌓아 두엄처럼 보이게 만들었다.

반대쪽에 있는 대명 포구도 청군의 침공에 대비해서 부산하게 움직였다. 명 유민들은 창과 칼을 비롯한 각종 무기를 가지고 방어훈련을 했고 노론의 공자들도 배를 타고 임진강을 지나 조강포구에서 내려 연잉군의 별장으로 향했다.

김포의 움직임이 심상치 않을 때 도성 안도 시끄러웠다. 남별궁을 찾아간 강순보는 제물포 앞바다에 와있는 십사 아거 윤제의 명령서를 보이며 협박을 했다. 칙사 일행은 윤진이 김포에 있는 연잉군의 별장에 머물고 있다는 것을 알고 있지만, 형세는 윤제에 유리하다고 결론이 나자 적극 협조하기로 했다. 정사가 비변사를 찾아가서 대보단를 만들어 명의 신종에게 제사지낸 기록문서를 보이며 김포를 고립시켜줄 것을 위협했다.

"지금 사 아거가 김포로 갔지만, 생사가 분명치 않으니 우리가 들어가 조사해야겠소. 그러니 누구도 김포를 드나들어서는 안 되오."

가당치도 않은 요구였으나 대보단에서 명의 황제들을 제사지낸 사실이 탄로 나고 압록강에 청국의 군대가 도강할 태세에다 지금은 윤제의 선박군단이 김포로 오고 있으니 어쩔 수 없었다. 청군을 물리쳐야 할 조선군인들은 김포의 길목에 초소를 세우고 백성의 출입을 통제하기 시작했다. 이에 놀란 김덕재가 연잉군을 찾아왔다.

"어쩌면 좋습니까?"

정성공 후예의 배가 대명포구에 표류했음에도 이웃 통진부에서 해결할 사항이라고 태평하게 주막집이나 드나들다가 날벼락을 맞은 것이다. 도성에 채소를 팔러 가는 상인은 물론이고 김포에 잠시 머물다 가는 사람들도 꼼짝하지 못하고 갇히게 되었으니 말이다.

"김현감, 우리는 약소국이니 어쩔 수 없소. 시키는 대로 따르시오."

연잉군은 도성으로 가는 길목인 천등고개는 물론이고 우회도로인 여우재고개, 스무네미 고개 등에도 포졸을 보내 지키도록 했다. 인근의 부평도호부와 한강 건너 파주목, 고양현에서도 포졸들이 나와 배로 김포를 빠져나가는 사람들을 막았다. 명분은 대명포구에 표류해온 불온한 외국인들이 도성으로 침입하는 것을 막자는 것이었다.

천둥고개 주막에 머물던 청국 첩자들은 후레자식들이 도착하자 곧바로 남산으로 몰려가서 봉수대를 점령하고 전서구를 보냈다. 봉황불이 이들에게 장악되자 그들의 신호에 따라 바다 가운데 머물러 있던 윤제의 선박군단이 김포 쪽으로 움직이기 시작했다.

"십사 아거가 제물포 앞바다에 있는 것은 형제인 사 아거를 구출하려는 것이오."

칙사의 말에 조정은 입도 뻥긋 못했다. 오히려 그들의 요구대로 김포 외곽을 조선군이 완전히 둘러싸서 출입을 통제했다. 이런 소식은 관우회를 통해 연잉군과 석중립에게 알려졌다.

"이런, 이런. 우리가 꼼짝없이 독 안의 쥐 신세가 되었군. 쯧쯔쯔"

연잉군은 혀를 차면서도 태연했지만, 윤진은 달랐다. 동생이 들이닥치면 자신을 구하기는커녕 살해하고 그 죄를 조선에 뒤집어씌울 것이 분명하기 때문이다. 애써 침착하게 보이려 했지만, 불안한 마음은 연잉군에게 포착되었다.

"사 아거, 걱정하지 마십시오. 염하강에 일본 해적에게서 빼앗아 온 기뢰를 설치할 것이니 이쪽으로는 못 옵니다. 우리는 조강 쪽 육지만 지키면 됩니다."

연잉군의 말은 김덕재에게 흘러나갔고 곧바로 강순보의 귀로 들어갔다. 첩자를 시켜 정탐해 보니 궁노들이 염하강 상류와 하류에 부표를 띄어놓고 있는데 거기에는 철 바가지 같은 것이 붙어 있다는 것이다. 연잉군의 명령에 따라 모든 배는 염하강에 묶여 있어야 했다.

정보를 입수한 강순보가 달빛에 의존해서 첩자들과 함께 강화도 끝 부분으로 이동했다. 도착하자 쪽배를 띄워 후레자식 한 명에서 노를 저어 염하강으로 가게 했는데 펑하는 소리와 함께 쪽배와 후레자식은 산산조각이 났다. 기뢰에 부딪힌 것이다.

"흠, 기뢰 설치가 사실인가 보군."

은거지로 돌아온 순보는 김포로 들어와 있는 관우회의 부엉이와 비밀리에 접선했다. 그의 말대로 염하강에 일본 해적에게 빼앗은 기뢰를 설치한 것이 분명했다. 이제 십사 아거의 선박군단이 염하강을 통해 대명포구로 들어오는 것은 어렵게 되었다.

"명의 유민들 동태는 어떠한가?"

두일이 보고한다.

"석중립이 염하강은 봉쇄했으나 조강과 아라뱃길 양쪽을 두고 고심하고 있다고 합니다."

"너는 어느 쪽을 지킬 것으로 생각하느냐?"

"급히 들이닥친다면 아라뱃길이 아니겠습니까? 조강 쪽은 한참 돌아가야 하는데요."

순보 생각에도 윤제가 급히 김포로 들어오려 한다면 제물포와 최단거리인 아라뱃길로 들어올 것이다. 하지만 그쪽은 폭이 좁아 많은 선단이 일렬로 들어와야 하기에 명 유민들이 활과 돌멩이 같은 무기에 의해 공격당하기가 쉽다. 그리고 명 유민의 근거지인 대명포구와 너무 멀기에 육지에 상륙한 다음 짓쳐오기가 어렵다. 그렇다면……역시 조강 쪽이다.

"아니다, 조강으로 들어올 것이다. 주모를 만나야겠다."

강순보는 소론의 연락책 최홍일이 행방불명이 된 이후에 김덕재에게서 캐낸 정보가 더 유용해서 자주 활용했다. 그는 부리나케 천등고개의 주막으로 갔다. 도성으로 가는 길목을 차단해 그런지 손님은 한 명도 없었다. 부엌에 있던 심지영이 그가 들어서는 것을 보자 한걸음에 달려나와 버럭 달려들었다.

"아이, 여보! 왜 이제 오는 거예요? 잘 왔어요, 잘 왔어."

지영은 색기가 자르르 흐르는 눈빛으로 올려다보고는 팔을 잡아끌었다. 순보는 그녀의 풍만한 젖가슴에 침이 꿀꺽 넘어갔지만, 짐짓 뒤로 빼 본다.

"아직 해도 떨어지지 않았는데 왜 이리 보채느냐?"

"아이, 왜 그래? 벌써 아랫도리가 축축하구만."

그제야 순보는 히죽 웃으며 그녀가 이끄는 데로 뒷방으로 갔다. 젊은 주모들이 그와 눈이 마주치자 야릇한 미소를 지으며 몸을 비비 꼬며 키득거렸다. 방으로 순보가 들어서기 무섭게 지영은 그의 옷을 훌훌 벗겨 알몸을 만들었다. 그리고는 손을 잡아 자기 속곳 안으로 집어넣었다. 음탕한 주모는 열이 오르는지 금세 얼굴과 목 부위가 새빨개졌다. 순식간에 알몸이 되어 바닥에 벌렁 누웠다. 순보도 터져버릴 것같이 커다란 유방에 얼굴을 파묻었다.

"여보, 여보! 좋아, 좋아."

지영은 콧노래를 불렀다. 이들은 초저녁 합방이 끝난 뒤에 수건으로 흐르는 땀을 닦아주었다. 봄이 아직 오지 않은 때라 추웠지만, 남녀의 격렬한 정사는 추위도 도망치게 했다.

"여보, 나 언제 청국에 갈 수 있는 거야?"

지영이 순보를 뒤에서 껴안고 물었다. 그녀는 물개처럼 정력이 좋은 이 남자와 함께 천국 청나라에 가서 살고 싶었다. 순보가 서툰 조선말로 대꾸했다.

"일을 마치면 청국으로 건너갈 거야, 자네를 데리고. 그러니 현감 녀석에게서 정보를 알아내."

순보는 주모를 데리고 청국으로 귀환할 마음이 손톱만큼도 없었다. 하지만 이용하기 위해 거짓말을 하는 것이다. 지영의 표정이 시무룩해진다.

"싫어, 그 자식. 순 변태란 말이야."

그녀는 정력이 푹 떨어진 김포현감 김덕재가 토끼처럼 빨리 끝내는 주제에 이런 자세 저런 자세를 취해보라는 요구사항이 많아 싫다고 했다.

"알았어. 하지만 이제 마지막으로 한 번만 더 하면 돼."

순보는 싫다고 칭얼거리는 지영을 달래려고 다시 한번 아랫도리에 힘을 주어야 했다.

심지영이 며칠 동안 김덕재를 기다려도 그는 오지 않았다. 청의 수군이 공격할지 모르는 비상사태이니 주막에 오지 못하는 것은 당연했다. 그래도 강순보가 재촉을 하니 관아로 한신선을 보내 말을 전했다. 얼마 뒤에 사령이 와서 김현감이 도성으로 가는 길에 들를 것이라고 전했다. 강순보가 두일과 두삼을 데리고 주막으로 왔다.

"파발을 보내지 않고 본인이 직접 도성으로 들어간다 했다고?"

"네. 절대 비밀로 하라고 몇 번이고 당부하고 갔어요."

순보는 사정이 긴박한 이때 김포 현감이 직접 도성으로 간다는 것은 보통 일이 아니라고 판단했다. 어쩌면 김포의 최후방어책을 의논하기 위해 비변사를 찾는지도 모른다는 생각이 들었다. 그는 부하 둘과 함께 한신선의 방에 들어가 덕재가 오는 것을 기다렸다.

"무얼 그리는 건가?"

기다리다 지친 순보가 화공이 그리는 그림을 보며 물었다. 산수화였다.

"인왕산입니다. 어렸을 때 많이 올라갔던 곳이지요."

"인왕산? 국사당이 있는 곳 말인가?"

순보는 국사당 선바위에서 일어난 살인사건에 대해 물으려고 했는데 덕재가 들어오는 소리에 입을 다물고 등잔불을 껐다. 그리고는 손가락으로 문창호를 뚫고 밖을 내다보았다. 지영이 갖은 애교를 다 부리며 안방으로 데리고 들어갔다. 순보는 질투심이 일어났지만 참을 수밖에 없었다.

먼저 옷을 홀홀 벗은 것은 심지영이었다. 그녀는 조급했다. 덕재에게서 얼른 정보를 캐내어야 청국땅으로 갈 수 있기 때문이다. 눈치를 보며 묻는다.

"도성으로 가는 길은 군졸들이 꽉 막고 있다는데……"

"영사정 나루에 쪽배를 대 놓았어. 새벽에 몰래 밀물을 타고 마포 나루까지 갈 거야."

천등고개부터 출입을 막고 있으니 영사정 나루에서 은밀히 배를 타고 빠져나가려는 것이 분명했다.

"갑자기 도성은 왜 올라가는 거예요?"

지영은 풍만한 젖가슴으로 옷을 벗은 덕재의 등을 비비며 물었다.

"쉿!"

"다른 사람에게는 말하지 않았어. 도대체 무엇 때문에 그러는 거야?"

알몸이 된 김덕재는 아무 대답을 안 하고 보따리를 가리켰다.

"저 안에 있어. 내일 아침 일찍 올라가야 하니 어서 자자."

미리 준비해 놓은 술상 위의 술도 마다한 김덕재는 이불을 펴게 했다.

"왜 이리 급해?"

지영이 애교스럽게 눈을 흘겼지만, 덕재는 구렁이 껍질 벗기듯이 순식간에 그녀의 속곳을 벗겨 알몸으로 만든 다음에 자빠뜨렸다. 질투심을 참지 못한 강순보가 밖에서 엿듣고 있는 것을 모르는 김포현감은 음탕한 주모의 배 위에 올라탔다.

순보는 질투심과 조급한 마음으로 속에서 불이 났지만 두 남녀의 헐떡이는 소리를 들으며 촉각을 곤두세웠다. 신음과 교태가 한참 어우러진 뒤 두 남녀의 정사가 끝났다. 지영이 덕재의 손을 잡아끌어 자기

젖꼭지에 가져다 대고는 속삭였다.

"자기야, 이런 건 파발이 해도 되는 거잖아. 다른 사람더러 가라고 해. 나 하고 여기 며칠 더 있어."

밖에서 엿듣고 있던 순보가 속으로 혀를 찼지만, 속내를 알아보려는 꼼수임을 눈치챘다.

"안 돼. 이건 극비야."

"극비? 정승판서만 보라고 하는 건가?"

"그보다 더 위야."

"세자마마? 아니면 주상?"

지영의 물음에 덕재는 대꾸하지 않았다. 그러자 그녀가 자리에서 일어나 술상 위의 술병을 집어들었다.

"이거 지리산 산골에서 잡은 살모사로 만든 술인데……한 잔 마시면 거시기가 한 시각은 꼿꼿이 서 있는데."

"안 돼. 새벽 일찍 가야 하니 어서 자야 해."

덕재는 거부했지만 결국 지영의 애교에 넘어가 살모사 술을 먹고 두 번째 동침하게 되었다. 잠시 후 술 속에 넣은 수면제로 덕재는 지영의 알몸 위에서 그냥 잠이 들고 말았다. 순보가 방에 들어오자 코를 골며 잠이 든 덕재를 밀어내며 지영이 말했다.

"내일 새벽까지 천둥벼락이 쳐도 깨나지 못할 거야."

강순보는 촛불을 켠 다음에 두일을 불러 보따리를 연 다음에 밀랍으로 봉인한 문서를 꺼냈다. 보통 중요문서라 해도 풀로 붙인 다음에 도장만 찍는데 밀랍까지 한 것을 보면 임금만 봐야 하는 극비문서가 틀림없었다.

"염려 마십시오. 감쪽같이 뜯어볼 수 있습니다."

두일은 봉인한 밀랍을 꼼꼼히 살펴보고는 조심스럽게 뜯었다. 문서가 놓인 위치를 다시 살펴보고는 조심스럽게 꺼내 펼쳤다. 촛불 밑에서 내용을 읽는 강순보의 표정이 변했다. 그는 붓과 벼루를 꺼내 임금 앞으로 보내는 보고서의 내용을 그대로 옮겨 적었다. 맨 끝에 연잉군의 자(字)인 광숙이라고 쓴 것까지 그대로 베꼈다.

"두일, 원상대로 해 놓아라."

강순보는 어서 은거지로 가야겠다고 마음먹었다. 어서 알리지 않으면 윤제의 선단이 그대로 몰살당할 수 있다. 서두르는데 수면제를 먹은 덕재가 벌떡 일어났다. 깜짝 놀란 강순보가 돌처럼 굳어졌는데 덕재가 몇 마디 잠꼬대하고는 다시 드러누워 코를 골았다. 드르렁드르렁

"두목, 차라리 이 자를 여기서 없애는 것이 어떨까요?"

두일의 물음에 순보는 고개를 가로저었다.

"안 돼. 그러면 우리 짓인지 알고 계획을 바꿀 것이다. 어서 집으로 가자!"

순보가 자리에서 일어났다. 밖에서 두삼이 망을 보고 있다가 두 사람과 함께 집을 나섰다. 캄캄한 어둠 속에서 은거지로 돌아온 첩자들을 한곳에 모았다.

"무슨 내용입니까?"

"놈들은 십사 아거를 아라뱃길로 유인하기 위해 꼼수를 부리고 있다. 조강에 가짜 기뢰를 설치하고 소문을 퍼뜨리려는 거야."

임금에게 보내는 연잉군의 보고서에는 십사 아거의 선단을 막기 위해서는 일본 해적에게서 빼앗은 기뢰를 설치해야 하는데 양이 부족해서 염하강에만 설치했으니 조강 쪽에는 기뢰를 설치한 척 속이고 아라뱃길로 들어오게 해서 화포공격과 함께 활을 쏘고 돌을 던져 막겠다는 내용이었다.

"그렇다면 십사 아거는 반드시 조강으로 들어와야겠군요. 하지만 연잉군과 명 유민들이 지키고 있을 텐데요."

두일의 말에 강순보는 김포 일대를 그린 지도를 펴놓고 의논을 시작했다. 뒤이어 아라뱃길을 감시하고 있던 첩자에 의하면 우저서원의 유생을 필두로 김포의 청장년 남자들이 활과 석전에 쓸 돌을 실은 우차를 대기하고 남하하고 있다고 했다. 순보는 이 사실을 급히 봉화대를 점령하고 있는 첩자들에게 알려 밤중에 봉화를 올리게 했다. 그리고는 한신선에게 전류포구 근처에 얻어 놓은 초가집에 가서 한강의 동태를 살피라고 명령했다.

제물포 앞바다에 있는 십사 아거 윤제의 선박군단에서 강화도의 봉화대를 거쳐 김포에서 전해 오는 봉홧불을 보았다. 그동안 김포에서 전서구를 통해 연락했지만 몇 번 전서구가 실종되었다. 도성에 있는 칙사를 통해 조정을 위협해서 김포 남산과 강화도의 봉화대를 점령해 청국 첩자의 봉홧불로 바꾼 것이다. 캄캄한 밤 뱃전에 선 십사 아거 윤제가 봉홧불이 올려졌다 내려졌다 하는 것을 보았다. 신호는 곧 해독되어 함장인 참장(參將)에게 보고되었다. 그는 대장선에 판자를 대고 건너가 윤제 앞에 섰다.

"아거, 아라뱃길로 가면 안 되고 조강으로 가야겠습니다."

참장의 보고에 윤제는 대답 대신 강화도 쪽을 노려보았다. 윤진이 김포에 있다면 이번 기회에 제거할 수 있다. 그는 같은 뱃속에서 나왔지만 윤제를 증오했다. 겉으로는 황위에 대한 욕심이 없이 초연한 것 같이 행동하지만, 뒤로는 다음 황제 자리에 오르기 위해 은밀히 사람들을 모으고 있다는 것을 알고 있다. 형제들의 비행을 몰래 부황에게 고자질한다는 것 때문에 이복형제들과 손잡고 친형인 윤진을 죽이려고 문수보살상까지 훔치게 했던 것이다. 윤제는 배 안으로 발길을 돌렸다.

"아라뱃길이 불리하다면 조강으로 가는 해로를 살펴봅시다."

윤제의 명에 따라 참장이 강화도와 김포 일대의 지형과 뱃길이 표시된 지도를 가져와 펼쳤다. 참장은 밀물과 썰물의 시간이 적힌 물때표도 가져왔다. 강화도 하구의 물은 하루에 두 번, 한강을 향해 급속히 흐르다가 거꾸로 하구로 쏟아져 내려간다. 강물이 거꾸로 뒤집혀 흐르는 마을이라고 해서 전류리(顚流里)라고 하는데 밀물을 이용하면 여기까지 가는데 겨우 한 시각 반(세 시간)정도 걸린다고 했다. 바다에서 올라오는 물과 한강에서 바다로 흐르는 물이 전류포구에서 교차되는 순간 강물은 십여 분 동안 고요해진다. 이것을 포구의 어부들은 '참'이나 '수와지기'라고 한다. 이 시간이 지나면 압구정까지 흘러갔던 강물이 아홉 시간에 걸쳐 거꾸로 흐르기 때문에 배의 방향을 얼른 돌려놓아야 한다. 참장은 '참'의 시간에 얼른 수군을 상륙시킨 후에 배를 조강 쪽으로 돌려보내면 된다고 했다.

"혹시 조강에도 기뢰를 부설한 것이 아니요?"

윤제의 물음에 참장이 대답했다.

"강순보가 보낸 정보에 의하면 염하강에는 위아래로 기뢰가 설치되어 있지만, 조강은 아닙니다."

참장은 연잉군이 방어를 위해 설치할 기뢰가 부족해서 조강까지 할 수 없었다고 말했다. 그래서 조강에는 가짜 기뢰를 설치하고 있다고 했다.

"틀림없는 정보요?"

윤제는 미심쩍어서 몇 번이고 되물었지만, 김포현감에게서 얻은 정보로 지금까지 한 번도 빗나간 적이 없다는 말로 대답했다.

"좋소, 그러면 밀물을 이용해서 전류포구로 갑시다. 그 전에 사 아거를 붙잡아야 하오."

윤제는 윤진이 명의 유민과 같이 있다는 것을 부황인 강희제가 알게 되면 반역으로 몰 수도 있다고 판단했다. 참장에게 봉화대의 첩자들에게 신호를 보내 공격날짜와 시간을 통보하게 했다. 조강을 통해 윤제의 선단이 진입하고 만 하루가 지난 뒤에 아라뱃길로 나머지가 진입해서 김포를 포위하는 계획이다. 이런 사실을 모르는 연잉군은 청국 첩자들의 귀에 들어가게 조강에 기뢰를 설치했다고 소문을 내고 가짜로 만든 기뢰를 설치했다. 그리고는 편두통에게 명의 유민을 이끌고 아라뱃길로 가라고 명령했다.

천둥고개 주막은 문을 닫았다. 김포 밖으로 나가는 출입구가 완전 봉쇄 되어 손님이 뚝 끊어졌기 때문이다. 손님 대신 두삼을 비롯한 후레자식들이 여기서 명령을 기다리게 했다. 이런 사실을 모르는 술꾼들이 찾아왔다가 이들을 보고 기겁을 해서 돌아가곤 했다.

청국의 첩자 강순보는 청나라 칙사의 명령서를 들고 통진부를 찾아와서 모란 주점의 일꾼들이 사 아거 윤진의 행방을 찾아다니는데 협조하도록 강요했다. 조정의 명령이 있는지라 그 누구도 항의하지 못했다. 자칫하면 청군이 압록강을 넘어올 수 있기 때문에 겉으로나마 협조할 수밖에 없었다.

"연잉군의 별장으로 갑시다."

강순보는 통진 부사를 앞세우고 별장으로 갔다. 첩자와 후레자식들이 기고만장해서 칼과 조총을 들고 나섰지만, 통진 부사와 군졸들은 묵묵히 그들을 양쪽에서 호위하고 있었다. 길가에 나와 있던 조선인들이 그 광경을 보고 손가락질을 하거나 땅바닥에 퉤퉤 침을 뱉었다.

청 수군의 침입이 코앞에 닥쳤는데도 이들이 도착했을 때 연잉군의 별장은 평온했고 대문도 활짝 열려 있었다. 예상에서 벗어나자 더럭 겁이 난, 강순보가 멈추고 들어가지 않고 머뭇거리다가 통진 부사를 앞세우고서야 비로소 들어갔다.

덩기 덩기 덩

대청마루에서 거문고 소리가 들려왔다. 연잉군이 거문고를 켜고 있었다. 그의 태연함에 무슨 속임수가 있나 조심스럽게 보다가 칙사의 밀서를 꺼내 보이며 소리쳤다.

"연잉군! 이 문서는 사 아거를 구출하라는 명령서요. 사 아거는 어디 계시오?"

순보의 추궁이 들리지 않는다는 듯 연잉군은 거문고 켜기에 열중했다.

"어디에 가두어 놓았다는 말이오?"

탕

거문고 줄이 끊어지는 것을 신호로 매복해 있던 노론의 공자들이 무기를 가지고 뛰쳐나왔다. 지금까지 공손했던 통진부의 군졸들도 일제히 그들에게 창을 겨누었다. 순보는 청국 칙사의 문서만 내밀면 조선 관원들이 꼼짝 못했기에 이들도 순순히 복종할 수 있을 줄 알았는데 의외의 반응에 놀랐다. 하지만 허세를 부려본다.

"지금 십사 아거가 형제를 구하기 위해 선박군단을 이끌고 온다는 것을 모르오? 거역하면 조선의 왕자일지라도 목이 떨어질 거요."

순보가 거듭 재촉하는데 방문이 획 열리면서 김포 현감 김덕재와 사 아거 윤진이 모습을 드러냈다. 윤진이 노여움이 가득 찬 얼굴로 소리쳤다.

"나 여기 있다! 나를 윤제에게 넘기려고 왔느냐?"

순보는 놀라 한발 물러섰다가 다시 아첨 떤 얼굴로 윤진에게 최대한 공손하게 말했다.

"아거! 그럴 리가 있습니까? 우리는 연잉군에게서 아거를 구출해 도성으로 모시려고 왔습니다. 어서 나오시지요."

그러나 윤진의 노여움은 그치지 않았다.

"흥! 나를 죽이려고 하더니 이제는 속이기까지 하는구나."

연잉군이 거문고를 옆으로 밀어놓고 자리에서 일어나며 조용히 말했다.

"이제 머지않아 십사 아거가 사 아거에게 목숨을 구걸하게 될 거요. 내가 두목에게 보여줄 것이 있소."

연잉군이 손짓하자 김덕재가 손에 든 상자를 열어서는 한 남자의 목을 꺼내 보였다. 바로 암호명이 부엉이이면서 관우회 향주인 이준구였다. 연잉군이 말한다.

"이 자가 당신에게 기밀을 알려준 내통자라는 것을 여러 번의 시험을 통해 알았소. 그래서 김포현감을 통해 거짓 정보를 청 수군에게 흘렸던 것이요. 이 자가 죄를 뉘우치지 않고 도망치려 해서 처형한 것이요."

순보는 아차 했지만 이미 늦었다. 윤제는 그의 그릇된 정보로 아라 뱃길이 아닌 조강으로 들어올 것이다. 그는 기뢰에 의해 부서지는 선단을 머릿속에 그렸다.

"향주가 왜 당신에게 비밀을 누설했는지 아오? 당신에게 정보를 제공하면서 한편으로 모란 주점의 기밀을 염탐해서 석장군에게 알려 신임을 쌓았소. 청과 조선을 이간질해 전쟁터로 만든 다음 관우회의 재산을 빼돌려 도주하려고 했던 거요."

연잉군의 손바닥에서 놀았다는 것을 알게 된 강순보는 지붕 위에서 그물이 휘리릭 떨어지면서 후레자식들을 덮치는 것을 보자 재빨리 피하면서 연막탄을 터뜨렸다.

쾅

연막이 걷혔을 때 두목 강순보만 빼고 후레자식 모두 그물 안에 들어가 있었다.

몇 시간 뒤. 연잉군의 밀명을 받고 김포가 봉쇄되기 전에 상인의 복색으로 김포로 들어와 잠복해 있던 강호동 부장을 비롯한 우포청의 포교와 포졸들이 일제히 천등고개의 주막을 덮쳤다.

"어맛! 이게 무슨 짓이에요?"

옷을 벗고 이를 잡고 있던 주모들이 알몸을 가리며 소리쳤다. 강 부장이 소리쳤다.

"어, 이 계집이 어디로 숨은 거야?"

심지영이 집안으로 들어간 것을 분명히 보았는데 감쪽같이 사라진 것이었다. 강 부장과 포졸은 몸을 가리고 있는 주모들을 밀치고 지영을 찾았다.

"귀신이 곡할 노릇이군. 어디로 숨은 거야?"

강 부장은 주모들을 족쳤지만, 그들도 영문을 몰라 했다. 강 부장은 포졸들로 하여금 주막을 포위하게 하고 백 부장과 함께 이 방 저 방을 찾고 마루 밑까지 샅샅이 뒤졌다. 당황해서 어쩔 줄 몰라 하는데 의외의 일이 벌어졌다.

"으응? 이게 뭐야?"

백 부장의 코로 물이 떨어지자 천장을 올려다보았다. 찝찔한 것이

오줌이 분명했다.

"여기닷!"

백 부장이 칼로 천장을 찢자 심지영이 굴러떨어졌다. 포위당한 것을 알고 재빨리 천장으로 숨었는데 그만 오줌을 싸고 만 것이다. 자객답게 벌써 단도를 손에 쥐고 있었다.

"고이한 계집. 어서 포박을 받아라!"

강 부장이 소리쳤지만 이를 앙다문 지영은 방문을 부수고 밖으로 뛰쳐나갔다. 육모방망이를 든 포졸들이 달려들자 그녀는 단도로 위협했다. 삵괭이 같은 눈을 하고 사납게 소리쳤다.

"어디 가까이 오기만 해 봐. 멱을 따놓을 테니."

그녀가 자객이라는 것을 아는 포졸들은 엉거주춤했다. 강 부장이 육모방망이를 번쩍 추켜들고 달려들자 지영이 단도를 휘둘렀다. 아슬아슬하게 머리를 스치고 지나는 바람에 엉덩방아를 찧었다. 그 틈을 타서 여자객 심지영은 맨발로 논으로 뛰어들었다.

첨벙첨벙

요란한 소리를 내며 도주하는 지영을 보고 포졸들이 뒤쫓았지만, 그녀는 논둑 위에 세워놓은 강 부장의 말을 보고는 얼른 달려가서 올라탔다. 말이 놀라서 앞발을 드는 바람에 떨어질 뻔했으나 손바닥으로 후려쳐 달리게 했다.

"저, 저년을 잡아라!"

강호동이 뒤에서 소리쳤지만, 말은 보이지 않았다. 낭패해 하는 백 부장과 포졸을 보고 히죽 웃었다.

"아니, 자네는 놓치고도 웃음이 나오나? 실성한 거 아니야?"

백 부장이 눈을 흘기며 야단쳤지만, 강 부장은 여전히 웃고 있었다.

"이보게, 이게 다 나으리께서 시키신 일이네. 참, 아까 계집의 오줌을 뒤집어썼지?"

그 말에 백 부장이 투덜거리자 강 부장은 끌고 온 개에 엎드려 오줌 냄새를 맡게 했다. 첩자 두목 강순보를 놓쳤기 때문에 그를 잡기 위해 일부러 주모를 놔준 것이다. 심지영의 오줌냄새를 맡은 개는 그녀가 도주한 쪽을 향해 달려나가고 두 명의 포교와 포졸들이 뒤를 따랐다.

청 수군의 선박군단 중에서 삼분의 이는 제물포 앞바다에 놔두고 삼분의 일을 끌고 교동도 앞까지 온 윤제는 물때를 기다렸다. 맞은 편에는 교동도의 삼도수군통어영의 배가 지키고 있었다. 교동도호부 부사 옆에는 이봉상 장군이 있었다.

"장군, 우리가 여기서 저자들을 막지 못하면 밀물을 타고 조강을 통해 한강으로 들어갑니다. 그러면 도성이 위험해집니다."

수군의 최고 사령관으로 도성을 지켜야 할 막중한 책임을 지고 있는 부사는 여기서 조선 수군이 전멸하더라도 청의 수군을 막아야 한다고 했지만, 이봉상은 승강이 좀 하다가 굴복하는 척 통과시키자고 하는 것이었다. 부사가 볼멘 목소리로 말한다.

"장군이 이순신 제독의 후손인 것은 알고 있지만 무슨 책략이라도 있는 게요?"

"있지요. 암요. 우리는 청의 위세에 눌려 어쩔 수 없이 길을 내주는 것으로 하면 됩니다."

부사는 조강에 연잉군이 기뢰를 설치했다는 말을 들어 알고 있었다.

"조강에 설치한 기뢰 가지고 저 많은 배를 이길 수는 없소."

부사가 내뱉듯이 말했지만, 이봉상은 히죽 웃고만 있었다.

"기뢰는 가짜입니다. 십사 아거를 막는 것은 바로 물입니다."

그 말에 부사는 영문을 모르겠다는 듯 이봉상을 바라보았다. 임진왜란 때 열 세척의 배를 가지고 일본의 대함대를 침몰시킨 이순신 제독의 후손이니 좋은 방도가 있을 것이라고 믿었을 뿐이다.

청국 수군의 정황은 급박했다. 선두에 설 배의 수군장들이 회의를 했다.

"이제 조강으로 들어갈 준비를 해야겠다."

"저 앞에서 대치하고 있는 조선 수군은 어쩌겠습니까?"

어떤 자의 말에 험상궂은 얼굴로 변한 참장은 단호하게 말한다.

"사 아거를 구하러 김포로 들어간다고 했는데 막는다면 그건 우리 청국에 대한 선전포고다. 해로가 맞는지나 확인해라."

해로도를 받은 장교들이 읽어보니 물때를 이용해서 조강으로 들어가는 해로가 상세하게 그려져 있었다. 암초가 있는 곳의 표시도 상세히 적혀있었고 가짜 기뢰의 위치도 점으로 표시되어 있었다. 척후병의 보고로는 아라뱃길에는 편두통의 지휘 아래 김포의 청장년과 명 유민이 합세해서 지키고 있다고 했다.

"가짜 기뢰라고 했지만, 혹시 놈들의 속임수일지 모르니 이곳은 피해 가자."

맨 선두에 서야 하는 참장은 이번이 승진의 기회이자 위기일 수 있기에 한참 동안 장교들과 의논을 했다. 밤이 이슥해지자 벙어리 요리사가 야참을 들고왔다. 그의 이름은 분명히 있지만, 참장부터 말단 병졸까지 그냥 벙어리라고 불렀다. 주방에서 파를 썰거나 무를 다듬는 하찮은 일은 하지만 힘쓰는 일도 모두 도맡아 했다.

"저 녀석의 좋은 점은 일체 말이 없다는 거야."

야참을 두고 나가는 벙어리에게 참장이 내뱉듯 말했다. 요 며칠 동안 상관인 윤제의 잦은 질책에 넌더리가 났던 것이다.

뱃전으로 나간 벙어리는 주방에 잠시 들어갔다 나오면서 솜방망이

를 들고 나와 배 앞부분으로 가서 주위를 둘러보고는 부싯돌로 불을 붙였다. 다시 한번 주변을 살피고는 불붙은 솜방망이를 휘둘렀다. 몇 번 이렇게 하고는 불을 끄고 막 돌아서는데 어둠 속에서 사람이 나타났다. 벙어리는 뒤로 물러서며 숨겨놓은 비수를 꺼냈다.

"어, 누, 누구 !"

벙어리는 혀가 꼬부라진 소리를 듣고 그가 화약고를 지키는 사관임을 알았다. 잘난 체하고 술을 좋아했지만 윤제의 충복이기에 누구도 건들지 못했다. 지금도 결전을 앞둔 비상시기에 벙어리가 몰래 건네준 술에 만취한 것이다.

"으응, 벙어리구나. 여기서 뭐하고 있어?"

뇌물을 받고 주방에 취업시켜준 인연도 있지만 벙어리가 이따금 몰래 술을 훔쳐다 주었기에 절친한 사이였다. 술꾼은 바지를 벗더니 바다에다 오줌을 싸기 시작했다. 쏴아.

벙어리는 혹시 그가 볼까 반쯤 타고 남은 솜방망이를 발로 슬쩍 밀어 숨겼다.

서장미를 통해 연잉군의 편지를 받은 포수 두목은 즉시 행동에 옮겼다. 그는 연잉군의 별장에서 온 궁노들이 가져온 지게에 가져온 물품을 실었다. 그리고는 포수 다섯 명과 함께 눈과 얼음이 아직도 녹지 않아 미끄러운 산길을 통해 봉성산(奉城山) 정상을 향해 올라갔다. 조심스럽게 올라간 일행은 미리 마련한 토막집에 물품을 옮겨 놓았다. 토막집에는 홍치택과 석정 그리고 이십여 명의 유생이 기다리고 있었다.

"봉성산 곳곳에 보초를 세워 놓았으니 안심하셔도 됩니다."

치택은 포수의 우두머리에게 말했다. 두령은 고개만 끄덕이고 상자를 열어 유생들의 도움을 받으며 부품을 조립하기 시작했다.

그 시각에 봉성산 아래의 한 초가집에서는 강순보와 한신선이 산 위를 바라보고 있었다. 연잉군의 별장에서 탈출한 강순보는 급히 봉화대를 점령한 첩자들에게 갔지만, 그곳은 기회를 엿보고 있던 편두통 부하들에게 점령되어 있었다. 그래서 전류포구 근처에 마련해 둔 안가로 왔는데 뜻밖의 장면을 본 것이다. 그곳은 한신선이 지키고 있었다.

"도대체 저놈들이 무슨 꿍꿍이가 있는 거야?"

"아무래도 수상합니다."

신선은 두엄을 두 명의 유민이 지키고 있는 것이 수상했지만, 연속된 실패로 계속 우거지상인 강순보에게 말하지 않았다.

"자네가 좀 알아보게."

강순보는 자신을 추적하는 연잉군을 피하고자 한신선을 내세우려했지만, 그는 자신의 상관인 최홍일이 행방불명 되어 사라지고 없는데 청국의 첩자 두목의 말을 들을 이유가 없다. 몸이 아프다고 거부하며 고개를 가로저었다.

"정말 몸이 아픕니다. 보시겠습니까?"

이렇게 말하며 신선은 바지를 벗었다. 그러자 보기에도 끔찍한 화상 자국이 눈에 들어왔다.

"보셨지요? 어렸을 때 뜨거운 물을 뒤집어써서 이 꼴이 되었습니다.

날씨가 궂으면 통증이 심해지지요. 돈이 있으면 고칠 수 있다고 하지만……"

은근슬쩍 돈을 요구하자 순보가 안타깝다는 듯 혀를 찼다.

"쯧쯧쯧, 안 되었군. 그렇게 살지 말고 아예 죽는 것이 낫겠군."

어느새 단도를 뽑아 목을 겨누면서 소리쳤다.

"지금 당장 안 나가면 네 목을 자르던지 아예 고자로 만들어 버리겠어!"

그 한 마디에 바짝 쫄은 신선은 바지춤을 추켜올리고는 황급히 밖으로 나갔다. 잠시 후에 돌아온 그는 종이에 붓으로 대충 그림을 그렸다. 그것을 본 강순보는 깜짝 놀랐다.

"저, 정말이냐?"

"분명히 이 모양입니다. 근데 이게 뭡니까?"

순보는 그의 물음에 답하지 않았다. 등골이 오싹했다. 이건 한눈에 봐도 신기전이 분명했다. 조선이 자랑하는 병기였다는 신기전. 세종 때 만들어져서 임진왜란 때 행주산성을 지켰다는 무기였다. 그러나 지금은 사라지고 없다고 들었다. 그런데 어떻게 이걸 봉성산에 설치했다는 말인가.

"왜 여기에 신기전을 설치한 거지. 바로 이때에?"

몇 시각 지나지 않으면 윤제의 선박군단이 조강을 통해 들어올 것이다. 가짜 기뢰를 지나쳐 조강을 거쳐 전류포구에서 수군이 상륙하고 대명포구로 진군할 것이다. 그런데 왜……

"한신선, 어서 이 사실을 알려야 한다. 다시 그곳으로 가서 감시해라."

한신선이 주저하자 강순보는 천장에 숨겨놓았던 십여 개의 금전을 건네주었다.

"만약 네가 소임을 다하면 이것의 열 배, 아니 백 배의 상금을 주겠다."

그 말에 신선은 금전을 움켜쥐고 밖으로 뛰쳐나갔다. 돈을 보고 환장한 화공과 달리 강순보는 두려움에 떨었다. 이 사실을 얼른 윤제에 알려야 한다. 조강으로 온다면 신기전의 공격을 받게 될 것이다. 그가 어찌할 바를 모르고 있는데 말 한 마리가 달려오더니 한 여자가 굴러 떨어졌다. 놀라서 보니 심지영이었다.

"어찌 된 일이야? 여긴 오지 말라고 했잖아?"

강순보가 나무라자 지영은 헐떡거리면서 우포도청에서 기습해온 사실을 말했다. 순보는 부하들을 다 잃은 상태에서 자객 출신인 그녀의 도움이 필요했기에 더 야단치지 않았다.

최종병기 신기전

연잉군은 윤진과 함께 아라뱃길로 나갔다. 제물포 앞바다에서 시작해 김포에서 한강과 연결되는 아라뱃길은 굴포천을 통해 운하를 만들려다 거대한 암석이 막는 바람에 실패했던 것을 다시 뚫은 것이다. 이로써 서해안을 거슬러 강화도 앞이나 염하강을 지나 조강으로 빙 돌아서 한강으로 가야 하는 뱃길이 단축되었다.

"사 아거, 유민들은 청국이 양해한다면 이 뱃길을 통해 바다로 나가 무역을 하고 싶어합니다. 가능하겠습니까?"

연잉군의 물음에 윤진이 미소를 지었다. 그리고는 고개를 가로젓고 나서 말했다.

"세 나라 통치자들이 원치 않은 일이요. 바다라면 지긋지긋하오. 정성공 때문에 부황께서 노심초사하는 것을 보며 자랐소. 조선이나 일본도 백성을 통제하려면 바닷길을 막아야 할 거요. 하지만…… 관헌의 눈을 피해 저지르는 밀무역이야 어쩌겠소."

공식적으로는 바다로 진출하는 것을 막는 해금(海禁) 정책을 계속 쓰겠지만 각 나라의 민간인들이 몰래 거래하는 것은 눈감아 주겠다는 것이다.

"연잉군! 열넷째가 이곳으로 오지 않는다고 확신하오? 제물포 앞바다에서 김포로 빠른 뱃길이 이곳이라면서요?"

"아라뱃길을 통해 김포로 들어오는 것이 빠르긴 하지만 폭이 좁아 십사 아거의 선박군단이 들어오긴 무리가 있지요."

연잉군은 청의 수군이 아라뱃길로 들어오는 것을 막기 위해 제물포와 김포의 주민이 모두 흰옷을 입고 뱃길 양안에 서 있기로 했다는 말을 했다. 모두 흰옷이기에 얼핏보면 군복처럼 보이기 때문에 윤제가 마음을 바꿨다 해도 이곳으로 들어오지 못할 것이라고 했다.

"만약을 대비한 것입니다. 첩자들을 대부분 소탕했으니 이 정보가 척후병을 통해 십사 아거의 귀에 들어가지 못할 것입니다."

"그래요? 연잉군은 열넷째가 조강으로 올 거라고 굳게 믿고 있구려. 그러다가 낭패 볼 수도 있소. 그놈은 의심이 많은 놈이라."

연잉군이 히죽 웃으면서 대답한다.

"실은 어젯밤에 윷점을 쳤습니다."

"윷점? 전쟁하는데 점을 쳐서 결정한다는 거요?"

윤진이 어리둥절한 표정을 지으며 반문하자 연잉군은 임진왜란 때 이순신 제독이 일본 수군과 스물세 번 싸워 모두 이긴 것이 윷점을 쳐서 싸울 것인가를 결정했다는 것이다.

"지금 교동도에 가있는 이봉상 장군이 집안에 내려오는 할아버지 일기에서 찾아낸 것이라 합니다."

윷점에 관한 기록은 난중일기에 쓰여있는 것으로 이순신 제독은 한밤중에 촛불을 켜놓고 마음을 집중하고 네 개의 윷가락을 세 번 던 져 점괘에 나온 대로 전쟁에 임했다고 한다. 그래서인지 일본 수군에 게 23전 23승이라는 경이적인 기록을 세웠다.

윤진에게 이순신의 윷점치는 방법에 대해 한참 설명을 하고 있는데 제물포 앞바다를 감시하던 감시선이 아라뱃길을 통해 황급히 달려와 서는 밀물에 따라 십사 아거의 선박군단이 조강 쪽으로 움직이기 시 작했다고 했다.

"아거, 이제 곧 전투가 벌어질 것입니다."

"계책이 들어맞겠소?"

"사나운 매를 늙은 꿩이 물리치는 것을 자주 보았습니다."

연잉군은 쫓기는 꿩도 매의 복부가 약하다는 것을 알고 누워서 발 톱으로 방어한다는 것을 말해 주고는 말에 올라탔다. 윤진도 말에 오 르고 김상명과 노론의 공자들도 말에 올라탔다.

강호동 부장이 심지영의 오줌냄새를 맡은 추적견을 따라 봉성산 기 슭의 초가에 들이닥쳤을 때 한신선만 잡을 수 있었다. 그에게서 신기 전의 존재를 윤제에게 알리기 위해 강순보와 심지영이 조강포구로 말 을 달려간 것을 자백받았다. 강호동은 낭패했다. 연잉군에게 신기전으 로 청의 수군을 막을 것이라는 귀띔이 있었지만, 설치한 위치가 드러났으니 큰일이 아닌가.

"어서 년놈의 뒤를 쫓아야 한다."

강 부장이 이렇게 서두르는데 백 부장이 다가와서 말한다.

"이보게, 저 녀석 어디서 많이 본 것 같지 않나?"

그 말에 붙잡혀 꽁꽁 묶인 한신선을 한참 바라보다가 자신과 함께 선바위에서 잠복하던 한 포졸을 머리에 떠올렸다. 그에게 일찍 집을 나간 아우가 있다는 말을 기억해냈다. 그림을 잘 그린다고도 했다.

"이 봐, 집안의 형제 중에 포도청에 있는 자가 있는가?"

강 부장의 말에 한신선이 수그렸던 고개를 번쩍 들었다. 그리고 이내 고개를 떨구고 기어가는 목소리로 말했다.

"형님 한 분이……"

그 말에 놀란 강 부장과 백 부장은 서로 얼굴을 마주 보았다. 뒤이어 형의 이름과 태어난 곳을 물으니 국사당에서 비명횡사한 한 포졸의 아우가 틀림없었다.

"이런 못난 놈!"

강 부장이 손을 번쩍 들어 한신선의 머리를 후려쳤다. 영문을 모르는 신선은 강 부장의 손을 피했다.

"이놈! 그래, 네 피붙이를 죽인 자의 수하가 되었더란 말이냐?"

"그, 그게 무슨 말씀이요?"

신선이 되묻자 백 부장이 큰 소리로 야단친다.

"네가 주인으로 받드는 최홍일이 국사당에서 네 형을 죽였다는 것을 모른단 말이냐?"

그 말에 신선은 놀라서 노여움에 씨근거리는 강 부장을 똑바로 바라보며 물었다.

"그게 무슨 소리입니까? 종사관이 우리 형을 죽였다니……"

백 부장이 재작년 국사당에서 검은 복면의 강도에게 한 포졸이 죽었는데 나중에 최홍일이 범인이라는 것이 좌포청에서 밝혀졌다는 설명을 했다. 그러자 한신선이 울기 시작했다.

"어이고, 어이고. 이 못난 것! 형의 복수는 못할망정 원수의 개 노릇을 하다니……"

나중에 알았지만, 아랫도리에 화상을 입은 후에 가출한 한신선은 여기저기 떠돌다 화공이 되어 초상화나 산수화를 그려 생계를 꾸려 나갔다고 한다. 자신의 어리석은 행동을 깨달은 신선이 적극 협조하자 강호동은 그를 풀어주었다. 그러나 형의 복수를 해야겠다고 강 부장의 뒤를 졸졸 따라다녔다.

말을 빌려 조강포구까지 단숨에 달려온 강순보와 심지영은 곳곳에 지키고 있는 명 유민의 엄중한 경계로 강까지 가지 못했다. 다시 말을 돌려 전류포구 근처까지 달려왔다. 머물 곳을 찾다가 한적한 곳에 있는 상여집에 들어가 숨었다.

"그놈들이 봉성산에다 신기전을 설치하는 것은 십사 아거의 배를 공격하려는 것이 분명해."

윤제의 배는 조강의 밀물로 전류포구까지 단숨에 올 것이다. 하선할 때 공격하려고 하는 것일까. 강순보는 마음이 조급했지만, 곳곳에 명 유민들이 눈을 부릅뜨고 있으니 포구로 갈 수 없으며 간다 한들 쏜살같이 한강으로 갈 청 수군의 선박군단에 이 사실을 전할 수 없다.

"속았어, 또 속았어."

강순보는 가슴을 쳤다. 도대체 몇 번을 속은 건가. 김덕재를 통해 정보를 캐냈지만, 결정적인 순간에 역이용된 것이 분명했다. 아라뱃길을 지키고 있는 것처럼 거짓 보고서를 써서 청 수군을 조강을 통해 전류포구로 유인한 다음에 신기전으로 공격하려는 것이다.

"이제 나는 돌아갈 곳이 없게 되었다."

만약 윤제의 배가 신기전의 공격을 받게 된다면 설사 청의 수군이 승리한다 해도 그의 목숨은 없다. 침통한 표정을 짓는 순보를 보자 지영이 생글거리며 말을 건넨다.

"이 봐요, 돌아갈 수 없다면 여기 눌러살면 되잖아. 금도 많이 있잖아."

지영은 어느 틈에 챙겼는지 순보의 금조각이 들어있는 전대를 흔들어 보였다. 그것을 보자 순보는 화를 벌컥 내며 전대를 빼앗으려 했지만, 그녀는 순순히 내놓지 않았다.

"여보, 여기서 눌러살아요. 이 돈이면 죽을 때까지 풍족하게 살 수 있어요. 응"

지영은 콧소리를 내며 아양을 떨었다.

"이리 내놔!"

"약속하면 돌려줄게요. 응"

순보는 눈을 부릅뜨고 노려보다가 혈적자를 집어들었다. 지영이 전대를 꽉 끌어안고 말했다.

"그 무기는 어떻게 쓰는 거예요?"

그녀가 답을 기다리기 전에 순보는 혈적자를 얼른 지영의 머리에 씌웠다. 갑작스러운 행동에 놀라 전대를 내려놓는 순간 순보가 줄을 잡아당기자 그녀의 목이 몸뚱어리에서 떨어졌다. 목이 없는 몸이 푸덕거리더니 쭉 뻗었다. 순보는 전대를 집어들고 중국어로 욕을 하며 지영의 커다란 유방을 발로 툭 걷어찼다.

조강으로 들어가는 물은 아주 세찼다. 그럴 것이 엄청난 양의 바닷물이 좁은 하구를 통해 쏠려 들어가니 물길의 속도가 빠를 수밖에 없다. 청의 선박군단은 이 물길을 타고 조강으로 들어갔다.

"아거, 저 앞이 기뢰를 설치했다고 한 곳입니다. 어쩔까요? 피해 갈까요?"

참장의 물음에 윤제는 돌파를 명령했다. 그러자 선두에 선 배가 신호깃발을 보고는 기뢰가 설치된 곳을 향해 돌진했다. 역시 첩자들이 보내온 정보대로 기뢰는 가짜였다. 툭툭 가짜 기뢰를 설치한 철삿줄이 끊어지면서 배는 앞으로 나갔다.

"조선 놈들이 얄은꾀로 우리를 막으려 하다니……조선 왕자의 머리에서 나온 건가?"

윤제는 연잉군이 윤진과 같이 있는 광경을 상상했다. 정성공의 잔당을 붙잡아가려 한다면 명 유민들이 저항할 것이고 그 와중에 연잉군과 형 윤진을 살해하면 부황인 강희제도 자신에게 책임을 묻지 못할 것이다.

"저항이 심할 텐데요. 석중립이라는 자가 유민들에게 무술을 익히게 했다니 접전을 하게 되면 피해가 클 것입니다."

윤제가 총 쏘는 시늉을 하며 말했다.

"그거야 예상했던 것이 아니오? 하지만 우리에게는 총과 화포가 있으니 그냥 쏴버리면 될 것이오. 하하하."

윤제는 정성공의 잔당들을 제압하기 위해서는 화약 무기밖에 없다고 판단하고 청국의 화포와 총기를 총동원해서 단번에 해치우려 마음먹은 것이다. 전류포구에서 짧은 시간 동안 '참'을 맞을 때 배를 정박시켜 수군을 하선시켜 대명포구로 보낼 것이다. 그런 다음 뱃머리를 돌려 썰물을 타고 다시 조강포구에서 닻을 내린 후에 화포로 연잉군 별장을 초토화하려는 것이었다.

"아거, 저걸 보십시오."

연잉군의 별장과 가까이 있는 조강포구에 활과 창을 든 명나라 복색을 한 남자들이 서 있는 것이 보였다. 자와섬으로 가려다 대명포구로 온 정성공의 잔당들이 분명했다. 그들은 청 수군의 배가 가까이 오자 일제히 함성을 질렀다.

"한 방 쏘고 갈까요?"

참장이 가소롭다는 표정을 지으며 말하자 윤제가 피식 웃었다.

"반나절 후면 저놈들은 모두 시체요. 몇 시각 더 살게 자비를 베풉시다."

청의 선박군단은 정성공의 잔당들을 뒤로하고 계속 나아갔다. 참장은 그들이 그들을 뒤따라 강변을 줄이어 뛰어오는 것을 보았지만, 자신들의 방어의지를 과시하는 것으로 여겼을 뿐이다. 배 안의 수군들은 전류포구에 도착하는 순간 뛰어내리기 위해 만반의 준비를 하였다. 총기를 손에 쥐고 곧이어 벌어질 전투를 기다렸다.

"어서! 서둘러라!"

밀물에 따라 엄청난 양의 물이 좁은 하구로 쏟아져 들어오자 마치 파도치는 것처럼 급하게 흘러 작은 배들을 삼킬 것처럼 보였다. 전류포구까지 단숨에 말을 타고 온 연잉군은 노론 공자들과 홍치택을 비롯한 우저서원 유생들에게 두엄으로 위장해서 숨긴 원통에 달라붙어 돌리게 했다.

끼익

철사슬이 원통에 감기기 시작했다. 전류포구의 반대편인 파주목에도 이와 똑같은 원통이 있는데 그곳에서는 김포로 들어오는 것이 금지된 사직골 택견꾼들이 쇠사슬을 감고 있었다.

끼익

한강물에 며칠 동안 잠겼던 철사슬이 원통에 감기면서 모습을 드러냈다.

"바짝, 바짝 당겨야 한다!"

연잉군이 이천기를 비롯한 노론 공자들과 유생들을 독려했다. 윤진은 영문을 몰라 지켜보았지만, 김상명은 이 상황을 어렴풋이 알아챘다. 임진왜란 때 이순신 장군이 울돌목에서 일본 배들을 가두어놓기

298

위해 쇠사슬로 바닷길을 막은 역사적 사실을 말해 주었다.

"허어, 기묘한 술책이구먼."

만주벌판에서 말달리는 전투에 대해서만 잘 알고 있었던 윤진은 연신 감탄했다.

"저기, 저기 배가 보인다!"

한강으로 접어드는 청 수군의 배가 멀리 보이기 시작했다. 연잉군이 윤진에게 급히 말했다.

"아거, 어서 대피하셔야겠습니다."

세 사람과 노론 공자들, 유생들이 전류포구를 급히 떠났고 참호 안에 숨어있는 명 유민들은 전투가 시작되기를 기다렸다.

전류포구로 가까이 올수록 급류에 배의 속도는 빨라졌지만, 뱃머리에 선 윤제는 갑자기 불길한 생각이 들었다. 뒤돌아보면 명의 유민들이 말을 타고 쫓아오고 그렇지 못한 자는 창을 들고 뛰어 오는 것이 보였다.

"저놈들이 전류포구까지 따라올 것인가? 그러면 거기서 결전이 벌어지게 되는가?"

윤제의 물음에 참장은 거슬러 조강포구까지 갈 것 없이 닻을 내리고 화포로 공격하자고 했다. 그들은 자신들이 수렁에 빠지고 있다는 것을 눈치채지 못하고 있었다.

선박군단 중에서도 제일 크고 육중한 배는 역시 윤제가 탄 대장선이다. 빠른 유속에 다른 배들은 휘청대었지만, 이 배는 끄떡없었다. 그 앞에는 선도선이 있고 그 뒤로 여러 척의 돌격선과 화약을 실은 배가 그 뒤를 따르고 있었고 그 뒤에 대장선이 있다. 급한 물살을 타고 배들은 앞으로 나아가고 있었고 승리를 눈앞에 두고 있는데도 윤제는 불안했다. 오늘, 같은 어머니에게서 낳은 형을 죽여야 한다. 조선의 왕자에게 납치된 형을 구하려 했지만, 혼전 끝에 죽은 것이다. 그러면 압록강 건너편에 있던 청의 대군이 밀물 듯이 몰려들 것이다. 병자호란 때와는 비교도 할 수 없을 정도로 강한 청군의 병력은 순식간에 조선을 초토화할 것이다. 그래서 명나라를 복속시킬 때와 마찬가지로 머리를 변발로 하게 하고 세종이 만들었다는 고유 문자인 언문을 쓰지 못하게 하고 끝내는 조선말도 쓰지 못하게 한다. 그러면 조선은 완전히 없어지고 청국이 된다.

"주변 나라가 모두 우리에게 굴복했는데 이눔의 나라는……"

윤제는 병자호란 때에는 전광석화처럼 한양을 점령해서 항복을 받아냈지만 다른 나라와 달리 고개를 빳빳이 드는 조선이 싫었다. 힘이 없으면서도 북벌을 주장했고 정성공의 잔당들과 함께 재조지은을 지킨다고 깝죽대지 않는가. 이번에 조선을 굴복시키면 다음 황제는 자기 차지가 될 것이다. 그는 이런저런 생각을 하며 망원경을 들고 앞을 바라보았다. 대장선은 다른 배보다 갑판이 높아서 앞서 가는 배의 움직임을 한눈에 볼 수 있었다. 앞의 배에는 화약고를 지키는 수군들의 경계가 엄했다.

'이 술주정뱅이가 오늘은 사고를 안 치겠지.'

윤제는 충복의 아들을 데리고 있었지만, 술에 취하면 주사가 심해

사관으로 내쫓았다. 내침을 당하자 착실히 일하기에 화약고를 맡겼다. 그러나 윤제는 술군이 어제 몰래 술을 훔쳐 마셨다는 것을 모르고 있었다. 그는 망원경을 화약고 쪽으로 옮겼다.

"아, 저게 뭐야?"

그는 깜짝 놀라 하마터면 망원경을 떨어뜨릴 뻔했다. 화약고 앞에 밧줄이 목에 걸린 채 죽어있는 사관의 모습을 보았기 때문이다. 다시 망원경으로 바라보니 화약창고에서 주방에 있는 벙어리가 뛰쳐나오는 것이 보였다. 뒤이어 붙잡으려는 수군들을 뿌리치고 강물로 뛰어드는 것이 보였다. 윤제는 영문을 몰라 망원경을 내려놓고 있는데 번쩍이는 섬광이 눈을 가렸다. 쾅

뒤이어 요란한 굉음과 함께 배가 산산이 부서졌다. 그 충격에 바로 뒤에서 따르던 대장선이 크게 흔들거리고 윤제는 바닥으로 나동그라졌다. 그가 주위에서 달려온 장군들에 의해 부축을 받고 일어났을 때 화약고가 있던 배는 흔적도 없이 사라져버렸다. 귀가 먹먹했다.

"전류포구에 도착했습니다!"

이런 외침에 아득히 멀리서 들리는 것 같았다.

벙어리 그러니까 김광택이 헤엄쳐서 강변에 도착하자 맨 처음 달려온 사람은 연잉군이었다.

"메뚝아! 무사 하느냐?"

"네, 나으리."

광택이 씩씩하게 대답했다. 중국어는 대충 알아들었지만, 말은 능숙

하지 못했기에 주방에서 벙어리 행세를 하며 기회를 엿보았던 것이다.

"나으리, 저걸 보십시오!"

광택이 가리키는 손끝에 밀물에 떠밀린 선도선이 쇠사슬에 걸려 꼼짝 못하고 있고 뒤이어 돌격선들이 부딪치고 대장선이 그 뒤를 덮쳤다. 화약고의 폭발로 사기가 떨어진 청 수군들이 갑판 위에서 우왕좌왕하는데 공중에서 화살이 쏟아졌다. 전류포구에서 한참 떨어진 봉성산에서 날아오는 화살이었다.

"신기전이닷!"

편두통의 외침을 신호로 참호를 파고 엎드려있던 명 유민들이 뛰쳐나와 일제히 활을 당겼다. 갑판에 있던 청 수군들이 화살에 맞아 쓰러졌다. 장군이나 군교는 만주족이고, 수군들은 대부분 한족이었지만 전쟁터에서 그것을 가릴 수는 없었다.

탕탕탕

수군들도 총을 쏘았지만, 겨냥할 수 없기에 총알만 낭비되었다. 몇몇 배에서는 작은 배를 타고 탈출하려 했지만, 공중에서 빗발치는 신기전에 죽임을 당했다.

퓨퓨융

이번에는 산화 신기전이 공중에서 쏟아져 내려왔다. 신기전과 달리 이것은 물체에 부딪히는 순간 폭발하기에 갑판은 불바다가 되었다. 불을 피해 강물로 뛰어드는 수군들이 있었지만 급한 물살에 떠내려가거나 익사했다. 운 좋게 뭍에 상륙했어도 명 유민이 창으로 찔러죽였다.

퓨퓨융

무시무시한 불덩이가 공중에서 날아왔다. 산화 신기전에 이어 대신 기전이 발사되어 대장선을 정통으로 맞추었다. 쾅하는 굉음과 함께 대장선은 토막이 나서 침몰하기 시작했다. 그러자 갑판 위에 있던 수군들은 흰 천을 들고 항복했다.

"항복하는 자는 죽이지 마라!"

편두통의 명령에 따라 뭍으로 올라오는 수군들을 한쪽으로 몰아 가두었다.

"십사 아거! 십사 아거를 찾으라!"

대장선이 침몰했기에 십사 아거가 죽었을 것으로 판단한 편두통이 윤제를 찾고 있을 때 그는 벌써 쪽배를 타고 썰물에 밀려서 한강 하구로 빠져나가고 있었다. 몇 척의 쪽배에도 수군들이 타고 하구로 빠져

나가는데 강변에서 활과 화승총을 들고 기다리고 있던 명의 유민들이 일제히 총과 활을 발사했다. 윤제가 탄 쪽배를 양옆에서 호위하던 수군의 쪽배들도 총과 활로 대적했지만 노출된 상태라 표적이 되어 쓰러졌다.

"아거, 아거를 지켜야 한다.!"

호위하고 있는 참장이 소리 높여 외치다가 총을 맞고 쓰러졌다. 윤제는 극심한 공포 속에서 시체를 방패로 해서 벌벌 떨고 있었다. 몇 번의 전투를 치렀지만 이렇게 일방적으로 당해 보긴 처음이다. 그래도 썰물에 밀려 나가던 쪽배를 한강변에 댈 수 있었다. 윤제를 앞뒤로 호위하며 이들은 꽁꽁 얼어붙은 논길을 밟고 산을 찾아 나섰다. 산을 타고 염하쪽으로 간 다음에 강화도를 가로질러 제물포 앞에서 대기하고 있는 청의 선박군단에 합류할 계획이었다.

"아거! 염하강 앞이 문수산입니다. 이 산을 타고 가면 한 시각 내에 갈 수 있습니다."

지도를 덮는 군교의 말에 윤제는 안도의 한숨을 내쉬었다. 무사히 복귀한다면 첩자 두목 강순보를 잡아서 쳐죽이고 싶었다. 형 윤진을 암살하라고 했는데도 실패하고 이번에는 함정에 빠뜨려 죽게 하지 않았던가. 이를 부드득 갈았지만, 그가 자기 앞에 나타날 리가 없다.

"죽일 놈. 산 송장, 걸어 다니는 고깃덩이. 벌레 같은 놈."

윤제는 욕이란 욕은 다 퍼부었다.

상여집에 숨은 강순보는 심지영의 시체를 관속에 넣고 혈적자에서 목을 꺼내려는데 인기척에 놀라 얼른 관 뒤에 납작 엎드렸다. 문을 열고 들어온 것은 김포현감 김덕재와 강호동 부장이었다.

"종사관, 아니 현감 어르신. 여기까지 쫓아오시면 어쩝니까?"

강호동은 도망친 십사 아거 일행이 혹시 상여집에 있나 수색하려 했는데 김덕재가 그를 발견하고 뒤쫓아 들어온 것이다.

"이보시오, 강부장. 연잉군이 내 체면을 살려주기 위해 첩자들에게 역정보를 흘린 것처럼 말했지만 내가 주막의 계집과 놀아나서 정보를 누설했다는 것을 소론에서 알면 나는 죽게 될 거요. 그러니 어찌하면 좋겠소?"

이 말에 한심하다는 투로 대꾸했다.

"할 수 없는 것 아닙니까? 연잉군이 인정을 베푸셨지만, 곧 소론의 귀에 들어갈 것……아니, 벌써 알고 있을 것입니다."

"아, 그럼. 어찌하나? 난 이제 꼼짝없이 죽었네."

김덕재가 자책하고 있는 것을 보자 마음이 약해진 강호동이 충고했다.

"지금 청국 황제의 아들이 문수산 쪽으로 도망치지 않습니까? 이럴 때 공을 세우시면 용서받을 것입니다."

"그, 그럴까? 어서 나가세."

둘은 이야기를 나누느라 상여집을 수색하는 것을 깜빡 잊었는지 둘러보지도 않고 밖으로 나갔다. 이들의 말을 엿들은 강순보는 혈적자 안에서 심지영의 목을 꺼내 한쪽 구석에 밀어 넣고는 밖으로 나왔다. 그는 명의 유민을 가장하기로 마음먹고 문수산 쪽으로 향했다.

윤진은 붙잡혀온 청 수군의 장병을 한곳으로 모아놓았다. 그는 자신이 연잉군의 포로가 아니며 명 유민이 사는 모습을 보고 결코 반청복명의 마음을 갖고 있지 않다는 것을 확인했다고 강조했다.

　"내 아우 윤제는 음흉한 마음을 품고 우리 대청국과 조선을 이간질하는 것에 귀가 솔깃해서 전쟁을 일으키려 했다. 또 나를 곤란에 빠뜨리려고 도둑놈을 시켜 내가 책임지고 있는 황실 수장고에서 국보인 문수보살상을 훔쳐갔다."

　윤진이 손짓하자 석중립이 보살상이 든 상자를 들고 나오고 편두통이 방석만을 끌고 왔다.

　"자, 보아라! 저놈이 윤제의 명을 받고 황실의 최고 보물인 문수보살상을 훔쳐서 조선으로 도망쳐 온 도둑놈이다."

　수군들은 금빛 찬란한 보살상과 시커먼 도둑놈의 얼굴을 번갈아 보며 윤진의 말을 귀담아들었다. 방석만은 자신이 연경에서 유명한 도둑으로 옥에 갇혀서 사형을 기다리고 있다가 십사 아거 윤제의 제의를 받고 국보를 도둑질한 과정을 말했다. 청 수군들은 한숨을 푹 내쉬었다. 이제 이들이 청국으로 돌아가면 윤제가 아무리 변명해도 이들의 입을 통해 진실이 대중들에게 전해질 것이다.

　"너희 중에 만주족과 한족이 뒤섞여 있는 것을 안다. 우리 만주족은 중원을 지배한 다른 족속과 달리 함께 사는 방법으로 칠십 년을 잘살아왔다. 이렇게 싸우지 않고 살 수 있다면 명 유민이 이 조선에 산다고 해서 무슨 걱정이 있으랴. 나는 부황에게 조선이 명 유민과 함께 반역을 꾀하는 일이 결코 없을 것이라고 말씀드릴 것이다."

그 말에 가장 놀란 것은 연잉군이었다. 윤진이 이렇게 말한 것은 이 말이 청국 전체에 알려지는 것을 노린 것이다. 그러면 누구도 조선이 위협되니 침공하자고 할 수 없다. 윤진은 석중립을 불러 명 유민은 앞으로 안심하고 조선에 정착해 잘 살라고 덕담을 했다. 그 말에 석중립, 편두통은 그 앞에 무릎을 꿇고 감격의 눈물을 흘렸다. 다른 유민들도 모두 무릎을 꿇고 윤진의 배려에 감사를 드렸다. 윤진이 석중립에게 손을 뻗어 일으켜 세웠다.

"석장군, 어서 일어나시오. 우리 만주족은 한족과 함께 청국을 세웠으니 형제이고 조선은 태고 때부터 같은 형제이니 세 민족이 어울려 가깝게 지내도록 합시다. 자, 자."

윤진이 석중립을 일으켜 세우자 연잉군의 눈이 뜨거워지면서 눈물이 흘렀다. 이 극적인 장면에서 칼과 창을 들고 청의 수군들을 엄중히 지키던 명 유민들도 눈시울을 붉혔다. 잡혔으니 죽을지도 모른다고 두려움에 떨던 청국 수군들도 안심했다.

"자, 이제 남은 것은 반역자 십사 아거를 잡는 것뿐이다."

석중립은 생포된 수군들을 근처로 이동시켰고 편두통은 짧은 전투에서 다친 수군들을 치료하고 죽은 자는 한데 모으고 있었다.

연잉군은 윤제의 뒤를 쫓고 있는 노론 공자들과 달리 김광택의 호위를 받으며 봉성산으로 가려 할 때였다. 밖에서 찢어지는 여자의 비명이 들렸다.

"아악!"

연잉군이 놀라 밖을 내다보니 서장미가 땅에 다리가 붙은 듯 서 있고 몸을 부들부들 떨고 있었다. 동네 개가 피 묻은 여자의 여자 머리를 물고 있는 것이 보였다. 장미가 그걸 보고 놀라 비명을 지른 것이다. 연잉군이 비호같이 달려가니 개가 머리를 떨구고 깨갱거리며 도망쳤다.

"이게 누구의 머리냐?"

방금 벌어진 전투에서 수십 명이 죽었지만, 여자는 한 명도 없었다. 어린아이가 상여집을 가리키자 사람들이 우르르 몰려갔다. 그들은 빈관에서 목이 잘린 주모 심지영의 시체를 발견했다. 연잉군이 목이 잘린 상태를 보고 사용된 무기가 혈적자임을 알았다.

윤제는 빨리 달려가고 싶었지만, 발목이 삐어서 걷기 어려웠다. 그래서 장교 한 명이 그를 업고 야산을 지나갔지만, 곳곳에 명의 유민이 칼과 창을 들고 길목을 지키고 있어 바위에 몸을 감추어야 했다.

"아거, 돌파가 쉽지 않습니다. 이러다가 밤을 맞을까 두렵습니다."

날씨가 차가운 계절이라 나무에도 잎이 없어 가림막이 되지 못했다. 추위에 떨면서 불안과 초조한 시간을 보내야 했다. 위에서 내려다보니 명의 유민들 숫자가 점점 불어났다. 밤을 대비하느라 그런지 관솔불도 준비하고 있었다.

"난감하군."

윤제는 항복할까 했지만, 원수 같은 형 윤진이 여기에 있으니 잘못하면 목이 달아날지 모른다는 생각에 그만두었다. 누구든 여기서 마주치면 칼 가진 자가 없는 자의 목을 벨 것이다. 자신이 형을 죽이려고 마음먹은 것처럼 형도 자신을 죽이려고 할 것이라는 단정을 하니 소름이 끼쳤다. 바위 뒤에 기대고 있는 다섯 명의 장군과 장교들도 지쳤지만, 도주로에 대해 의논하고 있었다. 그때 윤제가 산에 올라오는 무리를 발견했다.

"쉿!"

모두 입을 다물고 숨죽이고 있는데 다른 곳을 훑어보고는 다시 내려갔다. 안도의 한숨을 내쉬는데 보따리를 맨 사내가 노래를 부르며 돌아다니고 있었다. 윤제는 자신의 귀를 의심했다. 그것은 자신이 어렸을 때 자주 불렀던 노래로 청나라 첩보조직의 신호 중의 하나이기도 했다. 이것으로 첩자들은 상대방의 정체를 확인하곤 했다. 사내는 끝까지 노래를 부르더니 턱수염을 떼어냈다. 윤제는 그가 자신을 이 지경으로 만든 강순보임을 한눈에 알아보았다.

"내 저놈을……"

윤제는 장교가 차고 있는 칼집에서 칼을 뽑은 다음에 뛰쳐나갔다. 놀란 장군이 급히 뒤따랐다. 강순보는 윤제를 알아보고는 털썩 무릎을 꿇었다.

"아거, 죽여주십시오."

"오냐, 그렇지 않아도 너를 죽이려고 했다."

칼을 번쩍 치켜들고 내려치려 하자 순보가 고개를 번쩍 들고 말했다.

"아거, 죽일 때는 죽이더라도 안전한 곳까지 모셔다 드리고 죽겠습니다."

그 말에 내리치려던 칼이 멈춰졌다. 뻔뻔스런 놈이긴 하지만 아직은 이용가치가 있다. 우선 여기를 빠져나가야 하지 않는가. 만 하루가 지나면 나머지 수군은 아라뱃길을 통해 들어오라고 했으니 사세를 역전시킬 수 있을 것이다.

"좋다, 네 죄는 배로 돌아가서 물으마. 어서 안내하라."

자리에서 일어난 순보는 보따리에서 옷을 꺼냈다. 명 유민들이 흔히 입는 옷이었다. 모두 다섯 벌로 한 벌이 부족했다. 순보는 일행을 훑어보더니 평소 알고 있는 장군에게 말한다.

"장군께서는 산으로 내려가십시오."

그 말에 장군의 얼굴이 새파래졌다. 살기등등한 명 유민들이 득실거리는 산밑으로 내려가라는 것은 죽으라는 말과 같다.

"내려가서 붙잡히면 아거가 애당초 계획대로 문수산으로 간다고 하십시오."

"어디로 갈 건데?"

"우리는 대명포구로 갑니다. 허허실실이지요."

명 유민의 행세를 하고 무리에 끼면 그들도 윤제를 알아보지 못하리라는 계산이다. 졸지에 유인하는 미끼가 되어버린 장군은 순보를 사납게 쏘아보고는 밑으로 내려갔다.

"대명포구로 가려면 어느 길로 가야 하나?"

윤제의 물음에 강순보는 문수산 가는 길을 가리키며 말했다.

"우린 그냥 이 길로 갑니다. 제가 저 장군 성격을 잘 압니다. 우리가 대명포구로 간다고 털어놓을 사람입니다."

아니나다를까. 산 밑으로 내려온 장군은 곧바로 편두통을 찾아가 윤제 일행이 대명포구로 간다고 일러바쳤다. 그 말을 사실로 믿은 편두통은 수색대를 급히 대명포구로 이동시켰다. 그러나 홍치택과 석정은 장군의 고자질에 대해 의심했다. 윤제를 보호하기 위한 거짓 정보일 수도 있다.

"첩자 두목의 농간일지도 모릅니다. 패를 나누어 문수산 쪽으로도 가야 합니다."

그러나 편두통이 대명포구로 갈 것을 주장하자 치택은 석정과 함께 유생들을 데리고 문수산으로 향하는 한편 연잉군에게 사람을 보내 이 사실을 알렸다.

마지막 결전

김용택은 이천기를 잡아끌다시피 해서 봉성산 위로 올라갔다.

"김 교리, 왜 이러시오? 십사 아거를 잡으러 모두 몰려가지 않았소?"

이천기는 연잉군의 호위를 김광택에게 맡겨 홀가분한데 용택이 잡아끄니 화가 났다.

"이보시오, 이 사정. 그것보다 더 급한 일이 있다는 것을 모르오?"

용택이 손가락으로 봉성산을 가리키며 말을 이었다.

"아까 십사 아거의 배를 박살 낸 신기전이 어디서 나타난 줄 아오?"

"그, 그거야……나으리가 대비한 것 아니요?"

천기도 연잉군이 신기전을 복원하기 위해 백방으로 뛰어다녔지만, 뜻을 이루지 못했다고 알고 있는데 난데없이 신기전이 날라오니 깜짝 놀랐다.

"최측근인 호위무사도 모르는 일이 어디 있소? 저들은 함경도에서 온 자들이요."

"함경도? 포수란 말이요?"

외적의 침입에 있을 때 평안도나 함경도 포수들을 부르는 것은 보통 있는 일이다. 그러나 이천기가 듣기로는 함경도 포수들은 역적모의에 가담했다고 하지 않는가.

"내 똑똑히 들었소. 함경도 포수들이었소."

용택은 신기전 발사를 도운 유생들이 수군거리는 말을 엿들으니 두령은 평안도 사투리를 썼지만, 부하들은 함경도 사투리를 썼다고 한다.

"연잉군은 유생들에게 그자들에 대해 누구에게도 말하지 말라고 했다는 거요."

"그거야 신기전으로 십사 아거를 물리쳤다는 것이 알려지면 청국에서 가만있겠소? 이것을 빌미로 조정을 압박할 거요."

이천기의 말도 맞다. 만만히 보았던 조선이 개량한 신기전을 보유하고 있다는 것을 알면 신기전을 폐기하라고 협박할 것이다.

"아니요, 이 사정도 알다시피 함경도의 역모꾼만이 신기전을 갖고 있소. 저자들은 그 역적들이 틀림없소."

김용택이 힘주어 말하자 이천기는 혼란해졌다. 어떻게 조정에 반기를 든 역적이 청의 수군을 물리칠 수 있다는 말인가. 언제, 어떻게 이곳 김포에 와서 침공을 대비하고 있었다는 말인가. 도무지 알 수가 없다.

"이 사정, 우선 올라가서 그들을 만나서 정체를 밝혀봅시다."

노론 공자의 좌장인 김용택이 이리 말하니 뒷날을 생각해서라도 거부할 수가 없었다. 두 사람은 봉성산으로 올라갔다. 어디선가 웃음소리가 들려왔다. 하하하.

"두 분 공자들은 어디 가시나요? 곧 어두워질 텐데요."

용택이 태연하게 받아넘긴다.

"아까 그 신기전이 보고 싶어서 올라왔습니다."

메뚜기 김광택의 호위를 받고 있는 연잉군이 눈을 크게 뜨고 되묻는다.

"신기전이요? 그것이 여기서 발사되었던가요?"

"그럼, 아닙니까?"

용택은 시치미를 뚝 떼는 연잉군의 주둥이를 콱 쥐어박고 싶을 정도로 얄미웠다. 연잉군이 공중을 휘둘러보더니 말했다.

"나도 어디서 날아왔는지 모른다오. 그래서 지금 그것을 찾으려고 온 거요."

왕자의 뒤에 서 있는 유생들을 김용택이 바라보자 그들은 일제히 고개를 돌려 외면했다.

"지금 우저서원의 유생들과 함께 찾고 있소. 도대체 어디서 때맞춰 신기전이 날아왔을까? 두 분도 같이 찾아봅시다."

김용택이 신기전을 발사함 직한 곳으로 걸어가 보니 흙이 덮여 있었지만, 화약냄새가 나는 것으로 보아 이곳이 틀림없었다. 연잉군은 유생들과 함께 산 밑으로 내려가며 소리쳤다.

"곧 어두워지오. 내일 다시 찾아봅시다."

연잉군이 밑으로 내려가자 윤진의 은밀한 추궁이 있었다.

"아까 그 화약 병기는 우리도 잘 알고 있소. 우리 화창보다 더 뛰어난 것 같기도 하오만……난 쇠사슬에 수군의 배가 걸리면 명 유민들과 격전을 벌일 줄 알았소."

연잉군이 대답했다.

"그러면 양쪽 다 희생이 컸겠지요. 신기전이 빨리 항복을 받아낸 것입니다."

"그럼, 조선이 신기전을 복원했다는 거요?"

윤진은 공중에서 빗발같이 쏟아지던 신기전을 머릿속에 떠올리며 눈을 가늘게 뜨고 물었다. 김상명이 말에 의하면 조선에서 신기전은 함경도 포수들만이 갖고 있다고 했다. 조선군에 의해 포위되어 굶주리고 있을 때 청 황실에서 은밀히 식량을 보냈다고 하지 않았던가. 만약 조선을 침공하게 되면 이들을 앞장세울 생각에서이다. 만약 오늘 신기전을 발사한 자들이 함경도 포수들이라면 양다리를 걸친 것이다.

"네. 제가 도면을 찾아서 은밀하게 제조했습니다. 보시겠습니까?"

연잉군은 이렇게 물을 줄 알았다는 듯이 신기전의 제조도면을 보여주었다. 물론 도면은 있지만 불완전하고, 따라서 제작도 할 수 없어 함경도 포수들을 불러들인 것이 아닌가. 이렇게 시치미를 떼고 나오니 윤진은 의심하면서도 더 추궁할 수 없었다.

밤눈이 밝은 강순보 덕분에 윤제 일행은 넓은 벌판을 지나 문수산 정상까지 갈 수 있었다. 어둠 속에 몸을 감추며 계속 행군하니 등에 땀이 났다.

"이제 능선을 타고 내려가면 보구곶에 갈 수 있습니다. 힘을 내십시오."

잠시 가쁜 숨을 몰아쉬며 쉬고 있는데 윤제가 뒤돌아보며 말했다.

"아까부터 횃불이 우리를 따라오고 있다."

순보가 보니 여러 개의 횃불이 줄지어 올라오는 것이 보였다. 컹컹 개 짖는 소리가 들리는 것으로 보아 추적견이 있는 것 같았다. 아마도 산으로 들어가는 것을 본 주민이 신고한 모양이다. 순보는 행군을 재촉했다.

"무사히 도망치는 것이 목적이니 상대하지 않는 것이 좋습니다. 어서……"

"저걸 봐라. 저기도 놈들이 올라오고 있다."

보구곶으로 가는 능선에서도 횃불 수십 개가 올라오는 것이 보였다. 그제야 포위된 것을 안 윤제는 난감해했다. 그들은 정상 근처에 있는 초소를 발견하고는 그 안으로 들어갔다. 그리고는 소지하고 있는 무기를 모두 내놓았는데 단검 몇 자루와 괴자총 두 자루였다. 강순보는 어깨에 멘 자루에서 혈적자와 진천뢰(震天雷) 십여 발과 연막탄을 꺼냈다. 진천뢰는 지금의 수류탄에 해당하는 무기로 살상력이 강했다.

"가까이 접근하면 진천뢰나 연막탄을 터뜨리고 일제히 능선으로 도망칩시다."

순보의 말에 윤제는 강하게 거부 의사를 밝혔다.

"난 그만두겠네. 혼전이 벌어지면 목숨을 보전하기 어려울 거야."

윤제는 자신이 황제의 자식이니 항복해도 손대지 못할 것으로 판단했다. 아무리 형 윤진과 사이가 나쁘더라도 보는 눈이 많은데 자신을 죽이지는 못할 것이다. 그러나 강순보는 다르다. 여기서 항복을 한다면 자신은 윤진에게 죽임을 당할 것이다. 그럴 바에야 십사 아거를 방패 삼아 끝까지 가는 것이 유리한 것이다.

"아닙니다. 아거, 제가 이런 말씀 드리기는 뭐 하지만……"

여기까지 말하고 윤제의 눈치를 보며 말을 이었다.

"실은 연잉군이 모란 주점에 들어와서 아거가 보내신 편지를 훔쳐 갔습니다. 그러니 사 아거도 그 편지를 보았을 테니 붙잡히면 목숨을 잃게 될 것입니다."

그 말이 떨어지기가 무섭게 윤제는 강순보의 따귀를 때렸다. 찰싹!

"이 망할 놈! 네가 나를 죽을 곳으로 밀어 넣는구나."

윤제는 그래도 분이 안 풀리는지 발길로 마구 걷어찼다. 장교들이 달려들어 팔을 붙잡는 바람에 구타는 끝이 났다. 초소로 횃불들이 몰려왔기 때문이다.

컹컹컹

홍치택이 끌고 온 추적견이 마구 짖었다. 맞은 편의 횃불을 든 무리는 연잉군 별장을 지키던 궁노들이었다. 이들은 서로 확인한 후에 초소를 포위했다. 치택이 초소에 대고 소리쳤다.

"너희는 포위되었다! 순순히 항복하면 아무 일 없을 것이다!"

조용했다. 이번에는 유일하게 중국어를 할 줄 아는 석정이 초소에 대고 설득한다.

"십사 아거님! 저는 관우회 수장 석중립의 딸 석정입니다. 그냥 나오시면 아무 일 없을 것입니다."

그녀의 설득은 계속되었지만, 대답은 진천뢰가 대신했다. 섬광과 동시에 쾅하고 폭발하자 석정의 뒤에 있던 궁노가 쓰러졌다. 이러자 가까이 있던 추적자들은 멀찌감치 피할 수밖에 없었다. 안에서 강순보가 소리친다.

"우리를 막지 마라. 지금 제물포 앞바다에 있는 선박군단에서 모든 상황을 파악했을 것이다. 이 배가 들어오면 조선은 전쟁터가 된다. 그리고 압록강 변에 청국의 군대가 있다는 것도 잊지 마라."

그 말은 엄포가 아니다. 만 하루가 지나면 제물포 앞바다의 배가 아라뱃길로 들어오기로 했으니 말이다. 그것을 석정이 모를 리 없었다. 그러기에 빨리 윤제를 붙잡아야 한다.

"뭐라고 하는 소리요?"

치택의 물음에 석정은 강순보의 말을 옮겼다. 연잉군이 오려면 시간이 꽤 걸릴 것이다. 신기전을 설치한 함경도 포수들을 안전한 곳으로 피신시키고 있을 것이기 때문이다.

"빨리 십사 아거를 잡지 못하면 아라뱃길로 수군이 진입한다. 그러니 그 전에 잡아야 한다."

치택은 윤제를 잡아 인질로 하면 제물포 앞바다의 청 수군이 감히 김포로 들어올 수 없을 것이라고 단정했다. 그는 유생들로 하여금 초소를 빙 둘러서게 한 다음에 활을 쏘았다.

팟팟팟

초소에 고슴도치처럼 화살이 박혔지만 아무런 해를 끼치지 못했다. 치택이 가까이 가자 진천뢰가 한 발 투척 되어 바로 앞에 떨어지는 것이 아닌가. 깜짝 놀랐지만, 다행히도 진천뢰는 터지지 않았다.

"할 수 없다. 불을 질러야겠다."

치택은 근처의 말라 죽어버린 나무의 잔가지와 풀을 뜯어와 초소로 집어 던지게 했다. 그런 다음 궁노가 들고 있는 횃불을 빼앗아 초소로 다가갔다. 그러자 휙 소리와 함께 안에서 단도가 날아들었다. 횃불을 스치고 지나간 단도를 석정이 칼로 후려쳐 떨어뜨렸다.

초소를 덮은 풀을 향해 횃불을 던지자 마른 풀이 훅하고 불이 붙었다. 초소 안에서 진천뢰가 연달아 두 발 날아와 터지는 바람에 유생한 명이 부상당하자 멀찌감치 뒤로 물러섰다.

쾅

이번에는 연막탄이 터져 검은 연기가 몽실몽실 퍼져 앞이 보이지 않았다. 동시에 매운 냄새로 해서 기침을 하게 만들었다. 콜록콜록

"저놈들 잡……"

치택이 코를 틀어막고 소리쳤지만 윤제와 그 일행은 불타는 초소를 박차고 나와 포위망을 뚫고 있었다. 캄캄한 산속인데다 컹컹 소리 내며 뒤쫓던 추적견은 강순보가 던진 단도에 의해 죽었기에 유생과 궁노들은 우왕좌왕했다.

"어디로 갔느냐?"

연막탄이 걷혔을 때 윤제 일행은 보이지 않았다. 치택은 석정이 보

이지 않는 것을 깨닫고 급히 밑으로 내려갔다. 이들이 갈 곳은 보구곶이나 갑곶의 나루일 것으로 생각했다. 거기서 배를 훔쳐 타고 강화도로 도주하기가 쉽기 때문이다.

연잉군은 쪽배에 올라탄 함경도 포수들을 전송하고 있었다.

"두령, 우리 조선을 위해 큰일을 했소이다. 내 잊지 않겠소."

연잉군은 활빈당이 찾아낸 일원 스님의 중재로 굶주린 함경도 포수 마을에 쌀 이백 가마를 보내 주었다. 그러기에 신기전으로 청 수군에게 결정적인 타격을 입힌 것이긴 하지만 역적의 낙인이 찍힌 그들이 연잉군을 도왔다는 것은 놀랄만한 일이다. 두령은 말없이 웃기만 했다.

삐걱

사공으로 위장한 활빈당원들이 젓는 쪽배는 임진강으로 향하고 있었다. 이들은 어디선가 내려서 다시 함경도로 돌아갈 것이다. 이들의 배는 조용히 북쪽으로 흘러갔다.

"저거 보게, 저들이 바로 함경도 포수들이야."

한참 떨어진 곳의 나무 뒤에서 이 광경을 지켜보고 있던 김용택이 이천기에게 속삭였다.

"저자들이 함경도 역적 패거리가 아니면 이렇게 몰래 떠나 보내겠는가? 아직 제물포 앞바다에 청 수군이 버티고 있는데."

그 말이 맞다. 십사 아거의 배가 전류포구에서 낭패를 당해서 쫓기고 있지만, 완전히 두 손 든 것은 아니다. 정말 그들이 조정에 속한 자들이라면 도망치듯 가버리지 않을 것이다.

"이 사정, 나는 연잉군이 삼두매라고 확신하네."

용택이 내뱉듯 말하자 이천기가 대꾸한다.

"나으리에게 사과까지 하지 않았던가? 지금도 삼두매가 날뛰고 있고."

"그건 가짜네. 삼두매가 혼자 도둑질을 하는 것이 아니니 부하가 대신하는 것이겠지."

용택의 머릿속에는 연잉군이 삼두매라는 확신이 있었다. 그는 호위무사를 지낸 이천기에게 수상한 점을 느끼지 못 했느냐고 종 다짐을 했다.

"실은……나도 의심스러운 점은 있네. 울릉도에서 해적 두목은 연잉군의 화살을 맞은 것이라네. 그 화살이 어째서 처남 것이었는지는 모르지만."

용택이 무릎을 치며 말했다.

"그렇지, 그렇지. 그런데 왜 지금에서야 말하는 거야? 연잉군은 삼두매야."

"하지만 우연일 수도 있지 않은가. 그걸로 단정하는 것은 무리네."

예전부터 연잉군을 좋아했던 이천기였다. 그런 중에 호위무사로 몇 달 동안 연잉군과 함께 있어보니 우스갯소리도 잘하고 아랫사람에게도 차별 없이 따스하게 대하는 것이 마음에 들었다. 그러나 그렇다고 그에 대한 의심이 풀어지는 것은 아니다. 삼두매는 부패한 관료들에게서 빼앗은 물품을 굶주린 백성에게 나누어 주는 도둑 아닌가.

"망설이지 말게. 삼두매는 우리 노론의 적이야. 연잉군이 우리를 왜 배신하려고 하는지 모르지만 정말 도둑이라면 가만 놔둘 수 없지."

"하지만 증거가 없잖은가."

"증거가 없다니? 그동안 연잉군의 행적에서 단서를 잡았을 거 아니야."

이천기가 고개를 가로젓는다.

"없네, 없어."

"흥! 자네가 연잉군에게 호의적이라는 것은 아네. 그렇지만 내가 창의궁에서 만난 윤삼돌이라는 자는 김포 별장에 있던 윤삼쇠라는 자였네. 진짜 윤삼돌이 내게 접근하자 죽이고는 비슷한 이름을 가진 자로 바꿔치기한 거야."

이천기는 아무 말도 하지 않았다. 김용택이 연잉군이 사라진 쪽을 노려보며 외쳤다.

"연잉군이 우리 노론을 버린다면 우리는 연령군을 내세우면 되네."

연령군은 명빈 박씨의 소생으로 지금 열여덟의 나이다. 명빈 박씨는 그가 어렸을 때 죽었지만, 명문가의 딸로 무수리와는 격이 다르다. 게다가 임금은 어려서 어머니를 잃은 막내아들을 끔찍이 사랑한다고 하지 않는가.

김용택은 이천기를 사납게 흘겨보고는 사라졌다. 이천기는 멍하니 그의 뒤를 바라보면서 연잉군의 지난 행적을 더듬기 시작했다. 곰곰이 따져보니 수상한 점이 하나둘이 아니었다.

'가만있자, 석중립의 목소리가……'

이천기는 삼두매가 총을 맞고 도주했을 때 창의궁으로 갔던 기억을 되살렸다. 그때 감기에 걸려 콜록대던 연잉군의 목소리가 석중립과 비슷하다는 생각이 들었다.

문수산의 겨울밤은 어둡고 추웠다. 석정은 귀를 기울이며 어딘가 숨어 있을 윤제 일행을 탐색했다. 모두 여섯 명이라고 하니 둘이나 셋으로 나누어 있을 것으로 추측했다. 대명포구로 갔던 편두통과 명 유민들이 도착하기 전에 빠져나가려 할 것이니 시간 다툼이었다.

스스슥

예민한 청각을 가진 석정은 앞에서 움직이는 소리를 들었다. 그녀는 자그마한 돌을 집어 소리가 난 곳에 던졌다. 그러자 탕하고 괴자총이 불을 뿜었다. 석정이 비수를 날리자 비명이 울렸다.

스스슥

석정은 몸을 옮겼다. 총소리가 났으니 사방에 흩어진 유생들이 몰려올 것이다. 그녀는 조심스럽게 고개를 들자 맞은편에서 사내가 진천뢰를 던지려고 하는 것이 아닌가.

"이놈!"

그녀가 던진 비수가 사내의 목을 꿰뚫었다. 그러자 진천뢰가 폭발했다. 쾅

순간 아찔해지더니 석정은 정신을 잃었다. 그녀가 정신을 차렸을 때 유생과 윤제 일행은 서로 대치하고 있었다. 홍치택과 유생들은 문수산 지리에 환하므로 곳곳에 숨어서 활을 쏘려고 하고 있고 수세에 몰린 윤제 일행은 한곳에 모여 있었다.

화살이 여러 곳에서 윤제 일행을 향해 날아왔지만, 바위가 막아주고 있었다. 어디서 얻었는지 활을 지니고 가끔 반격도 했다. 석정은 자신이 어떤 처지에 몰려있는지 비로소 알았다.

"만약 가까이 오면 저 계집을 죽이겠다!"

강순보의 위협에 포위하고도 홍치택과 유생들은 발만 동동 굴리고 있었다. 윤제가 중국어로 소리쳤다.

"내일 아침이면 제물포 앞바다에 머물고 있는 내 부하들이 아라뱃길로 들어온다. 여기서 물러나면 나도 순순히 물러날 것이다."

자기 딴에는 위기를 모면하려고 무심코 내뱉은 말이었지만 뒤늦게 올라온 연잉군의 귀가 번쩍 뜨이는 말이었다. 절대로 보내줄 수 없다. 홍치택은 석정이 위험에 처한 것을 보고 안절부절못하다가 벌떡 일어나 석정을 향해 뛰어나갔다.

획

활을 들고 있던 장교가 활을 쏘았으나 빗나가고 석정에게로 다가가는 순간 날아온 화살이 귀를 스치고 지나갔다. 그러나 치택은 다리를 다쳐 꼼짝 못하는 석정을 가로막았다.

"안 돼, 어서 피해요."

어설픈 조선말로 석정이 말하자 역시 어설픈 중국어로 치택이 대답했다.

"내가 당신을 지켜줄 거야."

강순보가 활을 들어 치택을 향해 쏘자 석정이 몸을 굴려 대신 막았다. 또다시 치택을 겨냥해서 쏘려 하자 유생들이 일제히 함성을 지르며 뛰쳐나갔다. 장교가 진천뢰를 던지려는 순간 화살이 그의 목을 관통했다. 칼을 뽑아든 장교도 뒤이어 날아온 화살에 가슴을 맞고 쓰러졌다. 모두 연잉군이 쏜 화살이었다. 윤제는 어쩔 줄 몰라 하며 강순보의 등 뒤로 숨었다. 순보는 얼른 혈적자를 집어 연잉군에게 던졌다.

위잉

요란한 소리를 내며 쏜살같이 날아간 혈적자는 유생 한 명의 어깨를 스치고 연잉군을 아슬아슬하게 빗나가 나무를 토막 냈다. 연잉군이 소리쳤다.

"모두 엎드려라!"

무시무시한 암살병기에 유생들이 일제히 엎드렸다. 혈적자를 회수한 강순보의 눈은 삵괭이처럼 독을 품었다.

위잉

다시 혈적자를 연잉군을 향해 던졌으나 얼른 고개를 숙인 연잉군의 머리를 아슬아슬하게 스쳤다. 엎드린 유생들은 잔뜩 겁을 먹고 벌떡 일어나 대적할 마음을 갖지 못했다.

위잉

다시 한번 첩자 두목의 손을 떠난 혈적자였다. 그러다 손에 힘이 들어갔는지 줄을 놓치고 말았다. 연잉군이 자기 발밑으로 떨어진 혈적자를 얼른 집어 첩자 두목을 향해 재빨리 던졌다.

으앗!

혈적자가 자기를 향해 날아오자 순보는 비명을 질렀다. 그러나 그 순간 혈적자가 그의 머리를 덮자 연잉군이 끈을 세게 잡아당겼다. 머리가 잘린 강순보의 몸뚱이가 쓰러지더니 파드득거렸다. 끔찍한 광경을 본 윤제는 얼굴이 새파래져서 두 손을 번쩍 들고 항복했다.

연잉군은 얼른 석정에게 달려갔다. 화살을 맞은 채 치택의 몸에 엎드린 석정을 일으킨 연잉군은 그녀의 상처를 살펴보았다. 다행히도 화살은 뼈를 다치지 않고 살에 박혀 있었다.

"다행이오."

연잉군은 치택에게 석정의 간호를 맡기고 십사 아거 윤제를 정중하게 대했다.

"아거, 무례를 용서하십시오."

윤제가 퉁명스럽게 말했다.

"나를 어쩔 셈이요?"

"우선 제물포 앞바다에 있는 선단에 아라뱃길로 오지 말라고 명령을 내려주십시오."

"그러면 나를 풀어주겠소?"

"물론이지요."

연잉군은 윤진에게 부탁해 아무 해도 끼치지 않게 해주겠다고 약속했다. 이 마당에 거역할 수 없기에 윤제는 작전을 중지하는 비밀 암호를 알려주었다. 그에 따라 문수산 정상에 올라간 김광택이 횃불로 신호를 보냈다. 그것은 남산을 거쳐 강화도에 있는 봉화대에서 다시 똑같은 신호로 올려졌다. 그래서 아라뱃길로 진입하려던 청 수군의 선박군단은 십사 아거의 명령에 따라 그대로 멈춰있게 되었다.

아침이 되자 문수산에서 내려온 윤제는 친형인 윤진의 앞에 서게 되었다. 그의 옆에는 문수보살상을 훔친 도둑 방석만이 무릎을 꿇고 있었다. 쏘아보는 윤진의 눈이 날카로웠다.

"이 자가 모두 자백을 했다. 너와 나는 같은 배에서 나왔는데 어찌 나를 죽이려 하느냐?"

윤제는 아무 대답도 못하고 고개를 숙이고 있었다.

"연잉군은 세자와 배가 다르고 어머니끼리 원한이 큰데도 이복형을 대하는 태도가 너무나 신실하다. 너는 대국의 아거로써 어찌 그리 못났냐?"

윤진의 질책에 윤제는 무릎을 꿇고 목숨을 구걸했다. 이제 진실이 부황의 귀에 들어가면 다음 황제 자리에 오르기는커녕 목숨이 위태로워진다는 것을 알기 때문이다.

"좋다, 너와 붙잡힌 수군들은 모두 아라뱃길로 해서 돌려 보내주겠다."

윤진은 이리 말하고 연잉군에게 제물포까지의 호송을 부탁했다. 홍치택이 자신도 따라가겠다고 해서 같이 가기로 했다.

국사당에서는 어젯밤부터 밤새 굿을 했다.

덩더 덩더 쿵

용화부인이 김포에 들어온 청국의 수군을 막아달라고 하느님께 비는 것이었다. 아침이 되자 독갑이 용화부인의 뒤를 이어 굿당에 나섰다. 그녀는 허옇게 눈을 까뒤집고 말했다.

"청나라 황제의 아들을 붙잡았다. 그 뒤로 댕기머리를 한 군인들이 줄 서서 간다. 일직선으로 난 강에 배가 있다. 연잉군이 유생과 함께 배에 오르고 있다."

용화부인과 제자 무당들은 신기가 뛰어난 독갑의 예언에 안도의 한숨을 내쉬었다. 그녀의 예언에 의하면 청국의 침공은 처참한 패배로 끝난 것이다.

덩덩 덩더 쿵

독갑이 한참 신이 나서 춤을 추었다. 그리고는 다시 예언했다.

"강으로 배가 다시 돌아온다. 신랑은 한 사람이다. 이 사람을 기다리는 여자가 있다."

독갑의 눈에 갑자기 눈물이 흐른다. 연잉군을 기다리며 환하게 웃고 있는 서장미의 모습을 보았기 때문이다. 독갑이 중얼거린다.

"신부가 신랑을 기다리고 있다. 모든 사람이 축하해 준다. 한 쌍의 원앙부부로구나!"

눈을 감은 용화부인에게 김포 아라뱃길이 보였다. 이곳이 한눈에 내려다보이는 전호산(錢湖山)에 많은 명 유민과 유생 차림의 청년들이 서 있었다. 그리고 그 사람들 앞에 서장미가 있는 것이 보였다. 그럼, 이제 하늘이 연잉군과 서장미의 혼인을 허락하는 것인가. 두 남녀의 아픔을 끝내기로 한 것인가. 그때였다. 용화부인은 무언가를 보고 움 찟 물러서더니 길게 탄식했다. 배가 천천히 선착장을 다가오고 한 남 자가 뱃머리에서 얼굴을 드러냈다. (4권으로 계속)

중국은 물산이 풍부한 부유한 국가였지만 뛰어난 정신문화도 갖고 있어 주변의 작은 국가와 평화적으로 공존했다. 물론 당나라, 원나라, 청국 등 이민족이 중국을 통치할 때는 한반도를 침략하기도 했다. 한족이 세운 명(明)나라 때는 사대주의와 조공이라는 특별한 외교방식으로 동북아시아의 맏형으로 행세해 왔다. 힘으로 약자를 누르는 패도가 아닌 약소국에 은혜를 베풀어 감화시키는 왕도정치를 폈기 때문이다.

임진년에 도요토미 히데요시가 한반도를 침략했을 때 명이 구원병을 보내 침략자를 물리칠 수 있었다. 후에 국력이 약화 된 명이 동북의 강자로 떠오른 청국의 침략을 받았을 때 조선이 명의 편에 섰다가 병자호란이라는 전화를 입은 것도 그런 연유 때문이다. 명의 멸망 후에 많은 한족 유민들이 조선으로 피신해 목숨을 보전했다. 청의 송환 요구와 위협에도 조선은 적극적으로 피난자들을 보호해서 많은 유민이 조선에 정착할 수 있었다. 현재 한국의 희귀한 성씨 중 상당수가 그때 들어온 명의 유민이다.

이렇게 지리적으로나 역사적으로 가깝게 지냈던 둘 사이는 6.25 민족상잔의 비극에서 중국이 북한의 편에 서는 바람에 남한의 적이 되어 오랫동안 냉각기가 있었다. 그러다가 1983년 납치범에 의해 한국으로 온 민항기를 돌려보내는 과정에서 중국과 수교의 씨앗이 뿌려졌고 1992년 8월 24일 한중수교라는 역사의 복원이 이루어졌다. 이후 두 나라 사이는 정치, 경제, 문화적으로 놀라운 발전을 가져왔다. 이렇게 쉽게 빨리 한중 간의 우호가 회복된 것은 한국과 중국은 지리적으로 가깝지만, 정신적으로도 매우 가까운 나라이기 때문이다.

그 예가 있다. 임진왜란 때 조선에 구원병을 파견하는데 공이 컸던 병부상서 석성(石星)과 그의 후처 류부인과 역관 홍순언 사이의 미담이다. 부모님을 장례 치르기 위해 기루에 몸을 던진 류씨 성의 효녀가 있었다. 우연히 기루에 들른 역관 홍순언이 효심 깊은 그녀를 가엽게 여겨 거액을 선뜻 내어놓고 조선에 돌아와서 횡령죄로 투옥되었다. 몇 년 뒤 류씨 소녀는 석성의 후처가 되어 종계변무의 어려운 과제를 들고 온 홍순언을 만나 해결해줌으로 목숨을 구해주고 손수 짠 보은단 백 필을 주었다. 그 뒤로 홍순언이 살고 있던 동네가 보은단골로 바뀌었는데 지금의 롯데백화점 본점, 조선호텔 등이 있는 곳이다.

임진왜란 때에는 남편 석성이 구원병을 파견하는데 적극 앞장섰다. 이후 참전으로 국력을 소모시켰다는 죄로 석성이 옥사한 후에 조선으로 건너온 모자(母子)를 조선 조정이 환대해서 해주 석씨의 시조가 되었다. 이렇게 세 사람은 신뢰와 사랑이 오고 가는 역사를 만들어냈다.

이 책 삼두매 3-보은단 편은 연잉군이 명 유민을 보호하면서 청국의 침략을 막는 한편 은혜를 갚을 줄 아는 양국의 아름다운 인연이 그들 후손에게 이어져 사랑의 열매를 맺는 이야기이다.